MARINA MAASS

TONIGHT IT'S US

Roman

Buntstein

Marina Maass wurde 1996 in Niedersachsen geboren und hat die Liebe zu Büchern und dem kreativen Schreiben bereits im frühen Alter entdeckt. Gemeinsam mit ihrer Familie und zwei Hunden lebt sie in einem kleinen Dorf am Rande der Südheide.

© privat

Tonight It's Us ist der Auftakt ihrer ersten Dilogie.

Mehr zu Marina Maass gibt es auf Instagram unter:
marinamaass_official

1. Auflage

Lektorat: Melanie Schneider
Korrektorat: Johannes Eickhorst
Satz/Layout: Martina Stolzmann
Covergestaltung: Ilona Gostynska-Rymkiewicz
Titelmotiv: © wacomka (stock.adobe.com), lulya (stock.adobe.com)

Druck: CustomPrinting

ISBN 978-3-95669-190-4
www.bookspot.de

Für alle, die gerade ein Märchen brauchen.

Liebe Leser:innen,

in diesem Buch werden Themen behandelt,
die negative Reaktionen auslösen können.
Deshalb findet ihr auf Seite 263 einen Hinweis
zu den Content Notes.

Wir wünschen uns das bestmögliche Leseerlebnis
für euch.

Eure Marina und der Bookspot Verlag

Prolog – *Kayla*

Ich habe nie groß darüber nachgedacht, wie mein Leben aussehen wird. Eigentlich dachte ich, dass es so verläuft wie bei den meisten anderen Leuten auch. Wie man es aus Erzählungen und Filmen kennt: In normalen Verhältnissen aufwachsen, zur Schule gehen und den Abschluss machen. Dann auf ein gutes College, einen netten Mann kennenlernen, heiraten, Kinder kriegen und glücklich im hohen Alter an seiner Seite sterben. Gut, ich gebe zu, das Ende ist vielleicht doch ein bisschen übertrieben. Die ganze Vorstellung ist idiotisch gewesen.

Mein Leben ist nicht ansatzweise so verlaufen, wie ich es mir als Kind ausgemalt habe. Versteht mich nicht falsch, ich will mich keinesfalls beklagen. Mir hat es nie an irgendetwas gefehlt. Ich habe in den schönsten Häusern gewohnt, hatte die besten Kindermädchen und eine behütende Mutter, die ab und an etwas zu gluckenhaft gewesen ist.

Meinen Vater habe ich vermisst, obwohl ich ihn niemals kennengelernt habe. Es fehlte einfach eine männliche Bezugsperson in meinem Leben. Vielleicht ist deshalb alles so gekommen, wie es kam.

Dass mein Leben mit 18 eine dramatische Wendung nehmen sollte, war so auch nicht geplant. Nicht, dass es vorher bilderbuchhaft verlaufen wäre. Aber wenn alles, so wie man es kennt, aus den Angeln gehoben und neu zusammengewürfelt wird, ist das nicht leicht zu verdauen.

Ich habe mir mein persönliches Märchen gewünscht, so wie jedes Mädchen es vermutlich mindestens einmal in ihrem Leben tut. Es hat doch jeder ein Anrecht auf sein eigenes Märchen. Einmal wie Dornröschen wachgeküsst werden. Wie Prinzessin Tiara einfach auf den richtigen Frosch setzen oder wie Cinderella einen Prinzen finden, der sein ganzes Königreich nach der einen Frau absucht, die ihm nicht mehr aus dem Kopf geht. In meinem Fall ist allerdings kein Prinz auf einem schillernden, weißen Pferd zu meiner Rettung geeilt, sondern der Gärtner …

Na ja, ich schweife zu sehr ab. Wo war ich stehen geblieben? Ach ja! Jedes Mädchen verdient ihr eigenes Märchen, egal wie ihr Leben verläuft. Ein Märchen mit einem romantischen Happy End.

Meine Geschichte entspringt aber nicht einem dicken, klobigen und verstaubten Buch. Es ist ein Märchen der anderen Art und das ist genau der Grund, warum es nicht mit »Es war einmal« beginnt.

Kapitel 1 – *Kayla*

»Kayla. Kayla bist du schon wach?« Grummelnd ziehe ich mir das Kissen über den Kopf.

»Kayla, du musst aufstehen.« Unbeeindruckt drehe ich mich auf die andere Seite. Ich habe gerade so schön geträumt! Ronan Rubinstein, einer der heißesten Schauspieler auf diesem Planeten, hat mich um ein Date gebeten. Mich! Zu dieser Situation will ich unbedingt wieder zurück.

»Kayla, die Schule geht gleich los. Ich bitte dich ein letztes Mal.« Langsam geht mir diese Stimme wirklich auf die Nerven. Es kann unmöglich schon acht Uhr morgens sein. Wer nervt mich also in dieser Herrgottsfrühe?

Ich bin doch eben erst ins Bett gegangen. Zufrieden stelle ich fest, dass in meinem Schlafzimmer wieder Ruhe einkehrt. Vielleicht habe ich mir die Stimme zur eingebildet. Perfekt! Seufzend kuschle ich mich tiefer in die Kissen und bin gerade dabei, wieder in das Reich der Träume zu gleiten, zurück zu Rubin und unserem Date, als ich unsanft in die Realität zurückgeholt werde.

Etwas Kaltes und Nasses trifft mich direkt im Gesicht. Verärgert setze ich mich auf.

»Ich habe dich gewarnt.« Francesca Marino, Haushälterin und die Mutter meiner besten Freundin, steht mit in die Hüften gestemmten Armen vor mir und funkelt mich böse an.

»Du bist schwerer zu wecken als Dornröschen nach ihrem hundertjährigen Schlaf!« Angeekelt nehme ich den nassen Waschlappen in die Hand und werfe ihn zurück in ihre Richtung. Lachend fängt sie ihn auf.

»Netter Versuch, Kleines, aber um mich zu erwischen, musst du schon früher aufstehen.« Haha, nette Retoure. »Und jetzt raus aus den Federn!«

Stöhnend lasse ich mich wieder zurückfallen. Sofort trifft mich der Waschlappen ein zweites Mal. Ein Blick auf den Wecker auf meinem Nachttisch zeigt mir allerdings, dass es erst halb sieben ist.

»Fran!« Entrüstet sehe ich sie an. »Ich habe noch anderthalb Stunden Zeit! Wieso zur Hölle hast du mich schon geweckt?«

»Weil du dich dringend noch unter die Dusche stellen solltest.« Zähneknirschend schlage ich die Decke zurück. Meine Schule steht fünf Meter von mir entfernt auf dem Schreibtisch. In Form eines Laptops und eines WLAN-Verstärkers. Es hätte also durchaus gereicht, wenn sie mich erst um halb acht geweckt hätte.

»Ich gehe Frühstück machen. Sieh zu, dass du ins Badezimmer kommst und … wasch vor allem dein Gesicht.« Sie tippt mir mit dem Zeigefinger auf die Nasenspitze, was mich kurz zum Lächeln bringt. »Du hast da noch Farbreste.«

Während Francesca den Weg in die Küche antritt, schlurfe ich wenig begeistert ins Bad. Nur die Aussicht auf das anstehende Wochenende und die damit verbundene Hoffnung, auszuschlafen, hebt meine Laune ein wenig.

Ein Blick in den Spiegel erklärt mir, was Fran gemeint hat. Überall in meinem leicht gebräunten Gesicht sind Sprenkel verschiedener Farben. Wenn sie nicht so bunt gewesen wären, hätte man sie glatt für Sommersprossen halten können. Gekrönt wird das Ganze von einem dicken, roten Klecks auf meiner linken Wange. Den wilden Umgang mit den Farben habe ich gestern gar nicht bemerkt. Na ja, meistens bin ich sowieso in einem kreativen Rausch, wenn ich male und blende alles andere um mich herum aus. Also kein Wunder, dass ich es nicht mitbekommen habe. Meistens hat das auch zur Folge, dass ich die Zeit vergesse und weniger schlafe, als ich eigentlich sollte. Aber immerhin kommen wundervolle Bilder dabei raus, die inzwischen großen Anklang in der Kunstszene finden.

Das Blinken meines Handys kündigt eine neue Nachricht an. Sie ist von meinem guten Freund Toni. Während ich ins Bad gehe, überfliege ich sie und mache einen kleinen Freudensprung. Er konnte eines meiner Bilder verkaufen! Damit bin ich fünfhundert Dollar näher an meinem Traum, Kunst an der UCLA zu studieren. Mit dem Malen will ich später mein Geld verdienen. Ausstellen, mein Wissen weitergeben und vielleicht sogar eine eigene Galerie besitzen. Die größte Hürde, die ich für diesen Schritt in die Zukunft jedoch überwinden muss, ist meine Mom. Sie wäre damit nicht einverstanden, weshalb das Geld aus den Bildverkäufen auf ein separates Konto geht, von dem sie nichts weiß. Irgendwie werde ich sie schon noch davon überzeugen, aber das braucht Zeit, Geduld und jede Menge Fingerspitzengefühl.

Ich stelle das Wasser der Dusche an und schicke Toni ein Daumen-hoch-Emoji, bevor ich das Handy beiseitelege und mich ausziehe.

Frisch geduscht springe ich fünfzehn Minuten später die Treppen ins Erdgeschoss hinunter. Meine langen, dunklen Haare habe ich zu zwei Zöpfen geflochten, damit sie mir nicht dauernd im Gesicht rumhängen. Ich bin kein Fan davon, Haare wie Rapunzel zu besitzen, aber Mom liebt es und besteht darauf, dass ich sie gut pflege. Wenn ich sie abschneiden ließe, würde ich vermutlich enterbt werden. Je näher ich der Küche komme, desto intensiver wird der Geruch von frischen Pancakes. Mir läuft das Wasser im Mund zusammen und mein Magen fängt direkt an zu knurren.

Plötzlich bin ich froh, dass Fran mich früher geweckt hat. Sie ist eine fantastische Köchin. Alle Angestellten lieben ihr Essen. Jeden Morgen bringt sie eine andere Köstlichkeit auf den Tisch und auch ich konnte mich ihren zauberhaften Kochkünsten nicht entziehen. Wo sie diese ganzen Rezepte herhat, ist mir schleierhaft. Sie muss hunderte Koch- und Backbücher in ihrer

Küche stehen haben, aber wenn ich sie danach frage, schüttelt sie nur lächelnd den Kopf und tippt sich gegen die Schläfe. Bewundernswert.

Obwohl die Pancakes meinen Namen rufen und mich durch ihren verführerischen Duft Richtung Küche ziehen, bleibe ich kurz am Fuß der Treppe stehen. Mit den Fingerspitzen streiche ich über den kleinen, goldenen Kleiderhaken, über dem ein verblasstes Foto eines strahlenden, blonden Mädchens von etwa drei Jahren hängt. »Guten Morgen, Lizzie«, meine ich leise und beiße mir auf die Unterlippe. Ich würde meine ältere Schwester so gern kennen und mit ihr über meine Wünsche und Zukunftspläne sprechen, aber das ist nicht möglich.

»Du bist eine der wenigen, die nicht vor diesem Bild wegrennt«, reißt Fran mich aus meinen Gedanken. Ich drehe mich zu ihr um und zucke mit den Schultern.

»Daran ist auch nichts zum Weglaufen. Giulia und Toni finden es nur gruselig, weil Mom jedes Mal ausrastet, wenn jemand dem Bild zu nahe kommt. Als wäre es eine Art Altar.« Ich schüttle mich kurz bei dem Gedanken, wie sie den Handwerker angefahren hat, der es wagen wollte, dieses Bild zu entfernen. Wenn ich sie nicht zurückgehalten hätte, hätte sie die Firma gefeuert und wir wären noch länger in diesem Hotel geblieben, was sich nicht nach Zuhause anfühlte.

»Jeder trauert auf seine Weise, Kayla. Und deine Mom ist … eben speziell.« Fran wählt ihre Worte weise und obwohl ich weiß, dass sie recht hat, finde ich diesen Gedanken absurd.

»Aber es ist 20 Jahre her, seit Lizzie hier ertrunken ist.« In einem Pool, der zwar immer noch existiert, aber kein Wasser mehr beinhaltet. »Sie hätte schon längst damit abschließen können, wenn sie nur mal drüber reden würde. Aber nein, dieses Thema wird totgeschwiegen.«

»Jeder trauert unterschiedlich und jeder benötigt dafür unterschiedlich viel Zeit. Der Verlust eines Kindes ist immer schrecklich. Du solltest diesbezüglich nicht so hart mit deiner Mom sein.« Ich beiße mir auf die Unterlippe, um einen bissigen Kommentar runterzuschlucken, doch es funktioniert nicht wie beabsichtigt.

»20 Jahre sind in meinen Augen genug Zeit. Sie hat doch sogar die Stadt verlassen, um dem Schmerz zu entfliehen. Weil sie es hier nicht mehr ausgehalten hat. Wenn sie jetzt nicht dieses Jobangebot bekommen hätte, wären wir doch niemals zurückgekommen.« Fran sieht mich mitfühlend an. Für mich ist es schwer zu verstehen, weshalb Mom sich keine professionelle Hilfe gesucht hat. Ihre Tochter ist gestorben und ihre Ehe ist in die Brüche gegangen. Kein Mensch kann sowas allein bewältigen. Stattdessen geht sie nach Europa, behält trotzdem das Haus in Los Angeles, in dem das Unglück passiert ist, und spricht nicht mal mit mir über meine Schwester. Das will mir nicht in den Kopf.

»Komm, Liebes, wir frühstücken erstmal.« Fran lächelt mich an und mein Magen knurrt auf einmal so laut, dass ich beinahe über meine eigenen Füße stolpere, um in die Küche zu kommen. Dort wartet schon ein Berg Pancakes mit Ahornsirup und Früchten auf mich, der mich verzückt aufseufzen lässt. Also lasse ich mich auf einen freien Hocker fallen und verputze die Portion in Rekordgeschwindigkeit. Das schmeckt einfach himmlisch!

»Pass auf, dass du nicht erstickst mit den ganzen Pfannkuchen im Mund.« Grinsend lehnt sich Antonio Diez, der Gärtner des Hauses, gegen den Frühstückstresen und funkelt mich amüsiert aus seinen dunklen Augen an.

»Kann nicht sprechen«, erwidere ich kurz angebunden, »Foodkoma.«

Lachend drückt er mir einen Kuss auf die Schläfe und nimmt dankend das Wasser entgegen, das Francesca ihm reicht. Wir haben uns auf Anhieb verstanden, auch wenn er sechs Jahre älter ist als ich. Toni ist für mich der große Bruder, den ich nie hatte. Es freut mich jedes Mal, wenn er da ist, auch wenn es nur drei Tage in der Woche sind. Er arbeitet für die Garten- und Landschaftsbaufirma seines Vaters und betreut einige Gärten hier in Beverly Hills, weshalb er immer viel zu tun hat.

Mom ist unsere Freundschaft ein Dorn im Auge. Aber so war das bisher mit jedem Jungen, mit dem ich mich länger als zwei Minuten unterhalten habe. Ich vermute, dass sie durch Lizzies Unfall viel überbehütender geworden und ihre Angst zu groß ist, noch ein Kind zu verlieren. Das ist auch der Grund, weshalb ich online unterrichtet werde. Da draußen, in der »richtigen« Welt, lauern in ihren Augen zu viele Gefahren für mich. Dass ich demnächst neunzehn werde und im Herbst ausziehen will, davon möchte sie nichts hören.

Der Versuch, dieses Thema anzuschneiden, artet jedes Mal in einen furchtbaren Streit aus.

Ein Blick auf die Uhr verrät mir, dass es beinahe Viertel vor acht ist. Verdammt! Hektisch springe ich auf, was mir von Toni und Francesca überraschte Blicke einbringt.

»Ich … ähm … ich habe noch was vergessen. Wir sehen uns zum Mittagsessen!« Mit meinem halb vollen Latte renne ich die Treppenstufen zu meinem Zimmer hoch. Natürlich immer darauf bedacht, die Arme nicht zu hektisch zu bewegen, damit noch etwas Kaffee in der Tasse bleibt. Ein wenig außer Atem reiße ich dann schließlich die Balkontür auf und trete nach draußen.

Los Angeles zeigt sich schon von seiner besten Seite. Es ist angenehm warm und die Sonne sucht sich ihren Weg hinter den Wolken hervor. Ein schneller Blick auf mein Handy zeigt, dass ich es gerade noch pünktlich geschafft habe: 7:44 am. Denn jetzt beginnt mein Lieblingsteil des Morgens. Kurz darauf biegt ein Jogger um die Ecke. Es ist eine glückliche Fügung, dass ich von meinem Balkon aus direkt auf die Straße sehen kann.

Verzückt stütze ich mich mit den Armen auf dem Geländer ab und lehne mich etwas vor, weshalb meine Haare rapunzelmäßig darüber fallen und beobachte, wie der junge Mann die Straße entlangläuft. Jeden Morgen kommt er um diese Zeit hier vorbei und wenn ich rechtzeitig aufgestanden bin, stehe ich auf dem Balkon und schmachte ihn an. Er ist groß, muskulös und tätowiert. Sein Gesicht konnte ich bisher nicht erkennen, aber wer einen so durchtrainierten Körper hat, muss auch ein hübsches Gesicht haben.

Heute scheint mein Glückstag zu sein, denn er läuft seit langem mal wieder oberkörperfrei. Ein richtiger Hingucker, uff. Verträumt stütze ich das Kinn in die Hand, als eine vertraute Stimme mich aus meiner Blase holt.

»Was vergessen also …« Überrascht zucke ich zusammen und hätte fast meinen Kaffee fallen lassen.

»Halt die Klappe, Toni«, erwidere ich und funkle böse zu ihm nach unten.

»Ich glaube, dir läuft hier ein bisschen Sabber runter.« Grinsend tippt er mit dem Finger gegen seinen Mundwinkel, woraufhin ich ihm die Zunge rausstrecke. So ein Idiot!

»Was beobachtest du da überhaupt?« Ertappt richte ich mich auf und merke, wie ich rot anlaufe.

»Gar nichts«, sage ich schnell und höre nur sein schallendes Gelächter.

»Ne, ist klar.«

»Du kannst so ein Arsch sein«, murre ich.

»Aber das magst du doch an mir.« Ich schneide eine kurze Grimasse, bevor ich den Blick wieder zur Straße lenke.

Seufzend schwenke ich den Kaffee in der Tasse umher. So ein Mist! Der hübsche Jogger ist leider nirgends mehr zu sehen.

»Vielen Dank auch, Toni«, murre ich leise und verschwinde in meinem Zimmer.

Kapitel 2 – *Jake*

Ein lautes Klopfen reißt mich aus dem Tiefschlaf. Nein, eigentlich ist es kein Klopfen. Eher ein wütendes Hämmern, vor dem man Angst haben muss, dass es gleich meine Tür zerstört. Mein Gott, wer kann so früh schon was von mir wollen? Stöhnend schiebe ich die vollbusige Blondine von mir herunter, ziehe mir eine Boxershorts über und schlurfe zur Tür. Mein Besucher scheint noch nicht müde geworden zu sein, denn er klopft weiterhin unnachgiebig.

Genervt reiße ich die Tür meines Bungalows auf und schaue in das Gesicht meines Vaters.

»Guten Morgen, Jake. Schön, dass du dich dazu entschlossen hast, mir zu öffnen.«

»Ich hatte nicht wirklich eine Wahl, oder?«, erwidere ich und fahre mir mit der Hand einmal übers Gesicht. Oh Mann. Wir müssen gestern ordentlich gefeiert haben. Die kurze Nacht sitzt mir deutlich in den Knochen. Ein Blick über Dads Schulter zeigt mir, dass die Gärtner gerade ihre Arbeit aufnehmen. Also muss es etwa sieben Uhr sein.

»Was treibt dich hierher?« Lässig stütze ich mich mit dem Arm im Türrahmen ab, damit er das Chaos hinter mir nicht sieht.

»Deine Mutter.« Sofort richte ich mich auf und schlucke.

»Ist alles in Ordnung mit ihr?« Dad schiebt seine Hände in die Hosentaschen seines dunkelblauen Armani-Anzugs und wippt auf den Füßen vor und zurück. Ich schlucke einen Kommentar darüber herunter, dass er zu so früher Stunde noch nicht so perfekt gekleidet sein muss. Auch nicht, wenn ihm als Immobilienmogul halb Los Angeles gehört.

»Ich denke schon«, antwortet er jetzt endlich. »Sie kocht.«

»Sie kocht?!« Mir fällt die Kinnlade herunter, während mein Vater nur selig lächelt.

Heute scheint einer ihrer guten Tage zu sein. Vor sechs Wochen wurde bei einer Routineuntersuchung eine Auffälligkeit in ihrer Schilddrüse entdeckt. Sieben Tage später bekamen wir dann die traurige Gewissheit, dass es sich um Krebs handelt. Eine sehr aggressive Form, deren Heilungschance sehr gering ist. Um ehrlich zu sein, habe ich nicht alles verstanden, was Dr. Mitchell damals erklärt hat, aber die Tatsache, dass Mom mit etwas Glück noch sechs Monate leben wird, hat sich mir ins Gedächtnis gebrannt. Obwohl es beinahe aussichtslos ist, unterzieht sie sich einer Chemo- und Strahlentherapie, um gegen die Krankheit zu kämpfen.

Eine innere Zufriedenheit breitet sich in mir aus und mischt sich mit Glücksgefühlen, die ich kaum beschreiben kann. Ich freue mich enorm, dass es ihr heute gut genug geht, um aufstehen zu können und dass sie sogar kocht, lässt mich innerlich einen Freudensprung machen. Heute ist ein guter Tag!

»Vielleicht solltest du vor dem Frühstück nochmal duschen gehen. Du stinkst wie eine Kneipe.« Dad verzieht angewidert das Gesicht. »Denkst du nicht, dass du die Partys langsam hinter dir lassen solltest, um dich aufs Wesentliche zu konzentrieren?«

Mit der Zungenspitze fahre ich mir einmal über die Lippen. War ja klar, dass er dieses Thema noch auf den Tisch bringen muss. Aber besser hier als später beim Frühstück.

»Und was wäre das?« Ich kenne seine Antwort ganz genau. Trotzdem verschränke ich die Arme vor der Brust, recke das Kinn vor und richte mich noch ein wenig auf, sodass ich Dad jetzt um ein, zwei Zentimeter überrage.

»Dich aufs Studium konzentrieren und eine Frau finden, die du heiraten kannst. In deinem Alter war ich schon verlobt und habe die Grundsteine für die Firma gelegt. Justin steht auch schon kurz vor seiner Hochzeit.« Ich verdrehe die Augen. Mein Bruder Justin ist auch vier Jahre älter als ich, kennt das Wort

»Leben« nur vom Hörensagen und ist seit der High School mit seiner jetzigen Verlobten zusammen. Ich hingegen habe nicht vor meine Zwanziger zu verschwenden und in einem Büro zu versauern. Die passende Frau für eine feste Beziehung habe ich ebenfalls noch nicht gefunden. So eine Suche braucht Zeit.

»Ich werde pünktlich um acht da sein«, meine ich schließlich und drehe mich um. Für eine Fortführung dieser Diskussion bin ich noch nicht wach genug. Geräuschvoll lasse ich die Tür ins Schloss fallen, was meinen besten Freund Wes weckt, der mit einer hübschen Brünetten auf dem Sofa liegt.

»Alter, hast du eine Ahnung, wie spät es ist?«

»Viertel nach sieben«, knurre ich und werfe ihm sein T-Shirt zu. »Ich wurde um acht zum Familienfrühstück zitiert, also müsst ihr drei verschwinden.«

Wes macht ein gequältes Gesicht. »Mom … kocht«, füge ich erklärend hinzu, woraufhin er in der Bewegung innehält und mich ungläubig ansieht.

»Sie kocht?« Ich nicke und gehe zu meinem Bett, um die immer noch schlafende Blondine zu wecken. Sanft rüttle ich an ihrer Schulter.

»Hey, es tut mir echt leid …«, verdammt, wie war ihr Name nochmal? Haben wir uns letzte Nacht überhaupt vorgestellt?

»Allie«, hilft sie aus und setzt sich auf, bevor sie sich mit der Hand einmal übers Gesicht streicht. Allie, genau.

»Also, Allie. Es tut mir echt leid, aber du und deine Freundin müsst jetzt gehen.« Wes rappelt sich ebenfalls auf und weckt sein Mädchen, die nur unter leisem Protest die Augen öffnet. Er steht auf und klopft mir verständnisvoll auf die Schulter.

»Ich räume hier auf. Kein Ding, Mann.« Dankbar lächle ich ihn an. Wir kennen uns in- und auswendig, deshalb weiß er ganz genau, wie glücklich ich über den heutigen Tag bin.

»Ich geh joggen. Wäre cool, wenn ihr weg sein könntet, wenn ich zurückkomme.« Wes salutiert kurz und Allie nickt, während ich mir eine Sporthose anziehe und ihr zweihundert Dollar in die Hand drücke.

»Ich weiß nicht mehr, wo ihr wohnt, aber damit solltet ihr nach Hause kommen und frühstücken gehen können.« Normalerweise schmeiße ich niemanden so Hals über Kopf raus, aber heute ist ein besonderer Tag und an besonderen Tagen vergesse ich meine Manieren manchmal. Glücklicherweise scheinen weder Allie noch ihre Freundin ein Problem damit zu haben. Mit Kopfhörern in den Ohren verlasse ich das Grundstück am Fuße des Franklin Canyon Reservoir und fange an zu laufen.

Nach den ersten Metern spüre ich, wie sich meine Gedanken klären. Ich beruhige mich und bin optimistisch, dass ich nach meiner Runde am Frühstückstisch sitzen kann, ohne explodieren zu müssen. Dad versteht einfach nicht, dass ich mit einundzwanzig Jahren noch nicht bereit bin, mein Leben aufzugeben, um mich vollkommen der Firma zu widmen. Ich bin nicht wie Justin, der von Anfang an scharf darauf war, das Geschäft irgendwann zu übernehmen. Nur leider möchte Dad, dass ich das mit ihm gemeinsam tue. Die Tatsache, dass ich vielleicht ganz andere Pläne habe, wird dabei komplett außen vorgelassen. Momentan möchte ich mein Studierendenleben genießen. Mir die Nächte um die Ohren schlagen, mit schönen Frauen schlafen und einfach leben. Ist es so verwerflich, dass ich mich nicht mit Betriebswirtschaftslehre und Immobilienrecht rumschlagen will?

Ich biege um die nächste Ecke und gelange auf die Straße, die auf meiner Strecke am interessantesten ist: Der Summit Drive. Dort wo die Häuser nicht hinter weitläufigen Gartenflächen versteckt, sondern von der Straße aus gut erkennbar sind. Seit einigen Monaten ist das frühere Haus meines Patenonkels wieder bewohnt. Ein zweistöckiges Gebäude aus weißem Backstein, das fast 20 Jahre unbewohnt war und jetzt in neuem

Glanz erstrahlt. Eine junge Frau ist dort eingezogen und steht beinahe jeden Morgen auf dem Balkon, wenn ich daran vorbeilaufe. Normalerweise wäre ich nicht auf sie aufmerksam geworden, doch vor einigen Wochen habe ich meine Kopfhörer vergessen und ihr Lachen hat meine Aufmerksamkeit erregt. Ein Lachen, das ich so schnell nicht wieder vergessen konnte. Es war Freude, pure Lebensfreude und so herzlich, dass ich seither jeden Morgen hier vorbeilaufe, in der Hoffnung, es noch einmal zu hören.

Durch die spärlich gepflanzten Bäume kann ich schon von Weitem sehen, dass sie bereits auf dem Balkon steht. Sofort werde ich langsamer und ziehe meinen rechten Kopfhörer aus dem Ohr. Ihre langen, dunklen Haare hat sie heute zu zwei Zöpfen geflochten, die ihr fast bis unter die Taille reichen. Das ist neu. Normalerweise trägt sie immer einen Pferdeschwanz oder einen Dutt. Sie erinnert mich an Rapunzel aus dem Lieblingsfilm meiner Schwester. Öfter als mir lieb ist, bin ich damals mit Jolina und Mom ins Kino gegangen und habe zugesehen, wie Rapunzel gemeinsam mit ihrer Bratpfanne, ihrem Chamäleon und Flynn Ryder die Welt erkundet hat. Die Ähnlichkeiten zu Jolinas liebster Filmheldin werden mir heute zum ersten Mal so richtig bewusst. Ihr Balkon geht sogar lustigerweise von einer Art Turm ab! Gut, der ist nicht rund, sondern rechteckig und hat auch kein spitz zulaufendes, sondern ein Flachdach. Trotzdem hebt er sich deutlich vom Rest des imposanten Hauses ab. Ob sie darin genauso gefangen gehalten wird wie Rapunzel im Film? Ich schüttle den Kopf und grinse. Was für ein absurder Gedanke. Da geht schon wieder die Fantasie mit mir durch. Ich kenne dieses Mädchen nicht mal! Dennoch bin ich kurz davor, die Hand zum Gruß zu heben, aber ihre Stimme lässt mich innehalten.

»Halt die Klappe, Toni!« Verwirrt bleibe ich stehen. Mit wem redet sie denn da? Ein schneller Blick durch die Gitterstäbe des Zauns zeigen mir einen jungen Mann in zerschlissenen Jeans und schwarzem Muskelshirt. Vielleicht ihr Bruder?

Dieselben dunklen Haare haben sie jedenfalls. Einen Moment überlege ich noch länger hier zu verweilen, um vielleicht doch mit ihr ins Gespräch zu kommen, aber ein kurzer Blick auf die Uhr zeigt, dass ich zu spät zum Frühstück komme.

Verdammt!

In Windeseile lege ich den Rest der Strecke zurück, springe in meinem Bungalow unter die Dusche und schlüpfe in schlichte schwarze Trainingshosen und ein weißes T-Shirt.

Wes hat echt ganze Arbeit geleistet in den zwanzig Minuten, die ich nicht anwesend war. Die beiden Frauen sind verschwunden und er hat sogar die vollen Aschenbecher geleert, die Flaschen entsorgt und die Fenster zum Lüften geöffnet. Auf den Mann ist einfach Verlass, dabei kommt unsere Putzfrau Rosa ohnehin noch vorbei.

Locker jogge ich über den penibel gestutzten Rasen zum Haupthaus, wo meine Eltern und Jolina wohnen. Bis vor zwei Jahren hatte ich dort auch noch mein Zimmer, doch als Justin den Bungalow freigegeben hat, um mit Abigail zusammenzuziehen, habe ich ihn mir unter den Nagel gerissen. Ein erster Schritt Richtung Unabhängigkeit.

Ich ziehe mein Handy aus der Tasche, um zu checken, ob ich neue Nachrichten habe. Eine Welle der Enttäuschung durchflutet mich, als keine kleine grüne 1 am Symbol der *Versacio*-App sitzt. Vor einiger Zeit habe ich eine Frau in diesem Chatroom kennengelernt, als ich mal wieder einen Abend zuhause verbringen musste. Wir waren direkt auf derselben Wellenlänge und schreiben uns seitdem jeden Tag. Das Besondere daran ist, dass ich weder weiß, wie sie aussieht, noch weiß ich, wo sie wohnt, und ich bin mir nicht mal sicher, ob Lynn überhaupt ihr richtiger Name ist. *Versacio* funktioniert vollkommen anonym. Per Zufallsgenerator wird man einem Gesprächspartner zugeteilt und meldet sich nur mit einem Nickname an. Es wird kein Foto hochgeladen. Natürlich steht es jedem frei, Bilder und auch persönliche Informationen im Chat auszutauschen, aber Lynn und ich haben darauf verzichtet. Ich würde sie gern im realen Leben treffen, aber ich akzeptiere ihren Wunsch, die Anonymität beizubehalten. Zumindest vorerst. Sie kennt Seiten von mir, die ich nicht einmal Wes oder meinen Geschwistern zeige. Ich fühle mich ihr tief verbunden und würde sogar so weit gehen zu sagen, dass ich in ihr meine beste Freundin gefunden habe. Vielleicht sogar mehr als das. Sie löst Gefühle in mir aus, die ich so überhaupt nicht kenne. Eine ungewohnte, aber schöne Empfindung.

Mit leichter Verspätung spaziere ich um 08:02 in die Küche und werde mit dem Geruch von frischen Eiern und Speck begrüßt. Sofort ist die Sorge über ihre fehlende Nachricht verschwunden und ein breites Lächeln breitet sich auf meinem Gesicht aus.

»Mom, das riecht ja fantastisch!« Ich drücke ihr einen Kuss auf die Wange und stibitze mir einen fertigen Streifen Bacon aus der Pfanne. Sofort bekomme ich einen Klaps auf den Handrücken.

»Jacob Van Wyngaarden, reiß dich zusammen! Es ist genug für alle da.« Obwohl sie versucht streng zu klingen, verrät das sanfte Lächeln um ihren Mund, dass sie überhaupt nicht sauer ist. Warum sollte sie auch? Jolina, Justin und Dad machen sich bereits über ihre vollen Teller her. Selbst Wes hat sich zum Frühstück eingeladen und schlürft genüsslich seinen Kaffee.

»Du siehst gut aus«, meine ich leise und zupfe an dem Ende ihres grünen Tuchs, worunter sie ihre Glatze versteckt.

Durch die Chemo hat sie alle Haare, inklusive Augenbrauen und Wimpern, verloren, aber in meinen Augen ist sie immer noch die schönste Frau der Welt.

»Und weißt du, was noch viel besser ist? Beim Geruch von

Essen wird mir nicht direkt schlecht.« Sie grinst und ich tue es ebenfalls. Mom so zu sehen, macht mich sehr glücklich. »Setz dich, Liebling. Sonst wird dein Essen kalt.« Sie drückt mir einen vollen Teller in die Hand und schiebt mich sanft Richtung Ess-tisch.

»Was machst du eigentlich hier? Hatte ich dir nicht gesagt, dass du nach Hause gehen sollst?«, frage ich Wes, nachdem ich mich neben ihn hab fallen lassen.

»Ein Frühstück ist doch das Mindeste dafür, dass er dein Chaos aufgeräumt hat«, entgegnet Dad, ohne von seiner Zeitung aufzuschauen. Ups, dann hat er vorhin wohl doch mehr gesehen, als er sollte.

»Außerdem«, fügt Mom hinzu und lässt sich ebenfalls auf ihrem Platz nieder, »gehört Wes doch inzwischen zur Familie.« Das warme Lächeln, das sie meinem besten Freund daraufhin schenkt, lässt ihn erröten und mir zieht es schmerzhaft das Herz zusammen. Es ist für mich noch immer unvorstellbar, dass sie bald nicht mehr da sein soll. Diese Frau hat das wohl größte Herz, das mir bisher begegnet ist.

Sie ist stärker als die tapferste Kriegerin und die beste Mom aller Zeiten. Es ist so unfair, dass gerade sie dem Krebs zum Opfer gefallen ist. Das hat sie nicht verdient.

»Dad, ich möchte mich nachher mit Ashley und Jillian treffen. Kannst du mich nach der Schule abholen und fahren?« Jolina lächelt Dad an, der daraufhin seine Zeitung beiseitelegt und seine jüngste Tochter entschuldigend ansieht.

»Ich würde gerne, mein Schatz, aber ich habe einen wichtigen Termin. Jake kann dich sicher fahren. Immerhin ist dein Cabrio noch zur Reparatur.« Er wirft mir einen kurzen Blick zu und ich unterdrücke ein Seufzen. Das kaputte Cabrio war der Grund für meinen Abend zuhause, durch den ich Lynn kennengelernt habe.

»Klar, ich hole dich ab«, entgegne ich, um den Frieden am

Tisch zu bewahren. Auch, wenn ich mir Schöneres vorstellen kann, als meine kleine Schwester durch die Gegend zu kutschieren.

»Hey, wenn du deinen Speck nicht willst … ich esse ihn gern.« Ich bin so abgelenkt durch das Gespräch mit Jolina und Dad, dass ich erst im letzten Moment bemerke, dass Wes bereits dabei ist, nach meinem Teller zu langen. Im letzten Moment kann ich seine Hand noch wegschlagen.

»Untersteh dich mein Frühstück anzufassen«, knurre ich leise, was den ganzen Tisch zum Lachen bringt. An dieses Familienfrühstück werde ich mich gern erinnern. Das weiß ich jetzt schon!

Kapitel 3 – *Kayla*

Um zwei Uhr ist die Schule endlich vorbei. Jeder, der denkt, dass es cool ist, online unterrichtet zu werden, hat keine Ahnung, wie anstrengend es ist, sechs Stunden auf einen Bildschirm zu starren. Selbstverständlich haben wir zwischendurch Pausen, trotzdem überfordert es meine Augen schon sehr. Ich kann nicht nachvollziehen, wer diese Art des Lernens vorzieht. Da würde ich mich lieber sechs Stunden lang mit einem Privatlehrer in einem verschlossenen Raum einsperren lassen. Dann hätte ich wenigstens noch jemanden, mit dem man sich unterhalten könnte. In einer Onlineschule Anschluss zu finden, ist nämlich unheimlich schwer.

Ich werfe einen letzten Blick auf die Gesichter meiner Mitschüler, die bereits darüber sprechen, was sie am Wochenende tun werden. Also verlasse ich die Konferenz und lehne mich auf dem Stuhl zurück. Inzwischen habe ich mich damit abgefunden, kein Teil dieser elitären Gemeinschaft zu werden. Als Tochter einer angesehenen Immobilienmaklerin kann man nicht mit prominenten Eltern mithalten.

Erschöpft fahre ich mir mit den Händen übers Gesicht. Der Unterricht ist zwar vorbei, aber morgen muss ich noch ein Schulprojekt einreichen, welches längst noch nicht fertig ist. Außerdem habe ich noch die eine oder andere Hausaufgabe zu erledigen, die Montag besprochen werden soll. Natürlich liegt das Wochenende dazwischen, aber ich erledige die unschönen Aufgaben gerne so schnell wie möglich, um mich dann entspannteren Dingen hinzugeben. Dem Malen zum Beispiel.

Jetzt laufe ich allerdings erstmal die Treppe herunter. In der Küche trällert Francesca irgendeine italienische Arie mit und der Duft von frisch gebackenen Waffeln hängt in der Luft. Heute muss mein Glückstag sein!

»Riecht köstlich!« Schwungvoll biege ich um die Ecke und entdecke Fran mit einer teigbekleckster Schürze an der Spüle. »Ist Giulia schon da?«

Ich schnappe mir einen Teller und schaufle einige Waffeln drauf. Aufgrund eines unangekündigten Tests ist mein Mittagsessen leider ausgefallen, weshalb ich jetzt umso größeren Hunger habe. Zu meiner Enttäuschung schüttelt Francesca den Kopf.

»Sie hat noch einen Job nach der Schule. Wahrscheinlich kommt sie gegen fünf.« Seufzend schiebe ich mir ein Waffelherz in den Mund. Ich kann es kaum erwarten, dass Giulia endlich hier ist. Mom und ich haben in Tschechien, Frankreich und England gelebt und nirgendwo habe ich eine Schule besucht, geschweige denn Freunde gehabt. Deshalb ist die Zeit, die ich mit Giulia und Toni verbringen kann, unheimlich kostbar für mich. Durch sie sehe ich, was mir das Leben für Möglichkeiten bietet, und der Wunsch, an der UCLA zu studieren, wächst mit jedem Tag mehr. Ich will ein normales Leben führen, wie jeder andere in meinem Alter auch. Immerhin werde ich bald 19. Wenn nicht jetzt, wann dann?

»Okay … ich gehe dann mal Hausaufgaben machen. Sie soll einfach hochkommen, wenn sie da ist.« Francesca nickt und lächelt mich an, bevor ich mit dem Teller in der Hand wieder nach oben verschwinde.

In den nächsten drei Stunden erledige ich alle noch offenen Schulaufgaben, beende das morgen abzugebende Projekt und schicke es ab.

Anschließend schlüpfe ich in eine alte, zerrissene und mit Farbe bespritzte Jeans und in ein altes T-Shirt. Ich öffne die Zöpfe von heute Morgen und fasse meine Haare zu einem Dutt zusammen. Für dieses Wochenende habe ich mir ein besonderes Projekt vorgenommen. Seit ich ins Turmzimmer gezogen bin, habe ich nicht wirklich etwas verändert. Mom hat die

Handwerker gebeten hier nur an manchen Stellen den Putz zu erneuern. Den Rest überlässt sie mir. Also habe ich die Wände in einem schlichten Eierschalenweiß gestrichen und langsam kann ich das nicht mehr sehen. Dieser Raum benötigt dringend etwas Farbe!

Mit geneigtem Kopf sitze ich jetzt auf meinem Bett und betrachte die Wand neben der Tür. Am liebsten würde ich den Schrank beiseiteschieben, eines der Bücherregale an der angrenzenden Wand abnehmen und das Zimmer mit einem Meer aus Rosen bunter wirken lassen. Um das bewerkstelligen zu können, brauche ich allerdings Hilfe. Diesen blöden Schrank habe ich schon beim ersten Streichen nicht von der Stelle bekommen.

»Hey, Bestie, was geht?« Meine Pläne werden jäh unterbrochen, als Giulia durch die Tür kommt und sich neben mich fallen lässt.

»Ich plane mein Wochenendprogramm«, entgegne ich, was sie eine Grimasse schneiden lässt.

»Was hast du denn Spannendes vor?« Ich kann das Feixen in ihrem Gesicht erkennen und stoße sie leicht mit der Schulter an. Giulia macht kein Geheimnis daraus, wie fragwürdig sie die Erziehungsmethoden meiner Mom findet. Tausendmal hat sie mich schon angefleht aus dem Haus zu schleichen, um sie auf irgendwelche abgefahrenen Partys zu begleiten. Aber so gern ich das auch getan hätte, es klingt leichter, als es in Wirklichkeit ist. Jede Tür in diesem Haus, die nach draußen führt, ist ab neun Uhr abends alarmgesichert. Sobald sie sich auch nur einen Spalt öffnen, geht eine furchtbar laute Sirene los. Dasselbe gilt für die Fenster im Erdgeschoss. Unentdeckt zu verschwinden ist also schier unmöglich.

»Ich wollte das Zimmer endlich streichen. So wie es aussieht, werden wir wohl eine ganze Weile hierbleiben, dann kann ich dem Ganzen auch einen persönlicheren Touch verleihen.«

Giulia nickt, doch ich sehe in ihren Augen, dass sie gern eine rebellischere Antwort gehört hätte.

»Hast du Lust, mir zu helfen?« Sie nickt wieder und fasst ihre langen, fast schwarzen Haare zu einem Pferdeschwanz zusammen. Wenn man uns so nebeneinandersitzen sieht, könnte man uns glatt für Schwestern halten. Wir haben beide dunkle Haare, ähnlich gebräunte Haut und sind fast gleich groß. Aber im Gegensatz zu mir hat Giulia perfekte 90-60-90 zu bieten, weshalb sie neben der Schule modelt. Entdeckt wurde sie durch den Friseursalon ihres Vaters. Irgendeine hochrangige Agentin hat dort beim Haareschneiden ihre Bilder gesehen und sie direkt unter Vertrag genommen. Als ich letztens mit Mom Essen gewesen bin, habe ich meine beste Freundin plötzlich in Lebensgröße auf einem Plakat an einer Hauswand gesehen. Das war schon beeindruckend. Aber wenn der Charakter nicht stimmt, kann man noch so gut aussehen, wie man will. Glücklicherweise ist Giulia innen genauso schön wie außen.

»Womit fangen wir an?« Sie sieht mich erwartungsvoll an.

»Lass uns den Schrank zur Seite schieben. Vielleicht schaffen wir das ohne Tonis Hilfe.«

Voller Tatendrang packen wir das massive Möbelstück an. Ich ziehe und Giulia schiebt. Und tatsächlich bewegt er sich!

»Warte mal«, schnaufend wische ich mir mit dem Handrücken über die Stirn. »Wenn wir so weitermachen, zerkratzt mir das das ganze Laminat.«

Giulia schnalzt nachdenklich mit der Zunge. »Was, wenn wir Pappe drunter schieben? Dann rutscht er vielleicht auch besser.«

»Du bist ein Genie!« Schnell flitze ich in mein angrenzendes Atelier und komme mit bemalter Pappe zurück. Unter größter Anstrengung wuchten wir den Schrank nach vorne und nach hinten, bis die Pappstücke richtig positioniert sind. Schon jetzt rinnt mir der Schweiß die Schläfen hinunter. Wieso musste Mom sich vor fünfundzwanzig Jahren so ein derart schweres

Möbelstück anschaffen? Sie steht eigentlich gar nicht auf diesen Vintagestil. Aber zum Glück behält Giulia recht, denn der Schrank rutscht jetzt deutlich besser über den Boden.

Doch kaum haben wir die zu bemalende Stelle freigelegt, kommt der nächste Hammer: Dahinter wurde gar nichts verputzt!

Stattdessen sind da noch immer Tapetenreste von vor 20 Jahren. War den Handwerkern wohl auch zu mühsam, den Schrank zu bewegen. Na super!

»Sieht so aus, als müssten wir erstmal die Tapete abreißen, hm?« Giulia greift nach einer abstehenden Ecke und zieht daran. Doch anstatt nur ein Stück abzureißen, löst sich die Bahn komplett und fällt zu Boden. Und was jetzt zum Vorschein kommt, hätte ich nie für möglich gehalten.

»Ist das … eine Tür?« Sie klingt so überrumpelt, wie ich mich fühle. Fassungslos tauschen wir einen Blick. Vor uns in der Wand ist eine alte Holztür eingelassen. Sie sieht aus, als wäre sie schon lange nicht mehr geöffnet worden. Vielleicht weiß auch niemand, dass sie überhaupt existiert. Ich bin immer davon ausgegangen, dass Mom diesen Schrank gekauft hat, aber plötzlich bin ich mir da nicht mehr so sicher. Vielleicht steht er schon seit ihrem Einzug an genau derselben Stelle und niemand hat sich je die Mühe gemacht, ihn zu verschieben oder wegzuwerfen.

»Wohin die wohl führt?« Vorsichtig umfasse ich den runden Türgriff und drehe leicht daran.

»Vielleicht in die Folterkammer deiner Mom?« Grinsend wackelt Giulia mit den Augenbrauen.

»Witzig.« Mit etwas Kraft drücke ich gegen die Tür, die sich daraufhin quietschend öffnet. Ein ungutes Gefühl breitet sich in meiner Magengegend aus. Wie konnte niemand von einer versteckten Tür wissen, die anscheinend in einen weiteren Raum führt? Wir recken die Hälse, um etwas sehen zu können.

Erkennen aber lediglich eine schmale Steintreppe, die hinunter in die Dunkelheit führt.

»Ein bisschen gruselig, oder?« Ich schlucke und klopfe mir den Staub von den Händen, der am Türknauf hing. Dieser Weg wurde definitiv schon lange nicht mehr genutzt.

»Gruselig? Vielleicht. Ich finde es vielmehr aufregend!« In Giulias Augen funkelt die Abenteuerlust, während mein Herz schneller schlägt. Ich spüre, wie meine Handinnenflächen schwitzig werden, und habe das Gefühl, alles viel deutlicher wahrzunehmen als zuvor. Als wäre mein Körper in Alarmbereitschaft. »Kay, wenn niemand von dieser Tür weiß und sie womöglich nach draußen führt, dann ist sie nicht alarmgesichert.«

Unsicher kaue ich auf dem Nagel meines Daumens herum. »Ich weiß nicht, Giulia …«

»Lass uns nur mal gucken, bitte.« Seufzend willige ich ein. Sie ist ohnehin nicht von dieser Idee abzubringen. Sofort schaltet sie die Taschenlampe an ihrem Handy an und beginnt den Abstieg. Ich bin dabei dicht hinter ihr. An den Wänden sind altmodische Kerzenhalter angebracht, die rundum mit Spinnweben umhüllt sind. Igitt! Leises Rascheln und Quieken lässt mich ahnen, dass wir nicht allein sind. O Gott, bitte lass die Mäuse nicht in mein Zimmer laufen!

»Wann ist das Haus nochmal gebaut worden?« Giulia dreht sich kurz zu mir um. »Das sieht alles sehr alt aus.«

»Ich habe keine Ahnung«, erwidere ich schulterzuckend. Eigentlich bin ich davon ausgegangen, dass es nicht so alt ist. Inzwischen sind wir am Fuß der Treppe angekommen und finden uns vor einer weiteren Tür wieder. Diesmal ist Giulia diejenige, die sie öffnet. Sofort flutet Tageslicht den dunklen Gang und ein Schleier Efeu ermöglicht uns nur eine bedingte Sicht auf den Garten. Wie gut, dass Mom vom dem Efeu so angetan war, dass sie Toni die Anweisung gegeben hat, den ja nicht abzuschneiden.

»Der Wahnsinn!« Giulia sieht aus, als würde sie vor Freude gleich anfangen zu weinen. Vorsichtig schiebt sie das Grünzeug beiseite und steht in meinem Garten.

»Kay, das ist dein Ticket in die Freiheit!« Begeistert dreht sie sich zu mir um. »Das eröffnet uns ganz neue Möglichkeiten!«

Ich kann über ihre Freude nur milde lächeln. Während sie vor sich hinplappert und überlegt, was wir jetzt alles machen können, knete ich unsicher die Hände. Dieser Geheimgang ist cool, keine Frage, aber ich weiß nicht, ob ich ihn wirklich nutzen sollte. Mom hat ihre Gründe, mich so zu behüten, und auch wenn es manchmal anstrengend ist, weiß ich, dass sie nur mein Bestes will. Ihr dann so in den Rücken zu fallen, kommt mir falsch vor. Andererseits ist der Gedanke an Freiheit und Unabhängigkeit schon reizend. Aber auch beängstigend. Giulia ist hier aufgewachsen und kennt alles in Los Angeles. Ich hingegen kenne überwiegend das Innere der Häuser, in denen ich bisher gelebt habe, und einige Restaurants, in denen ich mit Mom war.

»Kayla, bist du hier irgendwo?« Tonis Stimme hallt durch den Gang. Sofort schließt Giulia die Tür und wir rennen wieder nach oben. Toni steht am Anfang der Treppe und sieht uns ungläubig an.

»Wo kommt ihr denn her?«

»Das glaubst du nicht!« Giulia grinst ihn an. Ich schließe schnell meine Zimmertür, bevor sie loslegt und ihn in unser neuentdecktes Geheimnis einweiht.

»Das wird der Wahnsinn! Wir schieben den Schrank wieder davor, Toni entfernt die Rückwand und dann kannst du direkt in den Geheimgang steigen! Wie in Narnia!« Toni nickt, wenn auch weniger begeistert als Giulia. Ich kann die Zweifel in seinen Augen sehen, die auch an mir nagen. Wäre es wirklich eine gute Idee, diesen Gang zu benutzen? Aus welchen Gründen auch immer? Schweigend lasse ich mich aufs Bett fallen, auch wenn ich aufgrund von Giulias glühender Fantasie leicht grinsen muss.

»Hör zu, Kayla. Ich bin heute Abend im *Midnight* zu einer Party eingeladen. Das ist der angesagteste Club hier in L.A.« Giulia setzt sich neben mich. »Ich weiß, dass du eine regelkonforme Tochter bist, aber lass es uns einfach ausprobieren. Du wirst bald neunzehn. Im Herbst willst du aufs College, da wird es Zeit, dass du endlich unter Leute kommst.«

»Eben.« Jetzt pflichtet Toni ihr bei, auch wenn er noch nicht hundertprozentig überzeugt zu sein scheint. Er lässt wenigstens den Gedanken an die vielen Möglichkeiten zu. »Du kannst dich nicht ewig in diesen vier Wänden einsperren lassen.« Ich bemerke seinen sehnsuchtsvollen Blick in Giulias Richtung und weiß instinktiv, dass er sich von ihrer Begeisterung hat mitreißen lassen. Unschlüssig schaue ich zwischen meinen Freunden hin und her.

»Ich weiß nicht … Mom fände das bestimmt nicht gut.«

»Natürlich fände sie das nicht gut. Aber geht es in unserem Alter nicht genau darum? Dinge zu tun, die unsere Eltern zur Weißglut treiben?« Giulia brennt für diesen Plan. »Außerdem … was sie nicht weiß, macht sie nicht heiß.« Schulterzuckend lehnt Toni sich auf meinem Schreibtischstuhl zurück.

»Wie kommen wir denn überhaupt in den Club rein? Falls du es vergessen haben solltest, sind wir beide noch keine 21.« Mit einer einfachen Handbewegung schiebt Giulia diesen Einwand beiseite.

»Lass das mal meine Sorge sein.« Ich seufze. Damit wurde auch der letzte Einwand, der mir eingefallen ist, abgeschmettert.

»Vorschlag zur Güte«, meine beste Freundin scheint zu merken, dass sie drauf und dran ist, diesen Kampf zu verlieren, weil ich ihre Begeisterung nicht wie erhofft teile. »Wenn deine Mom nachher nach Hause kommt, findest du heraus, was sie heute

Abend vorhat. Wenn sie zu einem Geschäftsessen geht, kommst du mit. Ist sie zuhause, vergessen wir das Ganze und reden nie wieder darüber. Deal?«

Ich nicke nach kurzem Zögern. Das ist ein fairer Kompromiss, der mir Raum zum Überlegen bietet.

»Klasse! Texte mir, wenn du eine Antwort hast.«

Als Mom wenig später nach Hause kommt, sitze ich gerade in der Küche und mache mich über ein paar Brote her, die Francesca kurz vor ihrem Feierabend noch geschmiert hat.

»Hallo, Liebes.« Sie drückt mir einen Kuss auf die Schläfe und zieht ihre Pumps aus. »Hattest du einen schönen Tag?« Ich nicke kauend. Nachdem ich das Brot mit einem Schluck Wasser runtergespült habe, lehne ich mich auf meinem Stuhl zurück.

»Willst du was essen? Es sind noch ein paar Schnittchen im Kühlschrank.« Zu meiner Enttäuschung schüttelt sie den Kopf. »Ich wollte mich nur kurz frischmachen. Um acht bin ich noch zu einem Geschäftsessen verabredet. Könnte spät werden.« Ich presse die Lippen aufeinander. Hätte ich mir ja denken können. Seit wir vor sechs Monaten nach Los Angeles gezogen sind, haben wir vielleicht vier Mal zusammen zu Abend gegessen. Entweder muss sie lange arbeiten oder sie ist bei Geschäftsessen in teuren Restaurants zugegen. Und frisch machen bräuchte sie sich auch nicht. Vermutlich ist das nur ihr Vorwand, um mich überhaupt mal zu Gesicht zu bekommen.

Nach fast zwölf Stunden im Büro sieht sie immer noch aus wie aus dem Ei gepellt. Ihre blonden Haare sind zu einem adretten Dutt frisiert, von dem kein Härchen absteht und das schwarze Kostüm sieht aus, als wäre es direkt aus dem Schrank entnommen worden. Keine Falte ist zu erkennen. Keine Ahnung, wie sie das Tag für Tag hinbekommt.

»Hast du noch was Schönes vor?« Mom lächelt mich an, während sie an einem Glas Wasser nippt.

»Giulia wollte vielleicht vorbeikommen. Wenn sie es nicht schafft, male ich wahrscheinlich einfach ein wenig.« Ich ringe mir ein Lächeln an. Diese Lüge brennt auf meiner Zunge wie Feuer.

»Dann wünsche ich euch viel Spaß. Aber denk dran: Nicht das Haus verlassen.« Sie wirft mir einen letzten warnenden Blick zu, woraufhin ich mich fast an meinem letzten Stück Brot verschlucke. Manchmal habe ich das Gefühl, dass sie mir direkt in den Kopf schauen und meine Gedanken lesen kann.

Gruselig.

»Würde mir nie in den Sinn kommen«, rufe ich ihr hinterher und spüre, wie sich mein Herz beinahe überschlägt. Als ich sicher bin, dass sie nicht mehr in der Nähe ist, schnappe ich mir mein Handy und öffne Giulias Chat.

Kayla: Heute Abend geht klar.

Nur wenige Sekunden später kommt die Antwort.

Giulia: Mega!!! Bester. Abend. Aller. Zeiten.

Kapitel 4 – *Kayla*

»Das wird so cool! Ich kann es immer noch nicht fassen, dass ich dich endlich ins Nachtleben von Los Angeles entführen kann!« Seit einer halben Stunde plappert Giulia von nichts anderem. Aufgeregt hüpft sie von meinem Kleiderschrank zu ihrer mitgebrachten Tasche, um die perfekten Outfits für uns zusammenzustellen. Ich sitze derweil vor dem Spiegel meines Schminktischs und weiß noch immer nicht, ob ich mich freuen oder mich lieber übergeben soll.

Der heutige Abend ist der größte Regelverstoß, den ich bisher begangen habe. Und wenn Mom das rausfinden sollte, kann ich mir den Traum vom normalen College abschminken. Allerdings kann ich nicht leugnen, dass es mich in den Fingern juckt, endlich mal eine andere Seite dieser Stadt kennenzulernen. Mein ganzer Körper wird von einem vorfreudigen Kribbeln durchzogen. Zeitgleich ist mir aber so übel, dass ich mich am liebsten auf den hellen Laminatboden erbrechen würde. Eine leise Stimme in meinem Kopf flüstert immer wieder, dass es keine gute Idee ist, heute Abend das Haus zu verlassen, während eine andere fragt, wie Mom es überhaupt erfahren sollte? Wenn sie von ihrem Geschäftsessen kommt, wird sie sich wohl kaum die Mühe machen, noch einmal die Treppe zu meinem Zimmer hochzusteigen. Das macht sie nämlich nie. Ein Vorteil, wenn man bisher immer die brave Tochter war. Es ist, als würden Engelchen und Teufelchen sich einen Schlagabtausch in meinem Kopf liefern.

»Du siehst gar nicht so begeistert aus«, stellt Giulia schließlich enttäuscht fest.

»Nein, so ist es nicht«, versichere ich und drehe mich zu ihr um. »Ich mache mir nur so meine Gedanken.« Verständnis blitzt in ihren Augen auf. »Ich weiß, dass es ein gewagter Schritt ist, aber vertrau mir. Es wird super!«

Um ihre Stimmung nicht weiter zu trüben, setze ich ein Lächeln auf und ziehe mir einen Lidstrich. Anschließend versuche ich meine Haare zu einem anständigen Dutt zu frisieren, gebe aber nach einigen Minuten auf und binde sie mir zu einem einfachen Pferdeschwanz zusammen. Schlicht, aber dennoch schick. Jetzt fehlt nur noch eins: Ich greife nach der kleinen, weißen Box, die vor meinem Spiegel steht und öffne sie. Darin schwimmen braune Kontaktlinsen, die ich immer trage, wenn ich mal das Haus verlasse.

»Ach nö, lass die Kontaktlinsen doch hier. Jeder soll deine hübschen grünen Augen sehen.« Über den Spiegel werfe ich Giulia einen kurzen Blick zu. »Wenn ich schon die Regeln breche, dann wenigstens so, dass Mom nicht komplett ausrastet, falls sie doch davon erfahren sollte.«

»Hast du überhaupt eine Ahnung, weshalb du diese Dinger tragen musst?« Ich halte einen Moment inne.

»Das hat irgendwas mit meiner Sehkraft zu tun. Mom hat es mir früher mal erklärt, aber daran erinnere ich mich nicht so genau.« Giulia wirft mir einen skeptischen Blick zu.

»Kannst du mit ihnen denn besser sehen als ohne?« Ich denke einen Augenblick über ihre Frage nach und beantworte sie dann mit einem Kopfschütteln. Ich sehe ohne sie genauso gut wie mit.

»Dann hat deine Mom definitiv was zu verbergen«, mutmaßt Giulia und hat direkt wieder dieses neugierige Funkeln in den Augen.

»Du guckst echt zu viele True-Crime-Dokumentationen«, erwidere ich und rolle mit den Augen. »Ich werde sie trotzdem tragen. Damit fühle ich mich einfach wohler.«

Seufzend lässt Giulia sich auf mein Bett fallen, um ihre Schuhe anzuziehen. Sie weiß, dass sie diese Diskussion auf keinen Fall gewinnen wird. Binnen Sekunden sind meine auffallend grünen Augen verschwunden. Stattdessen schauen mich ein Paar rehbraune Augen an, die mich jedes Mal aufs Neue komplett anders wirken lassen. Ich habe mich zwar daran gewöhnt, sie zu tragen, aber trotzdem finde ich, dass sie einfach nicht in mein Gesicht gehören. Nur der Wunsch, Mom nicht noch wütender zu machen, lässt sie mich weiter tragen.

Das Surren meines Handys unterbricht meine Gedanken. Ein kurzer Blick aufs Display genügt, damit mein Herz einen Satz macht. Der heutige Tag war so turbulent und voller Überraschungen, dass ich ihn komplett vergessen habe.

ThiefofDawn: Hey, Unbekannte! Noch am Leben? Grinsend entsperre ich mein Telefon.

Cinderella3402: Ja, tut mir leid. War ein stressiger Tag.

ThiefofDawn: Stressig, hm? Hoffe, es geht dir gut und du kannst den Abend genießen.

Cinderella3402: Das werde ich. Breche heute zur Abwechslung mal die Regeln … Aufregend, was?

ThiefofDawn: Du kleine Rebellin … Pass auf dich auf. Wir schreiben morgen.

Cinderella3402: Auf jeden Fall.

»Der geheimnisvolle Verehrer?« Giulia späht über meine Schulter und ich werde sofort rot. »Ja, ich habe bei dem ganzen Trubel vergessen, ihm zu schreiben.«

»So, so.« Sie wackelt vielsagend mit den Augenbrauen, weshalb ich sie mit einem Pinsel bewerfe. ThiefofDawn beziehungsweise Jacob habe ich kurz nach meinem Umzug hierher kennengelernt. Es war ein ziemlich trostloser Freitagabend, an dem ich zu nichts anderem fähig war, als gedankenverloren an die Decke zu starren. Giulia hatte keine Zeit, um mich auf andere Gedanken zu bringen, Mom war nicht da und zum Malen fehlte mir die Inspiration.

»Okay, bist du so weit?« Bevor ich weiter in Erinnerungen

abschweifen kann, holt Giulia mich zurück in die Gegenwart. Sie schaut mich vielsagend an. In ihrem roten, engen Kleid und den hohen Schuhen sieht sie wirklich zum Anbeißen aus! Sie wird sich vor interessierten Männern heute Abend gar nicht retten können. Ich hingegen habe mich für eine eng sitzende, schwarze Jeans und ein ebenso schwarzes Croptop entschieden. Nach langer Überzeugungsarbeit seitens Giulias habe ich mich sogar dazu durchgerungen, High Heels anzuziehen. Auch wenn ich die furchtbar unbequem finde und es nach den ersten Metern sicherlich bitter bereuen werde. Aber sie hat schon Recht … dadurch bekommt man einen tollen Hintern.

»Schon, ja. Aber wie kommen wir überhaupt in den Club rein? Immerhin sind wir noch nicht einundzwanzig.« Grinsend greift Giulia in ihre Handtasche und wirft mir eine kleine Checkkarte zu.

Ungläubig starre ich sie an. »Du hast mir einen falschen Ausweis besorgt?« Schulterzuckend streicht sie ihr Haar zurück. »Ich hatte gehofft, dass dieser Tag irgendwann kommen wird. Da wollte ich auf alles vorbereitet sein.« Manchmal bin ich wirklich beeindruckt, wie organisiert sie ist. Ohne ein weiteres Wort schnappe ich mir meine Clutch und stelle mich vor den Schrank. Toni hat nach seinem Feierabend noch die Rückwand und den Boden entfernt, sodass wir den Geheimgang problemlos erreichen können. Inzwischen ist es halb zehn. Wenn die Tür alarmgesichert sein sollte, werden wir es in wenigen Sekunden erfahren.

Aber sowohl bei der ersten als auch bei der zweiten Tür passiert rein gar nichts. Kein schrilles Klingeln oder verräterisches rotes Blinken. Ich habe tatsächlich einen unbewachten Weg in die Freiheit gefunden!

»Na, das hat doch fantastisch funktioniert.« Giulia sieht mich zufrieden an. »Jetzt komm, das Uber müsste jeden Moment da sein.«

»Du hast ein Uber zu meiner Adresse bestellt?« Erschrocken sehe ich sie an.

»Keine Panik. Hältst du mich für eine Amateurin? Der holt uns an der nächsten Straßenecke ab.« Erleichtert atme ich aus. Langsam weich das ungute Gefühl in meiner Magengegend und macht Platz für etwas, das ich bisher selten empfunden habe: Aufregung. Ich habe es wirklich gewagt, mich gegen die Anweisung meiner Mom zu stellen, und bekomme einen ersten Einblick ins richtige Leben. Das fühlt sich verdammt gut an!

Das *Midnight* liegt im Herzen von Los Angeles und raubt mir den Atem. Ich habe mir gedacht, dass Clubs extravagant sein müssen, um viele Besucher anzulocken, aber das übertrifft sämtliche Vorstellungen. Das Gebäude besteht vollkommen aus Glas. Schon von draußen kann ich sehen, dass es über drei Stockwerke geht und trotz der frühen Uhrzeit bereits gut besucht ist.

Ohne große Probleme kommen wir an den Türstehern vorbei. Giulia scheint sie gut zu kennen, denn kaum sind wir aus dem Auto gestiegen, werden wir an der Schlange vorbei zum Eingang gewunken. Unsere Ausweise müssen wir nicht einmal vorzeigen. Drinnen ist alles noch imposanter, als ich zuerst angenommen habe. Die Floors sind größer als die ganze Etage, auf der ich wohne. Die Innenausstattung scheint ebenfalls aus Glas zu sein, auch wenn ich mich frage, ob man wirklich riskieren würde, dass alles bei einer wilden Party zu Bruch geht. Außergewöhnlich ist es aber auf jeden Fall!

»Auf allen drei Ebenen wird unterschiedliche Musik gespielt!« Giulia muss mir fast ins Ohr schreien, damit ich sie verstehe. »Hier unten läuft normaler Pop. Alles, was du in den Charts findest. In der ersten Etage spielen sie überwiegend Black Music. Hip-Hop, R'n'B und so ein Zeugs. Und im zweiten Stock läuft Techno.«

Sie verzieht das Gesicht zu einer Grimasse. »Furchtbar, wenn du mich fragst. Komm, wir holen uns erstmal was zu trinken!« Sie schnappt sich meine Hand und zieht mich hinter sich her. Zwischendurch begrüßt Giulia immer wieder Leute, die sie durch ihre Arbeit zu kennen scheint. Alle sehen wie Topmodels aus. Mich beachten sie dabei gar nicht, was mir nur recht ist. Die Menschenmassen überfordern mich ohnehin schon. Von der lauten Musik tun mir die Ohren weh. Es ist furchtbar heiß hier drinnen, sodass mir jetzt schon die Hose an den Oberschenkeln klebt, und mir wird schwindelig durch das Gedränge. Der viele ungewollte Körperkontakt bringt das ungute Gefühl von vorhin mit einem Schlag wieder zurück. Meine Synapsen stehen kurz vorm Explodieren, weshalb ich umso erleichterter bin, als wir die Bar erreichen, die zum Glück gerade nicht so überfüllt ist.

Ich lehne mich gegen den kühlen Tresen und atme tief durch. Giulia hat meine Hand inzwischen losgelassen und versucht die Aufmerksamkeit des Barkeepers auf sich zu lenken.

Erfolglos, denn einige aufreizend gekleidete Frauen links von uns haben ihn vollkommen in den Bann gezogen.

Unauffällig versuche ich mich ein wenig umzuschauen. Die Tanzfläche hinter uns ist gut gefüllt. Alle bewegen sich ausgelassen zu den gespielten Beats oder nicken zum Rhythmus der Musik, während sie sich an ihren Drinks festklammern, als würde ihr Leben davon abhängen. Letzteres trifft hauptsichtlich auf die Männer zu. Es ist viel los, aber vielleicht ist das auch gar nichts im Vergleich zu anderen Abenden. Giulia versucht jetzt bei dem anderen Barkeeper Getränke zu bestellen, wird aber vollkommen ignoriert. Eine neue Erfahrung für sie, schätze ich. Sie ist es gewohnt, immer im Mittelpunkt zu stehen und die volle Aufmerksamkeit zu genießen. Deshalb verfinstert sich ihr Gesichtsausdruck auch mit jeder weiteren Minute, in der sie nicht bedient wird. Plötzlich stößt mich jemand von der Seite an und ich zucke zusammen.

»Hey.« Ein Typ lächelt mich an. Er ist groß, etwa einen halben Kopf größer als ich. Seine dunkelblauen Augen funkeln mich verschmitzt an. Er sieht gut aus. Sein dunkles Haar und die Tattoos am Unterarm lassen ihn attraktiv wirken. Er kommt mir bekannt vor, aber ich kann ihn gerade nicht zuordnen. Zu viele Eindrücke prasseln auf mich ein. Ich lächle zurück und nicke knapp. Ein richtiges Gespräch ist bei dieser Lautstärke ohnehin unmöglich. Zumindest für mich. Er scheint da anderer Meinung zu sein. Lässig lehnt er sich auf seinen Unterarm und beugt sich ein Stück zu mir runter, damit wir auf Augenhöhe sind.

»Erstes Mal hier?« Überrascht sehe ich ihn an. Für mich ist es merkwürdig, dass er mich einfach so anspricht, für ihn vermutlich aber ganz normal. Ein kurzer Blick über die Schulter zeigt, dass Giulia inzwischen versucht die Aufmerksamkeit des dritten Barkeepers zu erlangen. Sie wird mir also nicht zu Hilfe kommen. Aber wieso sollte sie auch? Mein Gegenüber scheint nett zu sein und war es nicht Ziel des Abends, etwas anderes als meine eigenen vier Wände zu sehen? Neue Leute kennenzulernen und den Sprung ins richtige Leben zu wagen? »Ist das so offensichtlich?«

Er lacht, was in dem neu beginnenden Lied allerdings untergeht. »Etwas.« Inzwischen ist er mir so nah, dass ich riechen kann, dass er bereits etwas getrunken hat. Zugleich muss er ein Kaugummi gekaut oder ein Bonbon gelutscht haben, denn er riecht erfrischend zitronig. Vielleicht kommt das aber auch von dem Vodka Lemon in seiner Hand.

»Sag mal … wir kennen uns doch, oder nicht?« Jetzt mustert er mich intensiver. Ein Schauer läuft mir den Rücken hinab und ich senke unter seinem eindringlichen Blick den Kopf.

»Ich wüsste nicht, woher«, erwidere ich ehrlich. Immerhin habe ich bis auf unser Haus, das *Anemone*, ein Restaurant, in dem Mom und ich die Hälfte unserer gemeinsamen Abendessen verbracht haben, und diesen Club noch nichts von Los Angeles gesehen.

»Doch, du kommst mir bekannt vor.« Mein Gegenüber legt die Stirn in Falten. Ich kann richtig sehen, wie die kleinen Rädchen in seinem Kopf zu arbeiten beginnen. Er neigt den Kopf von rechts nach links und betrachtet intensiv mein Gesicht und die langen Haare, sodass es fast schon unheimlich wirkt. Ich will gerade von ihm abrücken und zu Giulia gehen, als ihm ein Licht aufzugehen scheint.

»Du bist das Mädchen aus dem Turm!« Ich halte in der Bewegung inne und starre ihn für einen Augenblick sprachlos an. »Ey, wie cool ist das denn? Ich laufe jeden Tag bei dir vorbei!«

O my fucking god. Er ist der Jogger, den ich seit Wochen anschmachte! Wie groß ist bitte die Wahrscheinlichkeit, dass ich bei meinem ersten Clubbesuch in Los Angeles direkt auf jemanden treffen, den ich kenne. Sehr gering, genau! Ich bin immer noch stumm wie ein Fisch. Die ganze Situation überfordert mich komplett.

»Ich bin Jake und das hier …«, er deutet auf den Kerl hinter sich, »… ist Wes.« Ich nicke seinem Freund zu. Der ist noch größer als Jake, an den Armen volltätowiert und sogar am Hals kann ich einige Tattoos erkennen. In Sachen Attraktivität steht er Jake in nichts nach.

»Hast du auch einen Namen, Turmmädchen? Oder soll ich dich direkt Rapunzel nennen? Einige Gemeinsamkeiten habt ihr ja.« Ich starre ihn immer noch an. Seine Worte dringen zwar zu mir durch, aber irgendwie dringen sie auch nicht zu mir durch. Das alles hier ist einfach so … unwirklich.

»Kayla«, entgegne ich dann heiser, nachdem ich meine Stimme wiedergefunden habe. »Mein Name ist Kayla.«

»Kayla also …«, mein Mund wird staubtrocken. Hat mein Name jemals so sinnlich geklungen? Ich glaube nicht. Plötzlich sehne ich mich nach einem kühlen Getränk, aber Giulia hat bei den Barkeepern noch immer kein Glück gehabt. »Was willst du trinken?«

Noch bevor ich antworten kann, mischt Giulia sich ein. »Tequila! Wir hätten gern Tequila.«

Sie sieht mich mit hochgezogenen Augenbrauen an. »Ach ja. Giulia, das sind Jake und Wes. Jungs, das ist Giulia.« Die drei nicken sich zu. Jake hebt den Arm, weshalb der Barkeeper sofort kommt, und innerhalb weniger Minuten haben wir unsere Shots.

Wir trinken, lachen und amüsieren uns so gut, dass die Zeit wie im Flug vergeht. Jake ist lustig, charmant und ein toller Gesprächspartner. Wes und Giulia kommen auch gut miteinander klar. Auf jeden Fall kann er die Augen nicht von ihr lassen und es kommt zu keinem peinlichen Schweigen zwischen den beiden.

»Hast du Lust zu tanzen?« Jake sieht mich erwartungsvoll an. Tanzen, hm. Ich kann ein bisschen vor dem Spiegel in meinem Zimmer herumzappeln, aber hier in einem Club? Unsicher schaue ich zu der Menschenmasse hinter uns. Seit wir hier sind, hat sich die Zahl der Besucher fast verdoppelt. Da wird sich wohl niemand ausgerechnet auf mich und meine schlechten Tanzkünste konzentrieren.

»Klar.« Ich lächle ihn an, woraufhin er sich meine Hand schnappt und mich zur Tanzfläche zieht. Ein Kribbeln breitet sich dort aus, wo unsere Hände sich berühren, und jagt meinen Arm hoch. Ein überraschend gutes Gefühl. Wir finden eine kleine Lücke zwischen den bereits Tanzenden und Jake dreht mich einmal um meine eigene Achse. Lachend fange ich an, mich zum Takt der Musik zu bewegen. Ab und an werfe ich kurze Blicke zu den anderen Frauen, von denen mich einige neidisch anschauen. Allerdings geht es dabei nicht um meine herausragenden Moves, sondern vielmehr um Jake. Er ist wohl heißbegehrt hier im *Midnight*.

Unauffällig kopiere ich einige Bewegungen der anderen und stelle fest, dass es recht gut funktioniert. Langsam entspanne ich mich und kann mich voll auf Jake einlassen. Irgendwann werde ich mutiger und mache einen Schritt auf Jake zu, ohne ihn dabei aus den Augen zu lassen. Er tut es mir gleich und dann sind wir uns so nah, dass ich seine Körperwärme spüren kann. Mir ist heiß. So heiß, dass ich es bereue, eine lange Hose angezogen zu haben. Seine Hand streicht über meine Hüfte und berührt dabei die nackte Stelle zwischen Hosenbund und Top. Ich zucke kurz zusammen, doch als meine Haut angenehm zu kribbeln beginnt, entspanne ich mich direkt wieder. Ich schließe die Augen, fühle mich frei und losgelöst, aber die Hitze hier macht mir zu schaffen. Am liebsten würde ich kurz an die frische Luft, um mich abzukühlen, andererseits will ich den Moment nicht enden lassen.

»Kay!« Giulia sieht das wohl ein bisschen anders. Sie packt mich am Arm und zerrt mich von Jake weg. Ich will gerade protestieren, als sie mir ihr Handy vors Gesicht hält mit einer geöffneten Nachricht von Toni.

Toni: 9-1-1! Ihr müsst sofort nach Hause kommen!!!

Panisch sehe ich Giulia an. »Sie hat was bemerkt. Oh Gott. Sie bringt mich um.«

Ich drehe mich zu Jake, der uns nur verständnislos beobachtet. »Es tut mir leid, aber ich muss gehen.«

»Jetzt schon? Ich dachte, wir könnten zu mir gehen und uns noch besser kennenlernen.« Mir klappt die Kinnlade herunter. Ist das etwa sein Ernst?

»Bist du etwa ernsthaft davon ausgegangen, dass ich dich nach Hause begleite? Wir haben uns eben erst kennengelernt!«

»Also den meisten Frauen macht das eigentlich nichts aus.« Ich lache einmal freudlos auf und schüttle den Kopf.

»Idiot«, murmle ich leise und wende mich zum Gehen. Doch Jake ist schneller und schnappt sich mein Handgelenk, um mich aufzuhalten.

»Okay, sorry. Das war nicht lustig. Wann kann ich dich dann wiedersehen?« Abschätzend sehe ich ihn an. Wie viel Wahrheit steckt in diesen Worten? Will er mich wirklich noch einmal treffen? Oder ist das nur eine weitere Masche, damit ich ihn nach Hause begleite?

»Wahrscheinlich gar nicht.« Traurigkeit vertreibt Wut und Angst für einen kurzen Augenblick. Auch wenn Jake sich gerade als Womanizer geoutet hat, hatte ich doch viel Spaß mit ihm heute Abend. »Eigentlich dürfte ich nicht mal hier sein.«

Ich wende mich von ihm ab, doch er lässt mich nicht los, weshalb ich mich gezwungenermaßen wieder zu ihm umdrehen muss. Giulia tippt dabei hektisch mit dem Zeigefinger auf ihre nicht vorhandene Armbanduhr.

»Warte.« Er klopft die Taschen seiner Hose ab, findet aber nicht das, wonach er sucht. Also hält er einen vorbeiflitzenden Mitarbeiter an und leiht sich dessen Stift. Schnell, aber trotzdem leserlich, kritzelt er mir eine Nummer auf den Unterarm. »Ruf an, wenn du deine Meinung ändern solltest.«

Ich nicke und zwinge mich zu einem kleinen Lächeln, um ihm die Hoffnung nicht direkt zu nehmen. Das hier war ein schöner Ausflug in eine Zukunft, die für mich wohl nie eintreffen wird, aber jetzt muss ich zurück in die bittere Realität.

Giulia und ich verlassen in Windeseile den Club. Die ganze Fahrt über muss ich die Übelkeit unterdrücken, die immer wieder aufsteigt. Was erwartet mich zuhause? Nervös trommle ich mit den Fingern auf meinem Oberschenkel herum. Es war eine blöde Idee auszugehen. Das konnte nur schiefgehen. Wieso zur Hölle habe ich mich dazu überreden lassen?

Als unser Haus in Sichtweite ist, ist mir so schlecht, dass ich mich beinahe auf den Rücksitz übergebe. Noch am Straßenrand fängt Toni mich ab. Er ist sichtlich nervös.

Giulia winkt und fährt mit dem Taxi weiter nach Hause. Ich weiß, dass sie lieber hier geblieben wäre, aber wenn Mom bemerkt, dass sie die treibende Kraft hinter dem Abend war, verbietet sie uns den Kontakt womöglich komplett.

»Wie tief stecke ich in der Scheiße?«, frage ich, während wir Seite an Seite durch den Garten zur Geheimtür laufen.

»Ich denke, gar nicht so tief.« Verwirrt sehe ich ihn an. Weshalb hat er mich dann so schnell herbestellt? »Ich wollte meine Werkzeugtasche holen. Die habe ich gestern Abend bei dir vergessen und brauche sie in aller Herrgottsfrühe. Da habe ich deine Mom im Wohnzimmer gesehen und naja … sie ist ziemlich betrunken.«

Wir hasten die Treppen nach oben und sobald wir in meinem Zimmer ankommen, dringt ein lautes Klirren an meine Ohren.

»Das geht schon die ganze Zeit so.« Toni sieht mich ratlos an. »Sie hat einen richtigen Tobsuchtsanfall.«

Seufzend fahre ich mir mit der Hand übers Gesicht. »Ich danke dir, den Rest schaffe ich allein.«

Toni sieht nicht überzeugt aus, drängt sich aber nicht weiter auf. Er schnappt sich den Werkzeuggürtel, der versteckt neben dem Schrank liegt, bittet mich, ihn anzurufen, falls ich doch Hilfe benötigen sollte und verschwindet.

Ich hingegen schminke mich in Windeseile ab, tausche das Cluboutfit gegen einen Pyjama und laufe die Treppe herunter, während unten immer mehr zu Bruch geht. Mom ist inzwischen vom Wohnzimmer in die Küche gewechselt. Ein Teller nach dem anderen findet den Weg auf den Boden, wo er klirrend zerspringt.

»Mom!« Sie hält einen Moment inne und sieht mich aus glasigen Augen an.

»Die Teller sind so hässlich«, lallt sie und lässt demonstrativ den nächsten fallen. Dabei verstehe ich nur die Hälfte von dem, was sie überhaupt sagt. »Wer hat sich für türkise Teller entschieden? Wir sollten rosafarbene kaufen. Rosa ist Lizzies Lieblingsfarbe.«

Aha, daher weht der Wind. Vorsichtig bahne ich mir einen Weg durch das Scherbenmeer und nehme ihr das Whiskeyglas aus der Hand. »Rosafarbene Teller klingen gut«, meine ich sanft.

»Wie wäre es, wenn wir später nochmal darüber sprechen?«

»Später?« Sie klingt so, als wäre sie mit den Gedanken ganz woanders. »Später ist nicht gut. Später wird schlimm. Der ganze Tag wird schlimm.«

»Ja, ich weiß.« Lizzies Todestag, wie habe ich das vergessen können? Mom wird lange schlafen, sich den ganzen Tag in ihrem Zimmer verkriechen, jegliches Essen verweigern und zu viel trinken. So wie jedes Jahr.

»Komm, ich bringe dich ins Bett.« Behutsam dirigiere ich sie aus der Küche zum Schlafzimmer. Dort lässt sie sich sofort aufs Bett fallen, sodass ich ihr nur noch die Schuhe ausziehen kann. Vorsorglich deponiere ich schon einmal eine Flasche Wasser und zwei Aspirin auf dem Nachttisch.

»Schlaf gut, Mom«, flüstere ich und streiche ihr eine blonde Strähne aus dem Gesicht. »Es kommen wieder bessere Tage. Das weißt du doch.« Aber statt einer Antwort murmelt sie nur unverständliche Dinge und dreht sich auf die andere Seite. Damit wäre das Gespräch dann wohl beendet.

Kapitel 5 – *Jake*

Nachdem Kayla und ihre Freundin fast schon fluchtartig den Club verlassen haben, verging auch mir die Lust am Feiern. Es gab zwar noch genug Frauen, die versucht haben, meine Aufmerksamkeit zu erregen, aber daran war ich nicht interessiert.

Ich wollte Kayla mit nach Hause nehmen. Etwas an ihr, und ich kann nicht genau sagen, was, hat mich so fasziniert, dass es mir tatsächlich egal war, den Club allein zu verlassen. Sie wirkt so unschuldig, so unverbraucht, so neugierig. Als sei sie das erste Mal unter so vielen Menschen gewesen oder hätte heute erst erkannt, wie aufregend das Leben sein kann. Es war süß, wie unangenehm es ihr gewesen ist, dass ich jeden ihrer Drinks gezahlt habe.

Kayla hat mich nachhaltig beeindruckt und das, ohne dass sie sich groß angestrengt hat. Ich konnte mich gut mit ihr unterhalten, auch wenn ich die meiste Zeit geredet habe. Ich habe mich verstanden und wohl gefühlt. Die letzte Person, die das geschafft hat, war Lynn. Auch wenn ich nicht weiß, wie real sie und ihre Aussagen sind, berührt sie Teile in mir, die noch niemand erreichen konnte. Kayla hingegen ist aus Fleisch und Blut, geheimnisvoll, interessant und … heiß. Doch leider hat sie deutlich gemacht, dass ein weiteres Treffen unrealistisch ist. Ich ärgere mich über meinen dummen Spruch, der alles versaut haben könnte.

Seufzend lasse ich mich aufs Bett fallen. Was für ein Abend! Schnell checke ich meine Nachrichten und *Versacio*, muss aber enttäuscht feststellen, dass keine neue Nachricht von Lynn eingegangen ist. Geschweige denn eine von Kayla. Frustriert werfe ich das Handy neben mich. Was Lynn wohl gerade macht? Sie meinte ja vorhin, dass sie heute Abend zur Abwechslung mal die Regeln bricht. Ein mutiger Schritt, der das erste Mal vorkommt, seit ich sie kenne. Was sie jetzt wohl zum Umdenken gebracht hat?

Nachdenklich starre ich an die Decke. Hoffentlich hat sie einen besseren Abend als ich.

Ein leises »Pling« holt mich zurück in die Gegenwart. Ich sehe mein Display aufleuchten und schnappe mir das Smartphone. Eine Nachricht von Lynn. Sofort schlägt mein Herz schneller.

Cinderella3402: Bist du noch wach?
ThiefofDawn: Ja, alles okay?

Nervös rutsche ich im Bett hin und her. Es ist zwei Uhr morgens. Irgendwas muss heute gewaltig schief gegangen sein, wenn sie jetzt noch reden möchte. Vielleicht hat sie mich aber auch einfach vermisst. Ein Grinsen umspielt meine Lippen. Oh ja, dieser Gedanke gefällt mir.

Cinderella3402: Ich war heute heimlich aus, in einem Club. Das war echt super! Ich habe sogar jemanden kennengelernt. Aber dann musste ich weg. Mom war total betrunken und hat fast unser komplettes Geschirr zerbrochen, weil es die falsche Farbe hat.

Ich knirsche mit den Zähnen. Sie war in einem Club und hat sogar jemanden kennengelernt? Eifersucht steigt in mir auf. Wenn sie sich mit Männern trifft, sollte ich dann nicht Nummer eins auf ihrer Liste sein? Meine Reaktion ist komplett irrational, aber der Gedanke von ihr und einem anderen Mann gefällt mir nicht. Ich atme noch einmal tief durch, bevor ich ihr antworte.

ThiefofDawn: Geschirr kann schon mal hässlich sein … aber es direkt kaputt machen? Deine Mom ist echt heavy drauf.

Cinderella3402: Ja ... an einem bestimmten Wochenende im Jahr ist sie immer recht ... schwierig. Ich weiß gar nicht, wie ich das morgen unserer Haushälterin erklären soll, ugh.
ThiefofDawn: Du bist doch kreativ. Da fällt dir bestimmt was ein. Hattest du denn bis dahin wenigstens einen schönen Abend?

Nervös beiße ich mir auf der Unterlippe herum. Will ich wirklich hören, wie sie mit anderen Typen geflirtet hat? Eigentlich nicht. Andererseits interessiert es mich schon, was in ihrem Leben vor sich geht. Immerhin bin ich ein erheblicher Teil davon.

Cinderella3402: Ja, er war großartig. Die vielen Menschen haben mich anfangs etwas eingeschüchtert, aber das hat sich mit der Zeit gelegt. Was hast du so getrieben?
ThiefofDawn: Ich war auch feiern. In meinem Lieblingsclub. War ein interessanter Abend.
Cinderella3402: Interessant also ... so, so. Hast du wieder irgendein armes Mädchen mit in deine Wohnung gezerrt, die jetzt glücklich, zufrieden und nackt neben dir schläft?

Grr. Ich hätte ihr nie erzählen dürfen, dass ich des Öfteren One-Night-Stands habe.

ThiefofDawn: Nein, heute nicht. Heute hat die Frau meiner Begierde mir einen Korb gegeben.
Cinderella3402: Die Frau ist mir direkt sympathisch. Ich musste heute auch so einem Arsch den Kopf zurechtrücken. Dabei war es zuerst lustig mit ihm. Na ja, ich hoffe du kannst auch ohne eine Frau an deiner Seite gut schlafen, denn das werde ich jetzt tun. xo

Und damit ist sie offline. Dieser Sarkasmus in ihren Nachrichten lässt mich lächeln. Es ist erfrischend, wenn sie so mit mir spricht. Das traut sich sonst nur Wes. Alle anderen kriechen mir mehr oder weniger in den Arsch.

Zufrieden lege ich das Handy beiseite und entledige mich meiner Kleidung. Sie hat einem Typen einen Korb gegeben. Das lässt in mir die Hoffnung wachsen, dass sie vielleicht doch mehr an mir interessiert ist, als sie zugibt. Gähnend drehe ich meinem Nachttisch den Rücken zu. Ein bisschen Schlaf würde mir auch ganz guttun.

Nur wenige Stunden später werde ich davon wach, dass jemand durch mein Zimmer schleicht und eine der knarzenden Bodendielen trifft. Alarmiert setze ich mich auf und versuche einen klaren Gedanken zu fassen. Rosa weiß doch, dass sie nicht putzen soll, wenn ich noch schlafe!

»Hey, Bruderherz.« Jolina plumpst mit breitem Grinsen auf die freie Seite meines Bettes, während ich mich stöhnend wieder in die Kissen sinken lasse.

»Hast du eine Ahnung, wie spät es ist?«, knurre ich gereizt.

»Ja. Elf Uhr, mein Lieber. Tu mal nicht so, als hätte ich dich in aller Herrgottsfrühe gestört.«

Elf Uhr? Immer noch leicht verschlafen blicke ich auf mein Handy. Tatsächlich. Kommt mir noch gar nicht so spät vor. Am Rande registriere ich, dass Lynn mir bereits geschrieben hat und mir einen schönen Tag wünscht. Sofort hebt sich meine Laune um ein Vielfaches.

»Also, was willst du, Jolina? Du kommst mich normalerweise nicht ohne Hintergedanken besuchen.« Meine Schwester lächelt ertappt. Ich kenne sie einfach zu gut. »Kannst du mich, Ashley und Jillian noch mal zur Mall fahren? Wir wollen brunchen.«

»Der Satansbraten und seine treue Anhängerin haben auch Autos.« Ich rolle mich auf die Seite. Das Letzte, was ich mir an einem Samstag antun will, ist, die drei Mädels durch die Gegend zu kutschieren.

»Ach komm schon. Du weißt, warum mein Auto in der Werkstatt ist und dass Dad nicht will, dass ich mit den beiden mitfahre.« Sie schiebt die Unterlippe vor und sieht mich aus ihren großen, braunen Augen flehend an. Ein paar Sekunden lang schaffe ich es, ihrem Blick standzuhalten, aber dann bröckelt meine Fassade. Seufzend gebe ich mich geschlagen. Ich hätte es ihr sowieso nicht abschlagen können.

»Na gut, gib mir eine halbe Stunde.« Jolina quietscht aufgeregt und drückt mir einen Kuss auf die Wange. »Du bist der Beste! Frag doch Wes, ob er auch mitkommen möchte.
Hunger hat der doch eh immer.«

Ich nicke und schicke sie schließlich raus, um zu duschen. Vorher schreibe ich Wes noch eine kurze Nachricht und bin erleichtert, als er sofort antwortet und nur zu gern mitkommen würde. Gott sei Dank, dann muss ich mich immerhin nicht allein mit den Kingston-Zwillingen rumschlagen.

Nach der Dusche lasse ich mich noch einen Moment auf dem Sofa nieder. Wir müssen ja nicht überpünktlich bei den beiden aufschlagen.

ThiefofDawn: Send help. Ich muss meine Schwester und zwei ihrer nervigsten Freundinnen zum Frühstück begleiten.
Cinderella3402: Du beklagst dich über die Gesellschaft von Frauen? Bist du krank?
ThiefofDawn: Du würdest es verstehen, wenn du sie kennen würdest. Der Teufel wirkt wie ein Lamm neben den beiden. Außerdem wäre ich viel lieber mit einer bestimmten Frau allein …
Cinderella3402: Drei überfordern dich also … gut zu wissen.

Ich schnalze kurz mit der Zunge. Dieses freche Mundwerk imponiert mir immer wieder. Aber meine Anspielung hat sie nicht verstanden. Oder vielleicht gekonnt ignoriert.

ThiefofDawn: Das habe ich nicht gemeint. Ein Treffen mit dir zum Frühstück wäre mir um Einiges lieber.

Gespannt halte ich den Atem an. So direkt habe ich sie noch nie auf ein Treffen angesprochen. Unsere virtuelle Beziehung hat mir immer gereicht, aber inzwischen wächst das Verlangen nach mehr. Ich will sie richtig kennenlernen, im realen Leben. Ich will wissen, wie sich ihre Stimme anhört, sehen, wie sie lacht und leicht rot wird, wenn ich ihr ein Kompliment mache, mit dem sie zur Abwechslung mal nicht umzugehen weiß. Ich will sie endlich direkt vor mir stehen haben.

Aber Lynn lässt mich warten. Quälend langsam verstreichen die Minuten ohne eine Reaktion ihrerseits. Ob ich doch ein bisschen zu forsch gewesen bin? Angespannt schaue ich auf die Armbanduhr. Viel Zeit bleibt mir nicht mehr, denn jede Minute wird Jolina hier aufschlagen und mich zur Not an den Haaren aus dem Bungalow ziehen. Unpünktlichkeit kann sie gar nicht leiden. Gerade als ich noch eine Nachricht hinterherschicken will, ertönt das erlösende Pling.

Cinderella3402: Vielleicht wird das irgendwann möglich sein.

Mein Herz macht einen Satz und ich atme geräuschvoll aus. Sie hat es nicht direkt verneint! Zufrieden lehne ich mich auf dem Sofa zurück, als jemand ungeduldig an meine Tür klopft.

»So lange braucht kein Mann, um sich fertigzumachen!« Jolina. Wie erwartet. »Beeil dich, Jake. Wir sind schon spät dran!«

Widerwillig stehe ich auf. Wieso genau habe ich mich nochmal darauf eingelassen? Ach ja, weil ich zu meiner Schwester schlecht Nein sagen kann.

»Muss ich wirklich mit?«, murre ich und lehne meine Stirn gegen den Türrahmen. »Es wird genauso ablaufen wie jedes Mal.«

Ashley wird mich in einer Tour anbaggern, weil sie hofft, dass irgendwann mein Interesse an ihr erwacht. Was, nebenbei gesagt, niemals passieren wird. Nicht mal dann, wenn wir die letzten Menschen auf der Erde wären. Jillian wird wie immer stumm danebensitzen und sich wegen ihrer Schwester in Grund und Boden schämen.

»Jetzt hör auf zu meckern und beweg dich! Wenn du mein Cabrio nicht zu Schrott gefahren hättest, müsstest du nicht mitkommen«, keift Jolina und erinnert mich direkt daran, wie sie reagiert, wenn Ashley sie nicht beachtet, sondern nur Augen für mich hat. Das findet sie nämlich gar nicht lustig und ich auch nicht. Tja, und Wes? Der amüsiert sich köstlich über dieses Spektakel und versucht Jolina irgendwie aufzuheitern.

Ein Szenario, was sich einmal monatlich bei uns zuhause abspielt, wenn die Kingstons zum Essen kommen. Es erinnert an eine Schallplatte mit Sprung. Immer und immer wieder dasselbe. Dad hat diese Familienessen vor Ewigkeiten ins Leben gerufen, kurz nachdem die zweite Tochter meines Patenonkels Dave verschwunden ist. Meine Eltern wollten vor allem seine damalige Frau Heather auf andere Gedanken bringen. Betrübt denke ich daran, dass sie trotz ihrer und professioneller Hilfe den Verlust nicht verkraften konnte. Nach ihrem Tod haben wir die entstandene Tradition beibehalten und die Runde um seine neue Frau Vivienne und deren beiden Kinder Ashley und Jillian erweitert. Die gemeinsamen Stunden haben an Leichtigkeit verloren, vor allem, nachdem Mom krank geworden ist. Trotzdem will niemand den Schlussstrich ziehen und so treffen wir uns alle vier Wochen wieder an unserem Esstisch.

»Jake! Jetzt beweg endlich deinen Arsch!« Ich schnappe mir Schlüssel und Portemonnaie. Jolina kann so süß sein, wenn sie will, aber manchmal verwandelt sie sich in ein unausstehliches Biest. Vor allem, wenn man nicht schnell das tut, was sie will. Langsam schlendere ich zur Tür, als mir Lynn wieder einfällt.

Ich habe ihr noch gar nicht geantwortet! Also öffne ich schnell unseren Chat und muss direkt wieder beim erneuten Lesen ihrer Nachricht lächeln.

ThiefofDawn: Das nehme ich jetzt als Versprechen auf, was du hoffentlich irgendwann einlösen wirst.

Ich schließe die App und lasse das Handy in der Hosentasche verschwinden. Mit dem Türknauf in der Hand atme ich noch einmal tief durch und straffe die Schultern. Dann wollen wir uns mal in die Höhle der Löwen begeben.

Kapitel 6 – *Kayla*

Das Wochenende läuft genauso ab, wie ich es erwartet habe. Mom verbarrikadiert sich beide Tage in ihrem Zimmer. Sie kommt nur mal raus, um sich neuen Whiskey zu holen. Aber das höre ich auch nur wegen der quietschenden Tür ihres Schlafzimmers. Sehen tue ich sie nicht. Niemals während dieser Zeit des Jahres. Dann gibt es nur sie, ihre Trauer, die Wut auf Lizzies Vater und ihren guten, alten Freund Jack Daniels. Dass sie noch eine weitere Tochter hat, blendet sie gänzlich aus. Als ich jünger war, habe ich ihr Verhalten nicht verstanden. Aber es war ja auch niemand da, der es mir hätte erklären können. Und im Laufe der Jahre fand ich mich einfach mit der Situation ab. Ändern konnte ich sie ohnehin nicht.

Ich selbst weiß auch nur wenig über den Unfall, der Lizzie das Leben kostete. Angeblich verbrachte sie gemeinsam mit ihrem Dad einen Tag zuhause am Pool und als der nur für einen kurzen Moment sein Telefon beantworten musste, fiel sie hinein und kam nicht mehr lebend raus. Schwimmen konnte sie mit drei Jahren noch nicht. Es war eine Verkettung unglücklicher Ursachen, die selbst Mom hätten passieren können, aber sie hat ihrem damaligen Mann nie verziehen. Seitdem ist sie wohl nicht mehr richtig glücklich geworden und kompensiert ihre Trauer mit Arbeit. Der Pool wurde abgepumpt und bei unserem Einzug auch nicht mehr befüllt. Damit heben wir uns von unseren anderen wohlhabenden Nachbarn ab. Die haben keinen leeren Pool bei sich im Garten stehen.

Am Samstag werde ich von Francesca überrascht, die mir wortlos das Gemüse aus der Hand nimmt, das ich eben für einen Salat schnippeln wollte. Ich danke ihr mit einer schnellen Umarmung und ziehe mich in mein Zimmer zurück, wo ich mich mit dem Streichen meiner Wände ablenke. Glücklicherweise stellt sie keine Frage zu dem verschwundenen Geschirr. Dafür ist mir nämlich noch keine gute Antwort eingefallen. Stattdessen habe ich per Expressbestellung neues organisiert. Natürlich nicht in Rosa.

Toni hat einige Farben vorbeigebracht, um die ich ihn gebeten hatte, und schon Samstagabend erstrahlt die trostlose, eierschalenfarbene Wand in einem hübschen Mitternachtsblau. Entgegen meiner ursprünglichen Idee, ein Rosenmeer zu erschaffen, entscheide ich mich für einen Sternenhimmel. Der passt ohnehin besser in ein Schlafzimmer.

Sonntag beschäftige ich mich beinahe den ganzen Tag damit, verschiedenste Sternenbilder an die Wand zu bringen. Vom Orion über sämtliche Sternzeichen bis hin zu einem Vollmond, der mein Kunstwerk abrundet. Zufrieden und erschöpft lasse ich mich abends auf mein Bett sinken und betrachte meine Arbeit. Wie immer, wenn ich ein Bild beende, erfüllt mich eine gewisse Ruhe und Glückseligkeit. Das zeigt mir, dass ich für den Beruf der Künstlerin wirklich geschaffen bin und dass es meine Bestimmung ist, dass ich diesen Weg für meine Zukunft einschlage. Giulia spricht manchmal sogar davon, dass meine Bilder eine gewisse Magie versprühen, und heute verstehe ich zum ersten Mal, was sie damit meint.

Tja, und Montag … ist alles wieder beim Alten. Mom verlässt noch vor sieben Uhr das Haus, um erst gegen neun Uhr abends zurückzukommen. Sie lebt, als hätte es die letzten beiden Tage überhaupt nicht gegeben. Manchmal ertappe ich mich bei dem Gedanken, dass sie es nicht erträgt, hier zu sein. An dem Ort, an dem Lizzie gestorben ist.

Andererseits frage ich mich, wieso sie hierher zurückgekommen ist. Wäre es nicht einfacher gewesen, in einem neuen Haus von vorne anzufangen? Ohne Altlasten und Erinnerungen, die täglich auf sie einwirken? Fragen über Fragen, auf die ich nie eine Antwort bekommen werde, denn ich weiß, dass sie nicht über das, was passiert ist, spricht. Geschweige denn über Lizzie. Das Thema ist genauso tot wie meine Schwester.

Gedankenverloren wende ich am Mittwoch den Zettel in meinen Fingern, auf den ich Jakes Handynummer übertragen habe. Am Wochenende habe ich öfter mit dem Gedanken gespielt, ihm zu schreiben. Doch ich habe es nicht über mich gebracht. Wozu sollte das schon gut sein? Ich müsste mich jedes Mal heimlich aus dem Haus schleichen. Ein Treffen wäre nur abends oder nachts möglich, damit Mom und Francesca nichts merken. Beide würden gleichermaßen toben, wenn sie mein Verschwinden bemerken. Welcher Mann würde sich also auf so ein Versteckspiel einlassen?

Und dann ist da noch Jacob. Seine indirekte Bitte nach einem Treffen geistert noch immer in meinem Kopf herum. In sechs Monaten war nicht einmal die Rede davon und plötzlich fragt er danach. Das macht ihn so viel realer. Macht uns so viel realer, was mir eine Heidenangst einjagt. Er ist mein Fels in der Brandung. Mein Rückzugsort. Jemand, mit dem ich über meine Gedanken und Probleme sprechen kann, und von dem ich weiß, dass er sie ernst nimmt. Allerdings trägt die Anonymität einen großen Teil dazu bei. Das macht alles einfacher. Was, wenn das durch ein Treffen verloren ginge?

Wenn er enttäuscht ist von der Person am anderen Ende des Bildschirms? Enttäuscht von mir? Das würde ich nicht ertragen. Seufzend lehne ich mich auf meinem Stuhl zurück. Wir stünden vor dem gleichen Problem wie Jake und ich. Aber bei Jake weiß ich wenigstens sicher, dass er in meiner Nähe wohnen muss. Wie konnte mein Leben plötzlich so kompliziert werden? Im Prinzip kenne ich doch nur diese vier Wände, in denen ich mich gerade befinde.

»Hey, Bestie!« Ach ja, ein Grund kommt gerade zur Tür herein. Giulia setzt sich auf mein Bett. »Du hast mir gestern gar nicht mehr geantwortet. War alles okay?«

Ich nicke und drehe mich zu ihr herum. »Mom ist früher von der Arbeit gekommen und wir haben Essen bestellt.«

Ungläubig sieht sie mich an. »Miranda war pünktlich zuhause? Sowas kann sie?«

Grinsend nicke ich. Ich habe ungefähr genauso überrascht dreingeblickt wie sie gerade. »Pünktlich um sieben stand sie plötzlich in der Küche. Es war wirklich schön. Fast wie damals in Prag, als sie noch öfter mit mir zuhause war.« Giulia schlägt ihre langen Beine übereinander und nickt. Sie kann gut verstehen, wie viel es mir bedeutet, Zeit mit Mom zu verbringen. Ihr Vater Enzo ist zwar häufiger bei seiner Familie als Mom bei mir, aber durch seine Selbstständigkeit als Friseur und Make-Up-Artist ist er häufig bis spät in die Nacht unterwegs.

»Weißt du, ob sie heute auch wieder so pünktlich sein wird?« Die Frage klingt beiläufig, aber das aufgeregte Funkeln ihrer Augen verrät sie. Ein Schulterzucken ist vorerst alles, was sie als Antwort bekommt. Mit großer Wahrscheinlichkeit war das gestern eine Ausnahme. Aber sag niemals nie.

»Ich könnte ihr ja mal schreiben.«

Kayla: Hey Mom! Heute Abend wieder Lieferdienst und Netflix?

Ich trommle mit den Fingernägeln auf meiner Handyhülle herum, wobei ich Giulia eingehender betrachte. Sie trägt eine knappe Jeansshorts, die ihre langen Beine besonders gut zur Geltung bringen. Obenrum bedeckt ein kurzes Fransenshirt ihre Brüste, doch zwei Bändchen verraten mir, dass sie darunter einen Bikini trägt. Eigentlich ein normales Outfit für einen heißen Sommertag in Los Angeles, aber erstens haben wir April und dementsprechend noch keine vierzig Grad und zweitens entspricht ihr Make-up eher einem Besuch im *Midnight*.

»Okay, was ist hier los?«

»Ich freue mich, dass du fragst.« Giulia grinst und wackelt geheimnisvoll mit den perfekt gezupften Augenbrauen. »Ein Kumpel von Mario schmeißt eine Party. Nur was Kleines zwei Straßen weiter. Und ich dachte mir, weil das letzten Freitag so gut geklappt hat, lassen wir uns da mal blicken. Nur für ein, zwei Stündchen.« Seufzend lehne ich mich gegen die weiche Stuhllehne. War ja klar, dass es auf eine Party hinausläuft.

»Ich weiß nicht, Giulia …«, zweifelnd sehe ich meine beste Freundin an, »ich will mein Glück echt nicht überstrapazieren.« Gerade als sie zu einer Antwort ansetzen will, piepst mein Handy.

Mom: Leider nicht, Schätzchen. Neues, großes Projekt. Werde nicht vor neun nach Hause kommen.

Nicht vor neun. Ein Blick auf die Uhr sagt mir, dass es jetzt erst sechs Uhr ist. Wenn wir wirklich nur zwei Stunden bleiben, bin ich locker vor ihr zurück. Außerdem ist Francesca auch schon vor einer halben Stunde gegangen, weil sie noch zum Zahnarzt muss. Ich beiße auf meiner Unterlippe herum. Lust hätte ich schon noch einmal auszugehen, aber wenn ich an das letzte Mal denke … Was, wenn Mom doch früher zurückkommt als geplant?

»Zwei Stunden, Kay. Es ist auch um die Ecke. Wir wären in null Komma nichts wieder hier, falls du dich unwohl fühlen solltest.« Giulia sieht mich bittend an. Schnell werfe ich einen Blick aus dem Fenster. Das Wetter ist gut, das kann ich nicht als Ausrede benutzen, und außerdem ist Mom selten früher nach Hause gekommen. Gestern war eine Ausnahme, die sich so schnell sicherlich nicht wiederholen wird. Zumal sie schon abgesagt hat.

»Zwei Stunden, keine Minute länger. Ich muss vor neun Uhr wieder hier sein«, seufze ich geschlagen, was Giulia freudig quietschen lässt. »Keine Sorge, ich werde höchstpersönlich dafür sorgen, dass du pünktlich zuhause bist. Und jetzt zieh dich schnell um. Mario meinte, Frauen müssen unbedingt im Bikini kommen.«

Augenrollend stehe ich auf und schicke Mom noch ein kurzes »Okay«. Ich habe Giulias Bruder bisher nur dreimal gesehen, aber diese drei Male waren schon zu viel. Er führt sich unmöglich auf, ist viel zu sehr von sich überzeugt und denkt, dass sich alle Frauen (und Männer) direkt in ihn verlieben, wenn er ihnen nur einen Blick zuwirft. Bei unserem ersten Treffen, als er Francesca hier bei der Arbeit besuchte, hat er mich angebaggert. Den Versuch hat er allerdings schnell aufgegeben, als er merkte, dass er damit bei mir auf Granit beißt. Leider hat er das Talent seines Vaters geerbt und wird vermutlich sein Geschäft weiterführen, weshalb er schon jetzt als zukünftiger Starfriseur gehandelt wird. Gut für Enzos Kunden, schlecht für Marios Ego, denn der bildet sich mehr darauf ein, als er sollte. Und nur weil er vorgibt, dass alle Frauen so wenig wie möglich anziehen sollen, muss ich diesem Wunsch noch lange nicht nachkommen.

Giulia zuliebe tue ich es dann aber doch, denn sie vergöttert ihren älteren Bruder und ich will keinen Streit zwischen den beiden verursachen. Trotzdem verpasse ich dem Ganzen einen kleinen Dämpfer, indem ich ein Kleid drüberziehe, das den Bikini vollends bedeckt.

Als wir eine halbe Stunde später am Haus von Marios »Freund« ankommen, bin ich wie erschlagen. Seine Definition von klein unterscheidet sich gewaltig von meiner. Hier läuft beinahe die halbe UCLA rum! Männer und Frauen in knappen Shorts und noch knapperen Bikinis, die locker fünf oder sechs Jahre älter sind als wir, spielen Bierpong, chillen im Pool oder betrinken sich rigoros im Garten.

»Hattest du nicht was von einer kleinen Party gesagt?«, rufe ich Giulia über den Lärm hinweg zu. Irgendjemand scheint wohl den Lautstärkeregler der Anlage entdeckt zu haben. Sie nickt und sieht dabei ebenso überrumpelt aus wie ich.

»Da sind ja meine Mädchen!« Mario taucht hinter uns auf und legt seine Arme auf unsere Schultern. Ob das eine Begrüßung sein soll oder ihn lediglich am Fallen hindert, weiß ich nicht.

»Mega Party, oder? Hat sich rumgesprochen, dass hier was steigt.« Er lallt schon leicht und stinkt nach Alkohol. Vodka, wenn ich wetten müsste. »Da hinten beim Poolhaus gibt es Drinks und ansonsten … habt Spaß!«

Er stößt einen Jubelschrei aus und ist gleich darauf schon wieder in der Menschenmenge verschwunden. Giulia und ich wechseln einen Blick, bevor wir uns einen Weg durch die tanzenden Menschen bahnen, um zu den Getränken zu gelangen. Am Poolhaus ist eine kleine, improvisierte Theke, hinter der ein junger Mann gestresst herumwirbelt. Noch ehe wir etwas sagen können, drückt er uns zwei blaue Becher in die Hand und wendet sich den nächsten Gästen zu. Ich nippe kurz daran und verziehe angeekelt das Gesicht. Da ist mehr Vodka drin als alles andere. Igitt! Giulia dagegen stürzt es runter als wäre es Wasser und verzieht dabei keine Miene.

»Ich will schwimmen, kommst du mit?« Zögerlich nicke ich und folge ihr zu dem beeindruckenden Pool mit angrenzendem Whirlpool. Erleichtert stelle ich fest, dass er gar nicht so voll ist, wie es auf den ersten Blick schien. Giulia zieht sich blitzschnell aus und schon einen Augenaufschlag später ist sie im Wasser.

Ich ziehe mein Kleid ebenfalls aus, setze mich aber nur an den Beckenrand und halte die Füße ins kühle Nass. Die Sonne steht noch hoch am Himmel und wärmt meine nackte Haut. Wenn ich schon nicht schwimmen gehe, kann ich wenigstens etwas für meine Bräune tun. Hier hinten ist die Musik wesentlich leiser, was ich deutlich angenehmer finde. Die enorme Geräuschkulisse überfordert mich nach wie vor, wie letztens im *Midnight*, sodass ich mich beinahe nach der Ruhe meines Zimmers sehne. Andererseits ist es ein guter Einstieg ins Partyleben eines Studierenden. Wenn ich im Herbst tatsächlich auf die UCLA gehe, also sofern ich Mom überzeugen kann …

Ich lasse den Blick über die Umgebung schweifen. Giulia hat sich ein paar Typen angeschlossen, die Wasserball spielen. Allerdings schätze ich, dass sie die Muskeln der Jungs interessanter findet als das Spiel an sich. Gegenüber von mir, etwa auf Höhe des Whirpools, buhlen zwei Frauen um die Aufmerksamkeit eines jungen Mannes. Eine schöner als die andere. Aber auch das Objekt ihrer Begierde kann sich sehen lassen. Sein dunkles Haar ist feucht vom Wasser. An seinem linken Unterarm kann ich ein großes Tattoo ausmachen. Die Haut ist leicht gebräunt und mit seinen Muskeln sieht er aus, als wäre er direkt dem Cover eines Magazins für Bademode entstiegen. Belustigt stelle ich fest, dass die beiden Frauen vermutlich einen Salto hätten schlagen können, es wäre ihm nicht aufgefallen. Er schaut ganz konzentriert in meine Richtung. Ich kneife die Augen etwas zusammen, um ihn besser sehen zu können. Kennen wir uns womöglich? Aber woher? Im Club habe ich niemanden außer Jake und Wes kennengelernt. Oder schaut er doch jemanden hinter mir an? Schnell werfe ich einen Blick über die Schulter, doch da ist niemand. Also drehe ich mich wieder um und just in diesem Moment taucht er vor mir aus dem Wasser auf.

»Da haben mich meine Augen nicht getäuscht. Hallo, Kayla.« Unelegant fällt mir die Kinnlade herunter, während mein Herz einen Satz macht. Das gibt es doch nicht! Es ist tatsächlich

Jake! Deshalb kam er mir vorhin auch so seltsam bekannt vor. Im *Midnight* war es zu dunkel, um ihn richtig in Augenschein zu nehmen, aber jetzt im letzten Schein der Sonnenstrahlen muss ich feststellen, dass er wirklich überdurchschnittlich attraktiv ist. Wassertropfen glitzern in seinem dunklen Haar und seine blauen Augen funkeln mich erfreut an.

»Ähm … hey.« Ich muss erstmal meine Gedanken sortieren. Seine definierten Oberarme und die muskulöse Brust lenken mich enorm ab. Nie im Leben hätte ich geahnt, ihm ausgerechnet hier über den Weg zu laufen, geschweige denn ihn überhaupt nochmal irgendwo zu sehen.

»Ich muss sagen, dass ich schon etwas enttäuscht bin, nichts von dir gehört zu haben.« Elegant klettert er aus dem Pool und setzt sich neben mich. Schnell schaue ich zu den beiden Frauen, die er meinetwegen stehengelassen hat. Wenn Blicke töten könnten …

»Ich habe ein paar Mal überlegt, dir zu schreiben, aber … es war ein schwieriges Wochenende.«

»Na, jetzt ist doch schon Mittwoch …« Grinsend stößt er mich mit der Schulter an. Eine Gänsehaut breitet sich auf meinem Armen aus. Seine Haut ist kühl vom Schwimmen und lässt mich frösteln.

Jake grinst unaufhörlich weiter, wobei mir auffällt, dass seine beiden unteren Schneidezähne die anderen ein bisschen überragen. Gott sei Dank, er ist nicht perfekt!

»Du bist es nicht gewohnt, Körbe zu kassieren, hm?«

Er schüttelt den Kopf. »Passiert so gut wie nie. Ich meine, wer lehnt das hier freiwillig ab?« Mit der rechten Hand deutet er auf seinen Oberkörper und das dazugehörige Sixpack, was mich zum Lachen bringt.

»Ich tue das offensichtlich.«

»Das macht dich nur interessanter.« Kleine Lachfältchen bilden sich um seine Augen, als er mich ansieht. Sie sind jetzt fast so dunkel wie die Farbe an meiner Schlafzimmerwand. Zum Träumen schön.

»Vielleicht sollte ich einfach zu den beiden Studentinnen zurück. Die lassen mich bestimmt nicht abblitzen.« Geschmeidig sinkt er zurück ins Wasser.

Schweigend beobachte ich, wie er sich einige Meter von mir entfernt. Es wäre besser, jetzt aufzustehen und zu gehen, um ihm und vor allem mir Herzschmerz zu ersparen. Aber trotz aller Bedenken bleibe ich sitzen und sehe, wie er zu mir zurückkommt und seine Arme neben meinem Körper abstützt.

»Hey, das war eigentlich der Moment, wo du mich am Gehen hindern solltest.« Seine Stimme ist so sanft, dass sie einen Punkt ganz tief in meinem Innersten erreicht. Sie geht mir regelrecht durch Mark und Bein und obwohl er sich im *Midnight* zuletzt wie ein Arsch aufgeführt hat, merke ich jetzt, dass ich seine Nähe genieße.

Ich seufze und streiche ihm gedankenverloren zwei Strähnen aus der Stirn, die sich dorthin verirrt haben.

»Es ist kompliziert«, erwidere ich leise, wobei das noch ein untertriebener Ausdruck für die ganze Situation ist.

Jake senkt den Blick. »Weil du in festen Händen bist?« Ich beiße mir auf die Unterlippe. Es wäre so viel einfacher, ihn in dem Glauben zu lassen. Aber das ist nicht der Weg, den ich gehen will.

»Nein, das ist es nicht. Mein ganzes Leben ist verzwickt.« Sofort hellen sich seine Gesichtszüge auf. »Dann vergiss das jetzt für einen Moment und komm mit mir schwimmen.«

Noch bevor ich realisieren kann, was er da gerade gesagt hat, schnappt Jake sich meine Hand und zieht mich zu sich ins Wasser. Gerade noch rechtzeitig erwische ich seine Schultern und klammere mich daran fest, als würde mein Leben davon abhängen. Denn das tut es.

»Ich kann nicht schwimmen!« Meine Stimmt überschlägt sich beinahe vor Angst und ich werde panisch.

»Oh, fuck! Sorry!« Sofort legen sich seine Arme um mich und halten mich fest. Schnell setzt er mich wieder am Beckenrand ab, wo ich erleichtert aufatme. Zitternd presse ich die Hände auf meine Oberschenkel und versuche, meinen Atem zu beruhigen. »Tut mir echt leid. An sowas habe ich gar nicht gedacht.« Entschuldigend sieht er mich an. Die Reue ist ihm dabei deutlich ins Gesicht geschrieben. »Schon gut«, erwidere ich, sobald mein Herz langsam wieder zur normalen Frequenz zurückfindet und das Zittern weniger wird. »Du konntest es ja nicht wissen.«

»Was hältst du davon, wenn wir einfach in den Whirlpool gehen? Da kannst du sitzen und ich passe auf, dass du nicht untergehst.« Ich schaue unauffällig über seine Schulter. Der Whirlpool ist gerade tatsächlich leer. Also nicke ich, stehe auf und lasse mich Sekunden später in das warme Wasser sinken, in dem Jake schon auf mich wartet.

Inzwischen ist es deutlich ruhiger geworden. Die Party scheint sich weiter zum Haus verlagert haben. Selbst Giulia habe ich aus den Augen verloren, denn die Wasserballspieler sind aus dem Pool verschwunden. Das sollte mich beunruhigen, aber Jake strahlt so viel Ruhe und Sicherheit aus, dass ich mir darüber keine Gedanken mache.

»Du schwimmst gut«, meine ich schließlich, weil mir kein besserer Auftakt zu einem Gespräch einfällt. Bei Smalltalk mit Männern brauche ich definitiv Nachhilfe. Zum Glück lacht er und fährt sich mit der Hand durch das nasse Haar.

»Danke. In der High School war ich im Schwimmteam. Da ist es von Vorteil, gut schwimmen zu können.« Jetzt bin ich es, die lacht. Das erklärt, warum er sich im Wasser so elegant bewegen kann.

»Wieso hast du am College nicht weitergemacht?« Schulterzuckend breitet er die Arme aus und legt sie hinter mir auf dem Beckenrand ab. Fasziniert beobachte ich das Muskelspiel seiner Oberarme und vergesse fast, ihm zuzuhören. Am liebsten würde ich mit den Fingerspitzen darüber fahren, aber ich traue mich nicht. Der Gedanke erschreckt mich sogar ein wenig, denn bisher hat noch niemand so etwas in mir ausgelöst.

»Hätte meinem Vater gut gefallen, vermutlich habe ich deshalb aufgehört. Da er mir schon einen Studiengang aufgedrückt hat, den ich nie belegen wollte, sollte er nicht auch noch diesbezüglich seinen Willen kriegen.«

Jetzt werde ich hellhörig. Problematischer Elternteil? Damit kenne ich mich aus. Anscheinend habe ich ein Händchen dafür, Interesse an Männern zu entwickeln, die Probleme mit ihren Eltern haben. Wobei Jacob vielmehr daran zu knabbern hat, dass seine Mom krank ist. Aber bevor ich Jake noch weiter mit Fragen löchern kann, dreht er den Spieß um.

»Warum kannst du nicht schwimmen?« Mit unverhohlener Neugier sieht er mich an. »Das ist ziemlich ungewöhnlich.«

Ich beiße mir kurz auf die Unterlippe, was er genau beobachtet. »Hat sich nie ergeben«, antworte ich also wahrheitsgemäß. »Ich bin als Kind viel umgezogen. Alle paar Jahre eine neue Stadt. Ich sollte mich auf die Schule konzentrieren.«

Etwas anderes, abgesehen vom Malen, kannte ich zudem auch nicht. Immerhin war mein soziales Leben bis letzten Freitag inexistent gewesen ist. »Außerdem ist meine Schwester als Kind ertrunken. Seitdem ist Wasser ein schwieriges Thema, wenn es nicht aus der Dusche oder dem Wasserhahn kommt.«

»Das tut mir leid«, meint Jake leise und berührt mit den Fingerspitzen leicht meinen Arm. »Ich kann gut verstehen, was der Verlust eines Familienmitglieds bedeutet.«

Ich lächle ihn dankbar an. Er macht es mir so einfach, darüber zu sprechen. Als wäre es das Normalste auf der Welt, obwohl es ein so brisantes Thema ist. Das ist eine erfrischende

Abwechslung. Bisher habe ich nicht einmal mit Jacob darüber gesprochen. Wir können zwar über vieles reden und er hat mir auch von der Krankheit seiner Mom erzählt, aber mir kam Lizzies Tod immer zu intim vor, um mit jemandem darüber zu sprechen. Bis heute.

Seine Finger ruhen noch immer auf meinem Oberarm. Darunter kribbelt meine Haut und mir wird noch wärmer als ohnehin schon in dem heißen Wasser. Jake rutscht noch etwas näher zu mir heran.

Sofort schlägt mein Herz schneller. Ich weiß nicht, ob es daran liegt, dass ich einem Mann das erste Mal so nah bin, oder an Jake selbst. Normalerweise löst nur Jacob sowas in mir aus. Das schlechte Gewissen nagt an mir. Hätte ich doch auf das Treffen eingehen sollen? Andererseits ist Jake hier. Er ist real und ich weiß nicht, ob ich jemals den Mut aufbringen kann, Jacob gegenüberzutreten.

»Bist du dir immer noch sicher, dass wir uns nicht noch einmal sehen sollten?«, fragt er leise und streicht dabei mit seinen Fingern meinen Arm entlang. Ich nicke. Schüttle dann aber den Kopf. Nicke wieder. Er verwirrt mich und es wäre falsch, ihn noch einmal zu sehen, um das hier, was auch immer es ist, weiter auszuführen. Aber wenn ich ehrlich bin, würde ich gerade alles tun, um ihn erneut zu treffen.

»Kay Kay! Da bist du ja!« Ich zucke zurück und verfluche Mario innerlich, der gerade in unsere Richtung getorkelt kommt. »Mein Schwesterherz sucht nach dir. Hat irgendwas von gleich neun gefaselt.«

»Was?!« Auch wenn seine Worte durch den Alkohol mehr nach unzusammenhängendem Geplapper klingen, konnte ich die wichtige Information deutlich raushören. Gleich neun.

Verdammte Scheiße!

Hektisch springe ich auf, sodass Jake eine ganze Ladung Wasser entgegenspritzt. Wie konnte ich nur derart die Zeit vergessen? Verzweifelt suche ich mein Kleid, doch in dem Berg von Klamotten, der neben dem Pool liegt, ist es unmöglich, etwas zu finden.

»Was ist denn los?« Jake fährt sich mit der Hand über das nasse Gesicht und durchs Haar, bevor er mich mit zusammengezogenen Augenbrauen beobachtet. Er wirkt nicht verärgert, höchstens verwirrt, während in mir aufwühlende Hektik vorherrscht.

»Ich muss nach Hause.«

»Jetzt schon?« Ich nicke und seufze erleichtert, als ich meine Handtasche finde. »Es ist …«

»Kompliziert, ich weiß.« Er steigt aus dem Whirlpool und reicht mir ein dunkles T-Shirt. »Zieh das an. Ich kann auch oben ohne zurück.«

Dankbar nehme ich ihm das Shirt ab. »Ich schreibe dir«, verspreche ich ihm und will mich schon zum Gehen wenden, als er den Kopf schüttelt. Mir rutscht das Herz in die nicht vorhandene Hose und ich halte inne, um ihn anzusehen. Ist er jetzt derjenige, der mich nicht mehr sehen will? Eine Welle der Enttäuschung durchflutet mich.

»Das reicht nicht«, erwidert er und mein Herz setzt einen Moment aus. »Freitagabend, wir gehen aus. Ich hole dich um acht ab. Zieh dir was Schickes an.«

Ich kann mir ein Lächeln nicht verkneifen. Mein Herz findet seinen gewohnten Takt wieder und ich spüre, wie die Enttäuschung von der Erleichterung vertrieben wird. »Geht klar. Aber ich werde dir trotzdem schreiben.«

Jetzt ist er derjenige, der lächeln muss. Schnell und ohne Rücksicht auf die anderen schiebe ich mich durch die Partygäste und laufe dann barfuß die noch warmen Straßen von Los Angeles entlang. Ich bete nicht oft, aber jetzt gerade hoffe ich inständig, noch rechtzeitig zuhause anzukommen.

Kapitel 7 – *Kayla*

Das Universum meint es gut mit mir, denn ich schlüpfe gerade in meinen Pyjama, als ich höre, wie die Haustür unten ins Schloss fällt.

Erleichtert atme ich auf. Zum Glück ist das gut gegangen. Mom ruft mir zu, dass sie wieder zuhause ist und verschwindet in ihrem Schlafzimmer. Typisch, sie kommt nur selten zu mir nach oben, um mir sowas persönlich zu sagen. Eine Antwort meinerseits erwartet sie jedoch immer.

Ich lasse mich aufs Bett fallen und schicke Giulia schnell eine Nachricht über den Verlauf meines Abends, und wie erwartet: Sie ist vollkommen aus dem Häuschen. Besonders wegen der Erwähnung des Dates am Freitag. Für einen kurzen Moment denke ich sogar darüber nach, Jacob davon zu erzählen. Aber ich bringe es nicht über mich, mein Handy zu nehmen und ihm zu schreiben. Die Zeit mit Jake heute war schön und ich freue mich auf Freitag, trotzdem kann ich Jacob nicht vergessen. Ich fühle mich wohl und verstanden, wenn wir uns unterhalten. Er würde sich sicherlich für mich freuen, wenn ich ihm von Jake erzähle, aber allein der Gedanke bereitet mir Unbehagen. Es fühlt sich an, als würde ich ihn betrügen, dabei sind wir kein Paar. Wir kennen uns nicht mal persönlich! Und trotzdem werde ich das Gefühl nicht los, dass er der Mann ist, mit dem ich mein erstes Date haben sollte. Doch der Gedanke, ihn zu treffen, macht mir Angst. Seit er mir offenbart hat, dass er mich gern treffen würde, habe ich mich ein wenig zurückgezogen. Ich muss so viele Veränderungen verarbeiten, dass ich nicht weiß, ob ich riskieren soll, die einzige Konstante in meinem Leben aufzugeben. Er ist für mich da, wenn ich ihn brauche, und es ist gut so, wie es gerade ist. Wenn unser Treffen ein Reinfall werden sollte, könnte ich ihn verlieren und das würde ich nicht ertragen. Er ist in den letzten Monaten mein bester Freund geworden. Vielleicht könnte er auch mehr sein, wenn ich den Mut aufbringen würde, seiner Bitte nachzukommen. Aber das tue ich nicht und ich weiß nicht, ob ich jemals bereit dazu bin.

Seufzend lege ich mein Handy beiseite. Der Freitag ist schneller gekommen als erwartet und ich habe keine neue Nachricht. Die *Versacio*-App ist seit Tagen stumm. Jacob beantwortet keine meiner Nachrichten, was mich beunruhigt. Ich habe ihm zwar nichts von meinem Treffen mit Jake erzählt, aber unsere üblichen Unterhaltungen habe ich dennoch aufrecht zu erhalten versucht. Im Gegensatz zu ihm. Hoffentlich ist alles in Ordnung. Ich weiß, dass seine Mom schwer krank ist. Vermutlich verbringt er die meiste Zeit mit ihr und das wäre absolut verständlich. Familie geht über alles. Ein sanftes Ziehen an meinen Haaren reißt mich dann aus meinen Grübeleien.

»Erde an Kayla!« Giulia funkelt mein Spiegelbild böse an. »Schieb deine Gedanken an den mysteriösen Internetlover beiseite und konzentriere dich auf die Realität! Um genau zu sein auf einen heißen, jungen Mann, der dich in einer halben Stunde abholen will.«

»Heißer, junger Mann? Sprecht ihr etwa von mir?« Toni kommt durch die Tür geschlendert und grinst zufrieden.

»In deinen kühnsten Träumen vielleicht«, kontert Giulia, weshalb ich mir ein Lachen verkneifen muss. Sie findet Toni attraktiv, würde ihm das aber niemals sagen. Wenn es um ihn geht, ist sie erstaunlich schüchtern. Sobald er den Raum betritt, wird sie nervös und aufgeregt. Das komplette Gegenteil von meiner sonst so selbstbewussten besten Freundin. Wenn ich ihr meine Vermutung stecken würde, dass Toni sie auch mag, fiele sie vermutlich in Ohnmacht.

»Jo, Kay. Du siehst toll aus!« Toni reckt den Daumen in die

Höhe und lässt sich auf mein Bett fallen. Ich lächle ihn dankbar an. Giulia hat sich ziemlich ins Zeug gelegt: Kupferfarbener Lidschatten bringt meine grünen Augen zum Strahlen. Ein roséfarbener Gloss lässt meine vollen Lippen noch verführerischer aussehen und durch einige geschickte Pinselstriche sehen mein Gesicht und mein Dekolletee aus, als hätte ich die letzten Tage überwiegend in der Sonne verbracht.

Giulia sagt zwar immer, dass kein Fünkchen Kreativität in ihr steckt, aber wenn sie ein Gesicht vor sich hat, das ihr als Leinwand dient, wird sie zur wahren Künstlerin.

Mit Haarspray fixiert sie einige noch abstehende Härchen und nickt zufrieden. Wir haben uns für einen hohen Pferdeschwanz entschieden. Ein cleaner Look, aber dennoch sexy. Fehlt nur noch eins: Ich greife nach dem kleinen Schächtelchen vor dem Spiegel und setze meine Kontaktlinsen ein. Begeistert stelle ich fest, dass Giulia den Lidschatten so gewählt hat, dass er auch zu meiner anderen Augenfarbe passt. Noch während ich mein Spiegelbild betrachte, bemerke ich den kurzen Blickwechsel meiner Freunde.

»Kay, die braunen Augen in allen Ehren, aber wieso setzt du dir die Linsen immer noch ein?« Toni wählt seine Worte mit Bedacht. »Ich meine, hast du deine Mom je gefragt, warum du das tun musst?«

Ich schüttle den Kopf.

»Du weißt doch, dass in diesem Haus keine Fragen gestellt werden.« Ich zucke mit den Schultern und Toni nickt.

»Merkwürdig ist es trotzdem.«

Ohne weiter auf seinen Kommentar einzugehen, stehe ich auf und schnappe mir Handtasche und Jacke.

»Ich muss jetzt los. Jake darf auf keinen Fall klingeln.« Die Kameras würden ihn direkt aufzeichnen und das wiederum würde zu unnötigen Fragen meiner Mutter führen. Die überwacht die Bilder so streng wie Nicolas Flamell den Stein der

Weisen. Ich kann von Glück sprechen, dass sich der Ausgang der Geheimtür in einem toten Winkel befindet. Sonst wäre all das hier gar nicht möglich.

»Viel Spaß, Süße. Genieß den Abend und mach dir keine Sorgen wegen deiner Mom. Falls sie hier reinschneien sollte, stelle ich mich einfach schlafend.« Ich werfe Giulia einen Luftkuss zu, bevor ich durch den Schrank nach draußen verschwinde.

Keine drei Minuten später habe ich mich an den Kameras vorbeigeschlichen und stehe an der Straße.

Nervös zupfe ich am Saum meines Kleides. Giulia hat mir einige mitgebracht, weil ich nichts Schickes im Schrank habe. Meine Kleidung beschränkt sich größtenteils auf zerrissene Jeans und T-Shirts, die durchs Malen verunreinigt wurden.

Ein schwarzer Jeep hält neben mir. Ich hebe den Blick und sehe Jake, der aussteigt, den Wagen umrundet und mir beinahe einen Ohnmachtsanfall beschert. Er trägt dunkle Jeans und ein weißes Hemd, dessen oberste Knöpfe offen sind und mir so einen Blick auf seine nackte Haut bescheren. Die Ärmel hat er bis zu den Ellenbogen hochgekrempelt. Sein Tattoo ist jetzt gut sichtbar und ich vergesse einen Moment zu atmen.

Er sieht verboten gut aus!

»Hey, Kayla.« Seine tiefe Stimme jagt mir einen Schauer über den Rücken. Ich schlucke und kriege nur ein schüchternes Lächeln zustande. Meine Stimme hat sich verabschiedet.

»Du siehst großartig aus.« Seine Augen wandern einmal über meinen Körper, der dank Giulias Kleidungsstil nur vom Schlüsselbein bis oberhalb der Knie bedeckt ist. Das schwarze Etuikleid schmeichelt meiner Figur und das fällt auch Jake auf, der seinen Blick gar nicht mehr losreißen kann. »Wollen wir?«

Er öffnet mir die Beifahrertür und ich nicke. Zu mehr bin ich gerade nicht in der Lage. Wie spricht man nochmal?

»Bist du Mittwoch gut nach Hause gekommen?« Er fährt los. Stirnrunzelnd sehe ich ihn an. Wovon spricht er?

»Was genau meinst du?«

»Na, von der Party. Es wirkte so, als müsstest du eine Sperrstunde einhalten.«

»Ähm, ja. Hat alles rechtzeitig geklappt.« Wäre schön, wenn es sich nur um eine Sperrstunde handeln würde und nicht um so viel mehr.

»Sehr gut. Ich würde dich ungern in Schwierigkeiten bringen.« Jake grinst mich frech an. Wer's glaubt. Alles an diesem Mann schreit nach Schwierigkeiten, aber es ist gleichzeitig so verlockend, dass ich unbedingt mehr davon will. Er ist das Aufregendste, was mir bisher in meinem Leben passiert ist, weshalb ich mich auch so fühle. Die Vorfreude auf den Abend äußert sich in Form eines Kribbelns, das sich von meiner Magengrube aus über den ganzen Körper ausbreitet.

»Verrätst du mir, wohin wir fahren?« Ich lehne mich entspannt zurück und werfe einen kurzen Blick aus dem Fenster. Natürlich kommt mir an der Umgebung nichts bekannt vor. Den einzigen Weg, den ich bisher kenne, ist der zum *Anemone.* Anhand des zunehmenden Verkehrs würde ich jedoch schätzen, dass wir Richtung Stadtinneres unterwegs sind.

»Wieso, hast du Angst, dass ich dich entführen könnte?« In Jakes Augen blitzt Belustigung auf. Sofort spanne ich mich an. Dieser Gedanke ist mir bisher noch gar nicht gekommen. Ein ungutes Gefühl keimt in mir auf. Vielleicht habe ich die ganze Sache doch nicht gut genug durchdacht. Mein Herz fängt plötzlich an schneller zu schlagen, aber auf eine unangenehme Weise. Ich spüre, wie meine Handinnenflächen feucht werden, sodass ich sie unauffällig am Stoff meines Kleides abwische. Ich kenne mich doch in L.A. gar nicht aus, wie würde ich …

»Hey.« Jake berührt leicht mein Knie, woraufhin ich kaum merklich zusammenzucke. Er scheint zu bemerken, dass ich seinen Kommentar nicht so lustig fand wie erhofft. »Alles cool. Ich bin kein Entführer oder Serienmörder. Einfach nur ein Typ, der einen schönen Abend mit einer hübschen Frau verbringen will.«

Ich lächle ihn an. Inzwischen lässt seine Berührung ein warmes Gefühl in mir aufkeimen und ich entspanne mich wieder. Alle Bedenken sind auf einmal wie weggewischt.

»Für einen Serienmörder hätte ich dich auch nicht gehalten. Obwohl du bestimmt genauso charmant bist wie Charles Manson. Also wohin geht's?«

»Kennst du das *Zaza*?« Ich schüttle den Kopf. Natürlich kenne ich das nicht, aber das kann er ja nicht wissen.

»Das ist ein kleines, familiäres Restaurant mitten in Los Angeles. Man kommt nur schwer an einen Tisch, weil es sehr exklusiv ist. Aber ich habe es geschafft. Beziehungen und so, du weißt schon.« Er sieht aus, als würde er vor Stolz gleich platzen, dabei sind teure Restaurants gar nicht so wichtig für mich. Er hätte mich auch mit Currywurst und Pommes beeindrucken können.

Geschickt lenkt Jake seinen Wagen in eine kleine Lücke am Straßenrand. Ich habe nicht mal die Hand am Türgriff, da steht er auch schon neben dem Wagen und öffnet sie mir. Überrascht sehe ich ihn an, bevor ich ihn anlächle und aussteige. Diese Aufmerksamkeit gefällt mir.

Es ist unheimlich viel los. Überall laufen junge Leute herum oder sitzen an den Tischen hipper Cafés, deren Namen ich noch nie in meinem Leben gehört habe. Es ist überwältigend und wundervoll zugleich.

»Ist es immer so voll hier?« Mein Blick zuckt von links nach rechts, um ja kein Detail zu verpassen. »Natürlich. Es ist Freitagabend. Die Studierenden stimmen sich aufs Wochenende ein.«

Auch wenn ich Jake nicht ansehe, spüre ich seinen Blick auf

mir. Und die Verwunderung in seiner Stimme ist unüberhörbar. Ich muss ein großes Rätsel für ihn sein. Eine achtzehnjährige junge Frau aus Los Angeles, die keinen einzigen Anlaufpunkt der Stadt kennt? Wohl unvorstellbar.

»Nur ein paar Blöcke weiter ist die UCLA. Das ist das reinste Studierendenviertel. Warst du etwa noch nie hier?« Das holt mich schlagartig auf den Boden der Tatsachen zurück.

Etwas peinlich berührt schüttle ich den Kopf.

»Wir leben erst seit sechs Monaten in L.A. Bisher habe ich noch nicht viel von der Stadt gesehen.« Jake sieht mich nachdenklich an. Ich merke, wie die Rädchen in seinem Kopf auf Hochtouren laufen.

»Dann werde ich es zu meiner persönlichen Aufgabe machen, dir alle sehenswerten Orte in L.A zu zeigen. Angefangen mit dem *Zaza*.« Er öffnet die gläserne Tür vor uns und bedeutet mir einzutreten. Das Restaurant ist tatsächlich ziemlich klein. Auf die Schnelle zähle ich sieben Tische im Inneren und zwei auf der Terrasse. Die Decken sind mit Lichterketten verhangen, die abgesehen von den altmodisch aussehenden Tischlampen die einzige Lichtquelle sind. Das lässt den ganzen Raum schummrig wirken. Man erkennt gerade so viel, wie man zum Essen sehen muss. Ich liebe es schon jetzt.

»Das ist sehr … romantisch«, meine ich vorsichtig und sehe Jake an.

»Durchaus, ja«, gibt er zu, was meinen Herzschlag direkt beschleunigt. »Aber hier kommen auch viele Geschäftsleute her. Die ruhige Atmosphäre scheint bei Geschäftsabschlüssen zu helfen.« Er zwinkert mir zu als ein junger Mann in dunkler Kochjacke auf uns zukommt.

»Jake, ich freu mich, dass du da bist! Es ist viel zu lange her.« Die beiden begrüßen sich mit einem Handschlag. »Und deine Begleitung! Was für eine hübsche Frau.«

Er lächelt mich an und haucht mir einen Kuss auf den Handrücken, der mich direkt erröten lässt. »Kayla, das ist Luke. Wir sind zusammen zur Schule gegangen. Danach hat es mich auf die Uni verschlagen und ihn auf eine Kochschule nach Paris.«

Ich schmunzle und nicke seinen Freund freundlich zu. Wenn er in Paris gelernt hat und jetzt hier kocht, wird das Essen grandios sein. Während er uns zum Tisch begleitet, tauschen die beiden Neuigkeiten aus. Es ist offensichtlich, dass sie sich gut verstehen, aber aufgrund ihrer unterschiedlichen Leben zu wenig Zeit haben, um sich öfter zu sehen. Schade eigentlich. So gute Freunde findet man selten. Mit fällt unterdessen auf, dass viele der weiblichen Gäste und Angestellten Jake ganz offensichtlich anstarren. Es ist erstaunlich, egal wohin er geht, die Aufmerksamkeit der Frauen ist ihm gewiss.

Luke übergibt uns die Speisekarten und winkt eine Kellnerin heran, die er als Dina vorstellt. Ich bekomme ein knappes Lächeln, Jake hingegen nur einen eisigen Blick.

Hoppla, da fließt wohl böses Blut. Sein Charme kann wohl nicht jede Frau verzaubern. Verstohlen schaue ich zu ihm herüber. Ob sie eine Exfreundin ist? Oder eine verschmähte Liebhaberin? Er macht zumindest keine großen Anstalten, sich näher mit ihr zu befassen.

Also gleitet mein Blick über die Speisekarte und ich seufze verzückt auf. »J'aime la cuisine française«, murmle ich begeistert, was mir überraschte Blicke einbringt.

»Tu parles français?« Lukes Augenbrauen schießen so hoch, dass sie beinahe unter seinem Haaransatz verschwinden.

»Oui, bien sûr. J'habite quelque années á Paris.« Diesmal ist es Luke, der begeistert aussieht.

»Ich liebe sie schon jetzt«, teilt er Jake mit und verschwindet wieder Richtung Küche. Dina rollt kurz mit den Augen, nimmt dann aber unsere Getränkewünsche entgegen und verlässt den Tisch ebenfalls.

»Man beeindruckt ihn normalerweise nicht so schnell«, schmunzelt Jake.

»Köche, die in Paris gelernt haben, lieben es, wenn man mit ihnen Französisch spricht«, erwidere ich schulterzuckend.

Das hat mich die Erfahrung gelehrt. Sobald Mom in Restaurants ihre Fremdsprachenkenntnisse ausgepackt hat, wurden wir direkt viel exklusiver behandelt.

»Wie lange hast du in Paris gelebt?« Jake beobachtet mich neugierig über den Rand seiner Karte hinweg.

»Sieben Jahre. Davor in Prag, wo ich auch geboren bin, und zuletzt haben wir in London gewohnt.«

»Wow. Da bist du viel rumgekommen.« Er legt den Menüvorschlag zur Seite. In seinen Augen glitzert so viel Begeisterung und Fernweh, dass ich es nicht übers Herz bringe, ihm zu sagen, dass ich die Sprachen nur aufgrund meiner Nannys kann. Von den Städten habe ich kaum etwas gesehen.

»Ich würde gerne nach Europa reisen und verschiedene Länder besuchen. Aber leider hat mein Vater andere Pläne für mich.« Der bittere Unterton in seiner Stimme ist unüberhörbar.

»Welche denn?«, frage ich leise und stütze mein Kinn in die Handinnenfläche.

»Er will, dass ich zusammen mit meinem Bruder seine Firma übernehme. Also studiere ich jetzt BWL und Immobilienrecht an der UCLA.« Ich räuspere mich leise und streiche mit der anderen Hand über den ledernen Einband der Speisekarte.

»Und was willst du?«

»Wie, was ich will?« Jake zieht die Augenbrauen zusammen, sodass sich eine kleine Denkerfalte auf seiner Stirn bildet.

»Na, was willst du? Wenn du alles machen könntest, was würdest du tun wollen?« Er schweigt einen Moment und sieht mich nachdenklich an.

»Darüber habe ich noch nie wirklich nachgedacht. Ich würde erstmal mein Leben genießen wollen, bevor ich irgendwelche Verpflichtungen eingehe.« Ich nicke und lehne mich ein Stück vor. »Und was ist dann? Gibt es keinen Beruf, der dich interessiert?«

Dina bringt unsere Getränke und ich nutze den Moment, um Jake seinen Gedanken zu überlassen. Aber als er nach einiger Zeit immer noch nichts gesagt hat, versuche ich es auf einem anderen Weg.

»Okay, wieso sagst du deinem Dad nicht, dass dieser Weg nichts für dich ist und du deine Zukunft lieber anders gestalten möchtest? Was auch immer es sein wird. Ich halte dich nämlich nicht für jemanden, der seine Meinung zurückhält.« Ein Grinsen erhellt seine Gesichtszüge, verschwindet aber genauso schnell, wie es gekommen ist.

»Das würde nur zu Streitigkeiten führen und das wäre nicht gut für meine Mom.« Ein gequälter Ausdruck stiehlt sich auf sein Gesicht.

Das ist wohl etwas, worüber er ungern spricht. Ich nippe an meinem Wasser und bemerke das Tuscheln von Dina und ihrer Kollegin, die den Blick gar nicht von Jake und mir abwenden kann. Da kommt mir die rettende Idee.

»Wie viele Frauen hast du eigentlich schon hierher eingeladen?«, frage ich beiläufig und unterdrücke ein Grinsen, als er mich ertappt ansieht.

»Gar nicht so viele«, murmelt er leise und ich ziehe die Augenbrauen in die Höhe. Ob das so stimmt, sei mal dahingestellt. Allerdings müsste das letzte Date schon eine ganze Weile her sein, denn Luke schien sich wirklich über sein Auftauchen zu freuen. Oder er ist ein verdammt guter Schauspieler.

»Okay, und was ist mit Dina? Die sieht ja aus als würde sie dir am liebsten die Augen aus dem Gesicht kratzen.« Jake guckt nach rechts und sofort tun die beiden Kellnerinnen so, als wären sie hochbeschäftigt. »Das ist eine recht kurze Geschichte, die viel mit Missinterpretation ihrerseits zu tun hat.«

Jetzt kann ich mir ein Grinsen nicht verkneifen. Diese Geschichte würde ich nur zu gern hören, auch wenn es vielleicht nicht das richtige Thema für ein erstes Date ist. Aber noch bevor ich ihn danach fragen kann, erregt ein Lachen auf der gegenüberliegenden Seite des Raumes meine Aufmerksamkeit. Meine Mom betritt mit zwei Anzugträgern das *Zaza* und ich brauche eine Sekunde, um den Schock zu verarbeiten.

»Oh shit.« Hastig greife ich nach der zurückgelassenen Speisekarte und verstecke mein Gesicht dahinter. Ich bin geliefert. Das darf nicht wahr sein!

»Alles okay?« Jake versucht mit dem Finger die Karte zu senken, aber ich halte gewaltsam dagegen.

»Da hinten ist meine Mom.« Ich riskiere einen Blick. Sie sitzen nur zwei Tische weiter. Schummrig hin oder her, erkennen würde sie mich auf jeden Fall.

»Was für ein Zufall! Willst du Hallo sagen?« Ich schüttle energisch den Kopf, bis mir auffällt, dass er das gar nicht sehen kann.

»Auf keinen Fall. Wir müssen gehen.« Ich stoße meine Gabel vom Tisch, um mich bücken zu können. So bin ich wenigstens kurzzeitig aus der Gefahrenzone. Jake tut es mir gleich, nur dass seine Gabel auf dem Tisch liegen bleibt.

»Wenn Mom mich hier sieht, bin ich tot.« Er zieht skeptisch die Augenbrauen zusammen. »Gut, vielleicht bringt sie mich nicht direkt um, aber ich treffe mich gerade heimlich mit dir und würde bis ans Lebensende Hausarrest bekommen.«

Na ja, als hätte ich den nicht ohnehin schon. Aber jetzt scheint Jake zu verstehen, wie ernst die Lage ist.

»Gut, du schleichst dich über die Terrasse nach draußen. Ich regle alles Weitere. Wir treffen uns am Auto.« Ich lächle ihn dankbar an, bevor ich einen kurzen Blick in Moms Richtung werfe. Sie ist in ein Gespräch mit ihrem rechten Sitznachbarn verwickelt und schaut nicht in meine Richtung. Perfekt! Ich stehe auf und schleiche mich lautlos wie eine Katze aus dem Restaurant. Sobald ich außer Sichtweite bin, entspanne ich mich ein wenig. Mein Herzschlag beruhigt sich und ich kann wieder freier atmen. Das war knapp. Geschafft lehne ich mich gegen Jakes Jeep. Ein falscher Blick von Mom und alles wäre aufgeflogen. Dann hätte ich mir weitere Treffen nur in meinen Träumen ausmalen können. Gut, dass Jake keine großen Fragen gestellt, sondern direkt reagiert hat. Wie ich ihm die ganze Situation allerdings erklären soll, ohne, dass er mich nie wieder sehen will, ist mir unklar. Hoffentlich fallen mir die richtigen Worte ein, bis er hier ist.

Kapitel 8 – *Kayla*

Es dauert etwa zehn Minuten, bis Jake zu mir stößt. Und in dieser quälend langsam vergehenden Zeit versuche ich erfolglos, eine plausible Erklärung für mein Verhalten zu finden. Ich habe beinahe meinen kompletten linken Daumennagel abgenagt, als er schließlich vor mir steht.

»So, ich habe alles geregelt. Nur auf das Essen mussten wir verzichten. Luke konnte es nicht einpacken.« Überrascht sehe ich auf. Er klingt gar nicht wütend. Eher … ruhig und gelassen.

»Es tut mir so leid«, seufze ich. »Du hast dir so viel Mühe gegeben, im *Zaza* einen Tisch zu bekommen, und ich habe es komplett vermasselt.«

Meine Schuldgefühle fressen mich beinahe auf. Hätte ich es doch drauf ankommen lassen sollen mit ihm im Restaurant zu bleiben? Eine minimale Chance bestünde immerhin, dass Mom mich nicht entdeckt hätte. Aber allein die Tatsache, dass wir uns außerhalb des Hauses im selben Gebäude aufgehalten haben, war schon zu viel für meine Nerven. Ich hätte das Essen nicht genießen können, sondern die ganze Zeit unter Strom gestanden. Verärgert über mich selbst schüttle ich den Kopf. Es war doch klar, dass dieses Rausschleichen irgendwann in einer Katastrophe endet. Und der bin ich heute tatsächlich nur knapp entkommen.

»Hey.« Jake schnappt sich meine Hände und drückt sie leicht.

»Alles cool. Es ging mir doch nicht darum, mit dir im *Zaza* zu essen, sondern darum, dich kennenzulernen. Wo wir das tun, ist doch egal.«

Mein Magen schlägt einen Salto vor Glück und mein Atem setzt kurz aus. »Also … führen wir unser Date woanders weiter?« Ich will schon nicken, als mir ein kleines, aber entscheidendes Detail einfällt. Mein Blick gleitet zurück zum Restaurant am Ende der Straße. Mom wird sich nicht ewig dort aufhalten und es ist nur ein kurzer Weg nach Hause.

»Keine Sorge, darum habe ich mich gekümmert.« Jake zwinkert mir verschwörerisch zu. Kann er etwa Gedanken lesen? »Luke wird sie ein wenig beschäftigen. Das heißt, wir haben mindestens eineinhalb Stunden zusammen. Was hältst du von Pizza?« Fasziniert sehe ich ihn an. Er hat an alles gedacht.

»Pizza klingt gut«, erwidere ich leise und lasse mich von ihm durch die Straßen von Los Angeles führen. Je später es wird, desto mehr Studierende verlassen ihre Wohnungen und machen die Gehwege unsicher. Es ist wundervoll! Dieses Gefühl von Freiheit, von Normalität berauscht mich viel mehr, als Alkohol es je könnte. Jake nimmt meine Hand und sobald wir uns berühren, schießt mir ein Blitz durch den Arm und lässt mein Herz stolpern. Was sind schon Freiheit und Normalität, wenn es viel intensiver und schöner ist, seine Hand zu halten? Er scheint ein bestimmtes Ziel vor Augen zu haben, es ist mir aber unmöglich, ihm zu entlocken, wohin wir gehen. Geheimnisse gefallen ihm wohl sehr. Zwischendurch halten wir an einem Food Truck in der Nähe des Campus, um uns ein Stück Pizza zu holen. Als ich mir eins mit Ananas bestelle, rümpft er angeekelt die Nase. »Du isst echt Ananas auf deiner Pizza?« Ich lache und beiße herzhaft hinein.

»Ich weiß, dass es ein großes Streitthema ist, aber meine tschechische Nanny hat es mir so eingetrichtert. Das ist ein Muss!« Sie konnte gar nicht genug davon bekommen. Jake hingegen sieht aus, als würde ihm schlecht. Seine Bestellung ist allerdings auch nicht besser. Mit hochgezogenen Augenbrauen sehe ich ihn an. »Peperoni? Möchtest du deine Geschmacksnerven abtöten?«

»Hey, wenn du Pizza mit Früchten essen darfst, dann lass mir meine Peperoni! Es gibt keinen besseren Belag.« Fassungslos sehe ich dabei zu, wie er in Windeseile sein Pizzastück vertilgt und dabei nicht mal mit der Wimper zuckt. Die müssen doch höllisch scharf sein! Doch meine Gedanken verflüchtigen sich sofort, als er anschließend wieder meine Hand nimmt. Er mag Pizza mit massenhaft Peperoni? Kein Problem, solange ich dieses warme Gefühl in meinem Inneren weiter spüren darf, wenn er meine Hand hält.

Seite an Seite laufen wir durch die verschiedensten Viertel, sodass meine Füße mich beinahe umbringen. »Warte mal.« Ich öffne die Riemchen der Sandalette und streife mir die Schuhe mit einem leisen »Uff« ab.

»Absatzschuhe sind Instrumente des Teufels«, erkläre ich, was Jake zum Schmunzeln bringt.

»Sie sehen aber toll aus und bringen deinen Hintern gut zur Geltung.« Lachend boxe ich ihm gegen die Brust. Er sagt immer, was er denkt, das gefällt mir. Wir gehen noch einige Meter weiter, bis ich das nächste Mal stehen bleibe.

»Soll ich dich vielleicht tragen?«, witzelt Jake, doch ich höre ihm gar nicht richtig zu. Vor uns sitzt ein älterer Mann auf einem kleinen Hocker. Er trägt helle Leinenkleidung, die über und über mit Farbe bespritzt ist. Vor ihm ist eine Staffelei aufgestellt und um ihn herum sind bemalte Leinwände. Ich liebe es!

»Kunst …«, sage ich langsam an Jake gewandt, »ist das, was ich später machen möchte. Zuerst will ich es studieren. Dann meine Bilder in bekannten Galerien ausstellen und irgendwann vielleicht selbst eine besitzen.«

Meine Gedanken schweifen in eine ferne Zukunft ab, die schwer zu erreichen sein wird, vor allem wenn Mom sich weiterhin so querstellt, was das Studium betrifft. Am liebsten würde ich zurück nach Paris, wo Kunst gelebt und geatmet wird. Eines meiner Bilder im Louvre wäre ein wahrgewordener Traum!

»Du malst?« Jake kommt näher, um sich die Gemälde genauer anzusehen.

Ich nicke. »Gib mir einen Stift und ein Blatt Papier und ich könnte dich hier und jetzt porträtieren.«

»Abgefahren!« Er wirkt ehrlich begeistert. »Darauf werde ich definitiv zurückkommen. Meine Mom wäre hingerissen, sie liebt Kunst. Unser ganzes Haus ist voll davon.«

Ich spüre seinen Blick auf mir und erröte leicht. »Was ist?«, frage ich leise und sehe ihn an.

»Du erinnerst mich an eine gute Freundin. Sie ist auch Künstlerin und träumt von der großen Karriere.

Interessanterweise kommen sie und ihre Mutter auch nicht sonderlich gut zurecht.«

Vielleicht hätte ich nach ihrem Namen fragen sollen. Mit Künstlern kenne ich mich gut aus, sind sie auch noch so unbekannt. Aber ich tue es nicht. Denn das Letzte, woran ich gerade denken will, ist eine andere Frau. Ich möchte im Hier und Jetzt bleiben. Einfach den Moment genießen. Mit ihm.

»Okay, bist du bereit für den magischsten Ort, den du in deinem Leben bisher gesehen hast?« Seine dunkelblauen Augen funkeln aufgeregt, womit er mich direkt ansteckt. Ich ergreife seine ausgestreckte Hand und folge ihm durch ein schmales, zugewuchertes Tor, dessen schmiedeeiserne Gitter kaum noch zu erkennen sind. Wenn ich nicht gerade hindurchgehen würde, wäre mir nicht mal aufgefallen, dass es da ist. Und von einer Sekunde auf die andere fühlt es sich an, als wäre ich in einer vollkommen neuen Welt.

Der Lärm von Los Angeles' Straßen dringt nur noch gedämpft an meine Ohren. Grund dafür müssen die hohen, mit Efeu bewachsenen Mauern um uns herum sein. Wir stehen in einem Park. Wobei nein, eigentlich ist es vielmehr ein Garten. Ein Garten mitten im hektischen L.A.

»Was …? Ich meine, wo …? Also, wie sind wir? Ich habe das

Tor gar nicht gesehen.« Überwältigt von diesem Ort drehe ich mich einmal um mich selbst. Unter meinen Füßen spüre ich Gras. Ein schmaler, gepflasterter Weg aus grauen Steinen führt zu einer Schaukel. In der Mitte ist ein Springbrunnen, der leise vor sich hinplätschert, und direkt daneben steht eine recht neu wirkende Bank. Zwei Laternen spenden den Besuchern spärlich Licht, aber außer uns ist niemand hier. Es fühlt sich an, als hätten wir die Welt, die wir kennen, verlassen und sind in eine ganz andere Sphäre abgetaucht.

»Ich habe dieses Wunder vor ein paar Wochen gefunden.« Jake lässt sich auf eine der Schaukeln nieder und ich tue es ihm gleich. »Es war der Tag, an dem die Ärzte uns offenbarten, dass meine Mom sterben wird.«

Seine Stimme ist so leise, dass ich ihn kaum verstehe. Seine Gesichtszüge sind angespannt und ich kann den Kummer sehen, der das Glitzern aus seinen Augen treibt. »Ich bin stundenlang ziellos durch die Stadt gelaufen und plötzlich stand ich hier. Manchmal glaube ich, dass eine höhere Macht wollte, dass ich diesen Ort finde. Es ist so friedvoll. Man kann einfach seinen Gedanken nachhängen und für einen Moment vergessen, dass die Realität überhaupt existiert.«

»Was ist mit deiner Mom?«, frage ich, wohl wissend, dass ich mich auf schwieriges Terrain begebe.

»Anaplastisches Schilddrüsenkarzinom«, entgegnet er. »Die aggressivste Form von Schilddrüsenkrebs, die es gibt. Mom hatte einfach nur ein hartnäckiges, festsitzendes Husten, weißt du? Sie war heiser und als sie zum Arzt gegangen ist, haben die bei der Blutabnahme Auffälligkeiten festgestellt. Und letztendlich war es keine einfache Erkältung.«

Er hat den Blick gen Boden gerichtet. Seine Schultern hängen schlaff herunter und er spielt nervös mit seinen Fingern. Ich lege meine Hand darauf, weshalb er den Kopf hebt und mich ansieht.

»Das tut mir wirklich leid, Jake«, meine ich leise und drücke seine Hand. Darüber zu sprechen, fällt ihm sichtlich schwer. Kein Wunder, allein der Gedanke daran, Mom zu verlieren, versetzt mich in Angst und Schrecken. Dann wäre ich allein. Immerhin gibt es nur sie und mich. Mehr Familie habe ich nicht.

»Hast du Geschwister?«, frage ich, woraufhin er sich wieder aufrichtet und nickt. Meine Hand lässt er dabei nicht los.

»Einen älteren Bruder und eine jüngere Schwester. Jolina ist erst siebzehn. Sie trifft es von uns allen am härtesten.« Verständlich. Wenn die eigene Mutter nicht mehr da sein wird, um ein Kleid für den Abschlussball auszusuchen, oder den ersten Freund mit Fragen zu löchern, ist das schon hart.

»Ich glaube, Mom würde dich mögen.« Überrascht sehe ich ihn an. Wie kann er diese Vermutung hegen, wenn wir uns doch noch gar nicht so lange kennen?

»Wie kommst du denn da drauf?«

Er zuckt mit den Schultern. »Ich weiß nicht. Ist nur so ein Gefühl. Als wärt ihr aus demselben Holz geschnitzt. Außerdem könntest du mit ihr stundenlang über Kunst diskutieren. Mom liebt das.«

Ich lächle Jake an und drücke kurz seine Hand. »Ich bin mir sicher, dass ich sie auch mögen würde. Vor allem, wenn sie so eine Kunstfanatikerin ist wie ich.«

Unsere Blicke treffen sich. Die Trauer ist noch nicht ganz aus seinen blauen Augen verschwunden, weshalb sich mein Herz schmerzlich zusammenzieht. Niemand sollte eine solche Last in so jungem Alter tragen.

»Also …«, Jake räuspert sich. »Wie ist das mit dir und deiner Mutter? Scheint kein einfaches Verhältnis zu sein.«

Ich seufze leise. Er hat mir gerade sein Innerstes offenbart, da kann ich seine Frage jetzt nicht mit einem Handwinken abtun. Zumal der Vorfall im *Zaza* noch zu präsent ist. Dann muss ich jetzt wohl auch mit offenen Karten spielen.

»Ich habe dir doch erzählt, dass meine Schwester gestorben ist.« Er nickt. »Das war noch bevor ich überhaupt geboren wurde. Aber es hat sie … nachhaltig geprägt. Sie sieht in allem, was mich betrifft, eine Gefahr. Aus dem Grund werde ich zuhause unterrichtet. Früher von Privatlehrern, inzwischen online. Mein Freundeskreis besteht aus der Tochter unserer Haushälterin und dem Gärtner. Und wenn sie mich sehen wollen, müssen sie zu mir kommen. Ich darf das Haus nicht verlassen. Nur in Moms Begleitung.«

Jake sieht mich einen Moment lang schweigend an. Unsicher beiße ich mir auf die Unterlippe, als er dann die Stirn in Falten legt. »Aber du bist jetzt hier.«

»Rausgeschlichen.«

Er pfeift anerkennend durch die Zähne. »Nur um mich zu sehen, hast du das auf dich genommen? Ich fühle mich geschmeichelt.«

Prompt werde ich rot wie eine Tomate. Eigentlich war es gar nicht geplant, dass er davon erfährt und die Aktion wäre ja um ein Haar schiefgegangen. Aber vielleicht versteht er jetzt besser, weshalb ich mich manchmal so merkwürdig verhalte.

»Und was ist mit deinem Dad?« Verwundert blinzle ich ein paar Mal. Er geht einfach so zum nächsten Thema über, ohne darauf einzugehen, dass Mom eine übertrieben kontrollsüchtige Seite hat. Giulia und Toni waren anfangs außer sich, als sie erfuhren, dass ich nicht mal einen Kaffee mit ihnen trinken gehen kann, wie es normale Freunde tun. Aber vielleicht empfindet er Moms überbehütendes Verhalten auch gar nicht so schlimm wie ich in letzter Zeit.

»Meinen Dad kenne ich nicht und wir sprechen zuhause auch nicht über ihn.« Schulterzuckend umfasse ich die kühlen Ketten der Schaukel und schwinge leicht vor und zurück.

»Hast du denn gar nicht das Bedürfnis zu wissen, wer er ist?« Jake sieht mich neugierig an, nichts ahnend, dass er damit einen wunden Punkt trifft. Dieses Thema habe viel mit Giulia diskutiert. Auf der einen Seite würde es mich schon interessieren, ob ich ihm ähnlichsehe und welche Eigenschaften ich von ihm geerbt habe. Andererseits hat er sich in neunzehn Jahren nie die Mühe gemacht, Kontakt zu mir herzustellen, was die Frage aufwirft, ob er das vielleicht gar nicht möchte.

»Ich würde ihn schon gern kennenlernen«, gebe ich schließlich zögernd zu, »aber er lebt in Europa und weiß vermutlich nicht mal, dass wir zurück in die Staaten gezogen sind. Außerdem hat er bisher nicht versucht mich zu finden.«

»Vielleicht weiß er gar nicht, dass du existierst.« Mein Kopf schnellt in seine Richtung, woraufhin er sofort entschuldigend die Hände hebt. Seine Lippen bewegen sich, aber ich bin in einem Gedankenstrudel gefangen, sodass ich nicht einmal höre, was er überhaupt sagt. Was, wenn er recht hat? Mom redet nie über Dad und ich habe nicht ein Foto von ihm gesehen. Ihre Beziehung war recht kurzlebig, aber ich bin immer davon ausgegangen, dass sie ihm wenigstens von der Schwangerschaft erzählt hat. Auf einmal eröffnet sich eine neue Möglichkeit, an die ich nie zu denken gewagt hatte.

Wenn Mom mich wirklich verschwiegen hätte, wäre das krass!

»Hey.« Jake berührt mich sanft am Arm, was mich zusammenzucken lässt und zurück in die Gegenwart katapultiert. »Ich wollte dir damit nicht zu nahetreten. Das war ein unüberlegter Kommentar, tut mir leid.«

Ich schüttle den Kopf und lege meine Hand auf seine. »Schon gut, ich bin dir nicht böse. Über diese Möglichkeit habe ich nur noch nie nachgedacht.«

»Wenn du der Sache auf den Grund gehen willst, kann ich dir ein paar gute Privatdetektive empfehlen. Mein Dad kennt einige durch gemeinsame Freunde.« Ich lächle ihn dankbar an. Dieses Vorhaben werde ich erstmal mit Giulia besprechen, wobei ich mir jetzt schon vorstellen kann, wie begeistert sie von der Idee eines Detektivs wäre. Wir verfallen in Schweigen, und schaukeln nebeneinander hin und her. Zwischendurch trägt ein Windstoß Gelächter oder Stimmen zu uns herüber, aber ansonsten ist es einfach ganz still. Eine angenehme Stille, die Jake mit einem Blick auf seine Uhr seufzend durchbricht.

»Ich fürchte, wir müssen langsam zurück. Luke ist zwar ein großartiger Redner, aber er wird deine Mom und ihre Begleiter nicht ewig aufhalten können.« Bedauern erfüllt mich. Am liebsten würde ich für immer gemeinsam mit Jake in dieser geschützten Blase, in Form des magischen Gartens, bleiben, wo man die Zeit und all seine Probleme vergessen kann. Aber leider sind die schönsten Momente die, die am schnellsten vergehen.

Jake steht auf und reicht mir seine Hand, die ich ohne zu zögern ergreife. Es ist erstaunlich, wie schnell ich mich an seine Gegenwart gewöhnt habe und wie wohl ich mich mit ihm fühle. Wenn mir jemand nach seinem machohaften Abschleppversuch im *Midnight* erzählt hätte, dass ich tatsächlich mit Jake ausgehen würde, hätte ich ihn dafür vermutlich ausgelacht. Aber manchmal entwickeln sich die Dinge eben anders als man erwartet. Und manchmal ist das genau richtig. Wir schlendern nebeneinanderher Richtung Ausgang. Seine Hand ist angenehm warm und so groß, dass meine fast vollständig darin verschwindet. Immer wieder wirft er skeptische Blicke auf das Paar High Heels in meiner anderen Hand.

»Mein Angebot, dich zu tragen, steht noch immer«, bietet er erneut an und wackelt grinsend mit den Augenbrauen. Lachend stoße ich ihn mit meiner Schulter an. Es freut mich schon, dass er meine Nähe noch intensiver sucht, aber ein Blick auf das enge Kleid an meinem Körper hält mich zurück. »Dafür bin ich wohl falsch angezogen, doch ich komme bestimmt irgendwann darauf zurück.«

Mit dieser Antwort gibt er sich vorerst zufrieden und schneller als mir lieb ist, sitzen wir schon wieder in seinem Wagen. Keine 15 Minuten später halten wir vor meinem Haus. Moms Wagen ist noch nicht zu sehen, also sind wir perfekt im Zeitplan. Im Stillen schicke ich Luke ein Dankeschön.

Jake macht den Wagen aus und Stille umfängt uns. Für eine ganze Weile hören wir nur den Atem des anderen. Der hölzerne und würzige Duft eines Parfums erfüllt das Wageninnere und katapultiert mich zurück zu Mittwoch, als er mir selbstlos sein Shirt überlassen hat, damit ich nicht halbnackt durch die Straßen von Los Angeles laufen musste. Schon da habe ich diesen markanten Geruch bemerkt, aber jetzt, wo ich ihn viel intensiver wahrnehme, vernebelt er mir vollkommen die Sinne.

»Das war ein wirklich schöner Abend«, meine ich schließlich und lächle ihn an. »Auch wenn er nicht ganz so abgelaufen ist, wie du es geplant hast.«

»Ich fand es trotzdem super. Spontane Planänderungen sind meistens die besten.« Mein Lächeln verwandelt sich in ein Grinsen. Nach diesem Abend glaube ich ihm das gern.

»Am liebsten hätte ich dir auch noch Hank vorgestellt, aber das machen wir ein andermal.«

Fragend lege ich den Kopf zur Seite. Diesen Namen höre ich gerade zum ersten Mal. »Wer ist denn Hank?«

»Ein liebenswürdiger, alter Mann, der sich als zweiter Stammbesucher des Gartens betitelt. Meistens sitzt er auf der Bank und füttert die Tauben, während er übers Leben philosophiert. Du würdest ihn mögen.« Ich glaube, dass ich alles lieben werde, was Jake mir in Zukunft noch zeigen wird.

»Soll ich dich noch zur Tür begleiten?« Seine Stimme ist um Einiges tiefer geworden und seine Augen ein paar Nuancen dunkler. Schmetterlinge flattern hektisch in meinem Bauch herum und mein Herz überschlägt sich. Ich würde nichts lieber wollen als das, aber die Kameras machen mir einen Strich durch die Rechnung. Ich senke den Blick und kaue auf meiner Unterlippe herum.

»Das halte ich für keine gute Idee. Nicht, weil ich es nicht wollen würde, sondern weil die Kameras am Haus dich aufzeichnen.«

»Okay.« Jake nimmt meine Hände, sodass ich wieder aufschaue. Er sieht mich direkt an, was mir einen Schauer über den Rücken jagt. Mir wird heiß und mein Herz schlägt so schnell, dass ich es im ganzen Körper spüren kann. »Du bist ganz anders als die Frauen, mit denen ich sonst ausgehe. Das mag ich.«

Ein Lächeln stiehlt sich auf meine Lippen. »Du bist auch gar nicht so übel wie zuerst angenommen«, erwidere ich und verliere mich beinahe in dem kurzen Lachen, das daraufhin ertönt. »Ich mag deinen Humor, Kayla.«

Wieder einmal frage ich mich, ob mein Name aus einem anderen Mund jemals so schön geklungen hat. »Ich hoffe, dass wir uns bald wiedersehen«, flüstere ich und merke, dass ich es ernst meine. Ich würde es noch hundertmal riskieren, von Mom erwischt zu werden, wenn ich dafür nur eine weitere Stunde mit Jake verbringen könnte. Er hat mein ganzes Leben in so kurzer Zeit auf den Kopf gestellt.

Ich halte den Atem an, als ich seinen Blick bemerke. Sein Gesicht ist so nah, dass ich hoffe, dass er mich jeden Moment küssen wird. Mein erster richtiger Kuss!

»Kayla? Hast du gehört, was ich gesagt habe?« Verwirrt blinzle ich ein paar Mal. Natürlich nicht. Wie peinlich.

»Entschuldige, was?« Jake grinst belustigt, lehnt sich zurück und bringt etwas Abstand zwischen uns. Nur mit Mühe kann ich meine Gedanken sortieren.

»Du hast mich vorhin gefragt, was ich tun würde, wenn alles auf der Welt möglich wäre.« Ich stütze den Arm auf der Mittelkonsole ab und lege mein Kinn in die Handfläche.

Abrupter Themenwechsel, aber okay. Mit einem Nicken signalisiere ich ihm fortzufahren.

»Ich glaube, ich wäre gerne Arzt. Nach dem Studium könnte ich in die Forschung gehen und eine effektive Behandlungsmöglichkeit für Patienten mit anaplastischen Schilddrüsenkarzinomen finden. Dann müsste keine Familie mehr das durchmachen, was wir grad erleben.«

»Ich finde, das ist eine großartige Idee.« Meine Lippen verziehen sich zu einem Lächeln. »Und ich hoffe inständig, dass du den Mut findest, um genau diesen Weg zu gehen.« Jake atmet hörbar aus und sieht mich an. Jede Leichtigkeit ist aus seinem Blick verschwunden und ich habe das Gefühl, dass ihm noch mehr auf der Seele brennt. Unruhig rutsche ich in meinem Sitz hin und her, während er nervös mit den Fingern auf seinem Lenkrad trommelt.

»Also, ich will mit offenen Karten spielen und es gibt noch etwas, das du wissen solltest.« Ich schlucke und bin mir nicht sicher, ob ich hören will, was er als nächstes zu sagen hat. »Es gibt da noch eine andere Frau. Es ist kompliziert und ich weiß nicht, ob sich da je was draus entwickelt, aber sie ist nun mal da.«

Komplett überfahren sehe ich ihn an. In letzter Sekunde kann ich verhindern, dass mir die Kinnlade herunterkappt.

»Deshalb … also … ich suche momentan nichts Festes. Es wäre cool, wenn wir uns einfach locker treffen könnten. Gucken, was passiert. Wäre das okay für dich?«

Ich nicke. Zu mehr bin ich auch nicht in der Lage. Er kriegt einen Pluspunkt für Ehrlichkeit, aber was in aller Welt habe ich verbrochen, dass das Leben mich so bestraft? Der erste Typ, der mein Herz höherschlagen lässt, hat noch eine andere Frau, die er interessant findet. Das kann doch nur ein schlechter Scherz sein. Klar, ich habe Jacob, von dem ich nichts erzählt habe, weil mir klar ist, dass aus uns nie etwas werden könnte.

Dafür sind mein Leben und unsere ganze Beziehung viel zu kompliziert.

»Ich muss jetzt los«, meine ich schließlich und verabschiede mich etwas übereilt. Aber ich muss aus diesem Wagen raus!

Bis vor wenigen Minuten wollte ich den Abschied noch so weit es geht hinauszögern und jetzt kann ich nicht schnell genug von ihm wegkommen. Ich habe die Frauen gesehen, mit denen Jake sonst verkehrt. Wenn seine Flamme nur annähernd so schön ist, kann ich einpacken. Wie soll ich mit so einer Frau konkurrieren?

Es wäre vernünftig gewesen, die Autotür wieder zu öffnen und das Ganze hier und jetzt zu beenden, bevor es richtig angefangen hat. Aber vernünftig ist nicht die Sprache, die mein Herz versteht. Deshalb stehe ich jetzt hier in der Dämmerung auf dem Bürgersteig und schaue Jakes Rücklichtern nach, bis sie hinter der nächsten Kurve verschwinden. Ich will es mir nicht eingestehen. Eigentlich will ich den Gedanken daran nicht mal zulassen, aber ich kann es nicht ausblenden. Ich befürchte, dass ich bereits rettungslos verloren bin.

Kapitel 9 – *Jake*

Komme ich mir vor wie ein Stalker? Ein bisschen vielleicht. Direkt am Samstag nach meinem Treffen mit Kayla jogge ich zweimal an ihrem Haus vorbei. Ihre Antworten auf meine Textnachrichten sind kurz und zurückhaltend. Kein Wunder, immerhin habe ich ihr gestern gesagt, dass es noch eine andere Frau gibt, die mein Interesse geweckt hat. Ist im Nachhinein betrachtet doch keine so gute Idee gewesen. Ich hätte einfach die Klappe halten und es so laufen lassen sollen wie sonst auch. Mit beiden parallel schreiben und dann schauen, mit wem es zuerst funktioniert. Ein simples Prinzip, das bisher immer von Erfolg gekrönt war. Wieso ich es diesmal über den Haufen geworfen habe, um den ehrlichen Weg zu gehen, weiß ich beim besten Willen nicht.

Also dachte ich, dass ich mich vielleicht kurz mit ihr unterhalten könnte, wenn sie auf dem Balkon ist. Aber Fehlanzeige. Sie war nicht dort. Genau genommen habe ich sie seit unserem ersten Treffen im *Midnight* nicht mehr dort gesehen. Trotz Kaylas Abwesenheit verweilte ich dennoch einige Minuten vor ihrem Haus, um die kleinen Kameras zu beobachten.

Bei der zweiten Runde am Nachmittag begleitet mich Wes. Doch auch diesmal ist keine Spur von Kayla zu sehen. Für einen kurzen Moment glaube ich, Bewegung hinter dem Vorhang zu sehen, aber als niemand den Balkon betritt, denke ich, dass es wohl Einbildung gewesen sein muss.

»Ich versteh das nicht, Mann«, schnauft Wes atemlos. »Wieso kannst du sie nicht anrufen, wenn du unbedingt mit ihr reden willst?« Ich werfe ihm einen kurzen Blick zu, während wir locker wieder nach Hause traben.

»Schon versucht«, gebe ich zähneknirschend zu. »Sie geht nicht ran.«

Wes lacht laut los, was allerdings in einem schrecklich klingenden Luftjapsen endet. »Das ist doch Antwort genug. Warum läufst du ihr dann hinterher wie ein liebeskranker Welpe?«

Ich werde langsamer, bis wir schließlich nur noch nebeneinanderher schlendern. Ganz zur Freude von Wes' Lungen. Er war schon immer mehr der Kraftsportler als ein Ausdauertalent. Hundertzehn Kilo bankdrücken? Kein Problem. Drei Kilometer Dauerlauf? Reinste Folter. Seufzend fahre ich mir mit der Hand durchs Haar.

»Keine Ahnung. Sie ist einfach anders.« Ich kann es nicht erklären, weil ich das Gefühl habe, selbst nicht zu verstehen, was mich so an ihr fasziniert. Sie zieht mich magisch an und ich fühle mich wohl in ihrer Nähe. Es ist so leicht, sich mit ihr zu unterhalten, und wenn sie lacht, vergesse ich jedes Problem, das zuvor noch durch meine Gedanken gewandert ist.

»Vor allem ist sie real.« Wes sieht mich eindringlich an und ich weiß genau, auf wen er anspielt. Lynn. Die sich seit meinem Kommentar über ein persönliches Treffen auch nur noch sporadisch meldet. In letzter Zeit habe ich kein gutes Händchen, was die Frauen um mich herum angeht.

Den restlichen Nachmittag und den frühen Abend lassen Wes und ich im Pool ausklingen. Dabei versucht er immer wieder mich zu einer Party von einem seiner Kommilitonen zu überreden, aber mir steht nicht der Sinn nach feiern. Außerdem müsste ich mich dringend mit den Recherchen für meine anstehende Bachelorarbeit befassen. Mit einer gekühlten Flasche Bier sitze ich jetzt also vor meinem Laptop, kann mich aber absolut nicht konzentrieren.

Mir schwirren zu viele Dinge im Kopf herum. Nach einigen Minuten, in denen ich nur sinnlos auf den Bildschirm gestarrt habe, logge ich mich schließlich bei *Versacio* ein und öffne Lynns Chat.

ThiefofDawn: Hallo, Fremde. Ich vermisse dich.

Ihre Antwort kommt sofort, dabei habe ich nicht mal gesehen, dass sie online ist.

Cinderella3402: Ich dich auch.
ThiefofDawn: Habe ich dich mit meiner Bitte um ein Treffen verschreckt?
ThiefofDawn: Blöde Frage. Natürlich habe ich das. Sonst hättest du dich nicht so vor mir zurückgezogen.

Ich kann sie förmlich seufzen hören, als ich ihre nächste Nachricht lese.

Cinderella3402: Ja und nein. Es ist einfach viel los momentan. Aber die Vorstellung, dass wir uns treffen, jagt mir schon Angst ein. Du weißt, wie kompliziert mein Leben ist.
ThiefofDawn: Vorschlag: Wir vergessen, was ich über ein Treffen gesagt habe, und du erzählst mir lieber, was dich gerade so beschäftigt.

Ich halte die Luft an, während sie schreibt. Das Zeichen der drei hüpfenden Punkte ist gefühlt eine Ewigkeit da. Was kann sie in den fünf Tagen erlebt haben, wenn sie so gut wie nie das Haus verlässt?

Cinderella3402: Ich habe ja mal angedeutet, dass ich jemanden kennengelernt habe. Na ja, wir haben uns wiedergesehen. (Gosh, es ist so seltsam, dir davon zu erzählen, weil wir da noch nie drüber gesprochen haben. Zumindest nicht, wenn es mich betrifft). Es waren auch tolle Treffen, keine Frage. Er ist nett, charmant, lustig und überaus attraktiv. Der Haken an der Sache ist allerdings, dass es noch eine andere Frau gibt. Und glaub mir, wenn ich sage, dass er der Typ Mann ist, der Topmodels datet. Da kann ich nicht mithalten.

Am liebsten würde ich meine Bierflasche einmal quer durch den Raum schleudern. Eifersucht kriecht in jede Faser meines Körpers, gemischt mit Wut darüber, dass er sie anscheinend nicht zu schätzen weiß.

Cinderella3402: Außerdem bist du auch noch da. Ist es merkwürdig, dass ich das Gefühl habe, dir in den Rücken zu fallen, wenn ich ihn sehe?

Das besänftigt mich wieder einigermaßen. Ich kann gut verstehen, wie sie sich fühlt. Mir geht es ähnlich, wenn ich Kayla sehe oder nur an sie denke.

ThiefofDawn: Also erstmal ist er ein Idiot, wenn er eine andere Frau bevorzugt.

Ich hoffe, dass ihr diese Aussage schon mal ein Lächeln aufs Gesicht zaubert.

ThiefofDawn: Bin ich eifersüchtig, dass der Kerl schon drei Dates mit dir haben durfte? Sowas von. Denke ich, dass du locker mit einem Supermodel konkurrieren könntest? Auf jeden Fall. Du hast schon einen guten Charakter und bist mit 1000%iger Sicherheit auch äußerlich ein richtiger Hingucker. Im Gesamtpaket also ein Sechser im Lotto. Mehr Glück kann ein Mann doch gar nicht haben.

Es fällt mir schwer, sie damit in die Arme eines anderen Mannes zu treiben, aber sie braucht diese aufbauenden Worte gerade. Und ich werde den Teufel tun, ihr jetzt etwas Gegenteiliges zu erzählen, nur damit ich einen Vorteil habe. Da soll noch einmal jemand sagen, Männer wären schwanzgesteuerte Egoisten.

ThiefofDawn: Was denkst du gerade?

Ihre Antwort dauert ein wenig. Ich habe ihr diese Frage schon oft gestellt und weiß deshalb, wie sehr sie es hasst, sie zu beantworten. Aber vielleicht lenkt sie das ein wenig von ihren anderen Gedanken ab.

Cinderella3402: Ich frage mich, ob Los Angeles jemals schläft.

Beinahe hätte ich mich an meinem Bier verschluckt. Was hat sie da gerade geschrieben?

ThiefofDawn: Wie kommst du denn darauf?
Cinderella3402: Ich muss endlich über meinen Schatten springen und über den Tellerrand schauen. Also war das der Hinweis, auf den du gewartet hast.

Sie spricht in Rätseln, trotzdem starre ich sprachlos auf meinen Bildschirm. Langsam dämmert mir, was sie meinen könnte, aber … das ist gerade nicht wirklich passiert, oder? Hat Lynn etwa gedroppt, dass sie in L.A wohnt? Einfach so? In meinem Los Angeles?

ThiefofDawn: Du … du lebst in L.A?
Cinderella3402: Ja, gut kombiniert Sherlock.
Cinderella3402: Jacob, natürlich würde ich dich gern persönlich kennenlernen. Mit keinem kann ich so reden wie mit dir. Und es würde immer etwas Unausgesprochenes zwischen uns stehen, wenn wir es nicht täten. Wenn wir uns tatsächlich irgendwann treffen sollten, wäre es doch von Vorteil zu wissen, wo der jeweils andere wohnt. Aber du klingst so überrascht …

Es dauert einen Moment, bis sie eins und eins zusammengezählt hat.

Cinderella3402: O Gott. Wohnst du etwa auch hier?

Ich grinse, während ich die Antwort tippe.

ThiefofDawn: 100 Punkte für die junge Lady am anderen Ende des Bildschirms irgendwo in Los Angeles.

Ich trommle mit den Fingern auf meinem Laptop, während ich auf ihre Antwort warte. Schon seltsam, dass ich innerhalb von sechs Monaten zwei Frauen kennenlerne, die beide Probleme mit ihren Müttern haben und kaum das Haus verlassen dürfen. Allerdings kann auch nicht jeder solche Eltern haben wie ich. Andere erziehen ihre Kinder nun mal strenger oder stellen härtere Regeln auf als in unserer Familie.

Cinderella3402: Damit habe ich nicht gerechnet. Ich dachte, du wohnst am anderen Ende der Welt! Oder zumindest in einem anderen Bundesstaat. Dass du jetzt auch hier bist … macht alles so … realer.
ThiefofDawn: Hey, keine Panik. Ich sage ja nicht, dass wir uns direkt morgen treffen müssen. Aber es ist schön zu wissen, dass es möglich ist, wenn der Zeitpunkt gekommen ist. Und wir dafür nicht quer durchs Land jetten müssen.

Etwas in meinem Augenwinkel erregt meine Aufmerksamkeit. Ich blicke zum Haus und sehe Licht in der Küche. Es ist fast Mitternacht. Wer schleicht so spät noch da rum? Jolina wird es nicht sein, die schläft wie ein Stein, wenn sie einmal eingenickt ist. Und auch meine Eltern sind keine Nachteulen.

ThiefofDawn: Damit du diese neue Information erstmal verdauen kannst, lasse ich dir einen Moment Zeit. Bin gleich wieder da.

Mit der leeren Bierflasche in der Hand durchquere ich den

Garten. Ist vielleicht nicht die beste Waffe, um sich gegen einen potenziellen Einbrecher zu verteidigen, aber allemal besser als gar nichts. Geräuschlos öffne ich die Terrassentür zum Wohnzimmer und schlüpfe hinein. In der Küche höre ich angestrengtes Schnaufen. Kein besonders fitter Dieb also. Auf Zehenspitzen husche ich hinüber und bin bereit, mich laut schreiend auf den Eindringling zu stürzen, als ich sehe, wer da in der Küche steht.

»Mom!« Hastig stelle ich die Flasche auf dem Tisch ab und eile zu ihr herüber. »Was machst du denn?«

Ich nehme ihr den leeren Wasserkrug ab, den sie angestrengt mit beiden Händen umklammert. »Ich wollte den nur auffüllen«, entgegnet sie, während ich ihr helfe, sich auf einen der Stühle zu setzen. Sie atmet so schwer, dass ich mir direkt Sorgen mache. Sie soll sich keinesfalls zu sehr anstrengen, aber der Weg aus dem Schlafzimmer und die Treppe runter in die Küche hat sie offensichtlich ausgelaugt.

»Warum hast du denn nicht Dad darum gebeten?« Ich reiche ihr ein Glas Wasser, das sie zittrig entgegennimmt.

»Du weißt doch, wie er ist. Wenn er einmal schläft, weckt ihn nichts und niemand mehr auf.«

»Soll ich dir irgendwas bringen? Eine Tablette oder eine von den Spritzen, die Doktor Mitchell dagelassen hat?« Sie schüttelt den Kopf, weshalb ich mich einfach zu ihr setze.

Dabei fällt mein Blick auf mehrere Stapel dunkler Karten, die überall auf dem Küchentisch verteilt sind. Ich nehme eine und drehe sie schweigend zwischen den Fingern. Es ist die Einladung zu Dads jährlicher Spendengala für Geschäftspartner und Freunde der Familie. Dieses Jahr unter dem einfallsreichem Motto Maskenball.

»Gibt es jemanden, den du gern einladen würdest?« Mom sieht mich neugierig an. Sofort kommt mir Kayla in den Sinn, aber es wäre bestimmt schwer für sie, sich überhaupt aus dem

Haus zu schleichen. Deshalb verwerfe ich diese Idee direkt wieder. Ich will sie nicht in Schwierigkeiten bringen, auch wenn sie mir das nicht glaubt. Also zucke ich nur mit den Schultern.

»Du weißt, dass wir uns sehr freuen würden, wenn du endlich mal ein Mädchen mit nach Hause bringen würdest«, meint sie leise und ich nicke. Natürlich würde ich Mom gern noch jemanden vorstellen, bevor sie … naja … stirbt.

»Jolina hat erzählt, dass du gestern auf einem Date warst?« Diese kleine Petze … ich mache mir innerlich eine Notiz, ihr dafür noch ordentlich den Kopf zu waschen, aber Mom klingt so erfreut, dass ich es nicht übers Herz bringe, einfach den Kopf zu schütteln. Also seufze ich und nicke kurz, woraufhin ihre Augen anfangen zu leuchten.

»War es schön?« Sie hält ihr Wasserglas mit beiden Händen fest umklammert und ihre Stimme trieft vor Neugier.

»Ja, war es. Sie ist … etwas Besonderes.« Verzückt seufzt Mom auf. Sie begeistert sich nicht nur für Kunst, sondern auch für gute Liebesgeschichten. Und obwohl ich noch nichts über die Verabredung mit Kayla erzählt, geschweige denn ihren Namen erwähnt habe, weiß ich, dass sie in ihrem Kopf bereits unsere Hochzeit plant.

»Wäre sie nicht jemand, den du mitbringen könntest?« Zu ihrer Enttäuschung schüttle ich den Kopf und erkläre, dass sie sehr behütet wohnt und ihre Mom sie nicht gehen lassen würde. Nachdenklich nippt sie an ihrem Wasser, während ich mal wieder über meine neue Vorliebe für komplizierte Frauen grüble. Ich meine, Kayla an sich ist nicht schwierig, es sind nur ihre Lebensumstände, die uns im Weg stehen. Und Lynn … plötzlich geht mir ein Licht auf. Der Maskenball wäre doch der perfekte Ort, um sich das erste Mal zu treffen. Wir umgehen peinliche Stille, falls wir uns doch nichts zu sagen hätten, denn es wären genug andere Leute da, die uns retten könnten. Und wir haben Masken auf. Wenn die Chemie nicht stimmt, hätten wir das Gesicht des jeweils anderen nie gesehen.

»Mom, du bist ein Genie!« Ich springe auf und drücke ihr einen Kuss auf die Stirn. Wieso bin ich da nicht von selbst draufgekommen? Ich bin schon halb zur Tür raus, als mir einfällt, dass Mom wieder ins Bett kommen muss. Sofort mache ich auf dem Absatz kehrt und laufe zurück in die Küche.

»Sorry, Mom. Ich bringe dich nach oben.« Vorsichtig hebe ich sie hoch. Im ersten Moment protestiert sie noch, aber nach einem kurzen strengen Blick lässt sie mich einfach machen.

Nachdem ich sie sicher im Bett abgeliefert und ihr den neu befüllten Wasserkrug auf den Nachttisch gestellt habe, sprinte ich zurück zum Bungalow. Inzwischen ist so viel Zeit vergangen, dass ich Angst habe, dass Lynn bereits eingeschlafen sein könnte.

ThiefofDawn: Noch wach?

Ihre Antwort kommt sofort, was mich erleichtert aufatmen lässt.

Cinderella3402: Natürlich. Bist du etwa einen Marathon gelaufen, oder wieso hat das so lange gedauert?
ThiefofDawn: Musste Mom helfen, sorry. Aber dabei ist mir eine Idee gekommen.
Cinderella3402: Wenn es um deine Mom ging, hättest du dir ruhig noch mehr Zeit nehmen können.

Ich lächle. Ihr Verständnis rührt mich.

Cinderella3402: Erzähl mir von dieser ominösen Idee …
ThiefofDawn: Mein Dad veranstaltet jedes Jahr eine Feier für Geschäftspartner und Freunde. Die steht jetzt bald wieder an und …

ich würde dir gern eine Einladung zukommen lassen. Es ist ein Maskenball, alles vollkommen anonym, wenn wir das wollen.

Gespannt halte ich den Atem an. Sie tippt. Dann hört sie auf. Dann tippt sie wieder. Es vergehen Minuten, die ich unsicher vor meinem Laptop verbringe und in denen ich sicherlich erstickt wäre, wenn ich zwischendurch nicht wieder zu atmen begonnen hätte. Hoffentlich habe ich sie damit nicht wieder verschreckt. Immerhin sind wir eben erst überein gekommen nichts zu überstürzen und jetzt lade ich sie direkt zu mir nach Hause ein.

ThiefofDawn: Lynn ...?

Wieder keine Antwort. Entweder flippt sie gerade total aus oder ist ohnmächtig geworden. Ersteres würde ich natürlich bevorzugen.

Cinderella3402: Okay. Aber wir lüften die Masken nur, wenn ich einverstanden bin.

Ich stoße einen Jubelschrei aus. Sie hat tatsächlich zugesagt!

ThiefofDawn: Geht klar. Wohin soll ich die Einladung schicken?
Cinderella3402: An den Friseursalon von Lorenzo Marino. Er wird es an mich weiterleiten.

Ungläubig blinzle ich ein paar Mal. Sie kennt Lorenzo Marino? Persönlich? Wahnsinn. Ich weiß noch, wie lange Mom auf einen Termin bei ihm warten musste. Demnach spielt Lynn in der höheren Liga Hollywoods mit.

ThiefofDawn: Mache ich. Die Einladung gilt plus eins, falls du nicht

allein kommen willst. Ich werde um elf Uhr auf der Terrasse beim Teich auf dich warten.
Cinderella3402: Wir machen das wirklich, oder?

Ich grinse. Für mich erscheint das genauso unwirklich wie für sie.

ThiefofDawn: Ja, Lynn. Wir machen das wirklich (;
Cinderella3402: Das ist mit Abstand das Verrückteste, was ich in meinem Leben bisher getan habe.

Ich schmunzle und lehne mich auf dem Stuhl zurück. Mir fallen einige Dinge ein, bei denen viele Leute nur den Kopf schütteln würden, aber ein Treffen mit Lynn steht weit oben auf der Verrücktheitsskala. Und ganz plötzlich erscheint mir der Maskenball gar nicht mehr so öde wie noch vor einer halben Stunde.

Kapitel 10 – *Kayla*

Ich habe ein verdammtes Problem. Es ist jetzt vier Tage her, seit ich Jacob erzählt habe, wo ich wohne. Vier Tage, seit wir festgestellt haben, dass auch er in Los Angeles lebt.

Und es ist vier Tage her, dass ich zugesagt habe, ihn zu treffen.

War es eine Entscheidung aus dem Moment heraus? Ja, definitiv. Bereue ich meine vorschnelle Zusage? Ein bisschen vielleicht. Werde ich den Schwanz einziehen und doch nicht hingehen? Auf gar keinen Fall. Ich habe Toni bereits gefragt, ob er mich begleiten würde. Giulia war schon aus dem Häuschen, als ich ihr nur von der Einladung erzählt habe, von daher wäre sie am Tag des Balls noch aufgekratzter als ich und so jemand kann meine Nerven nicht beruhigen. Toni hingegen strahlt genau die Ruhe aus, die ich an diesem Abend brauchen werde. Zum Glück hat er direkt zugesagt, sonst wäre ich völlig aufgeschmissen gewesen und meine Zweifel hätten doch noch gewinnen können.

Und doch … seit mindestens einer Viertelstunde starre ich auf mein neustes Gemälde. Es ist in den vergangenen Nächten entstanden, in denen ich vor Aufregung nicht schlafen konnte. Direkt von der Leinwand blickt mich ein Paar dunkelblauer Augen so intensiv an, dass ich das Gefühl habe, ihrem Besitzer direkt gegenüberzustehen. Tja, und das ist nicht Jacob. Also vielleicht hat der auch blaue Augen, ich werde es bald erfahren, aber die von Jake sind unvergleichbar. Ich habe das erste Mal seit Langem wieder mit Wasserfarben gearbeitet, um jede noch so kleine Nuance richtig darstellen zu können, und jetzt habe ich das Gefühl, dass Jake mich direkt ansieht.

Seufzend lege ich den schwarzen Stift beiseite, mit dem ich das Bild signiert habe. Wieso muss alles so furchtbar kompliziert sein? Da verlasse ich nach Jahren meine Komfortzone und werde direkt mit zwei tollen Typen konfrontiert, die mich in ein regelrechtes Gefühlschaos stürzen. Zu Jacob hatte ich von Anfang an ein vertrautes Verhältnis, so als würden wir uns schon seit Jahren kennen. Und Jake löst Empfindungen in mir aus, die ich vorher noch nie verspürt habe. Mein Körper reagiert auf jede noch so kleine Berührung von ihm, dass es mir beinahe schon unangenehm ist. Er wäre der perfekte Freund und ich wünschte, dass ich mich einfach fallen lassen könnte, aber meine Gedanken sind zwischen zwei Menschen gefangen.

Mein Handy vibriert und reißt mich aus meinen Gedanken. Ein kurzer Blick aufs Display zeigt, dass es eine Nachricht von Jake ist. Kann er etwa spüren, dass ich eben an ihn gedacht habe?

Jake: Willst du heute wieder rebellieren? Würde dich gern sehen.

Mein Herz schlägt schneller. Er fragt tatsächlich nach einem neuen Date und das, obwohl ich ihn in den letzten Tagen eher gemieden habe.

Kayla: Geht leider nicht. Essen mit Mom. Vielleicht morgen?
Jake: Morgen klingt gut. Melde dich einfach.

Ich sende ihm einen Daumen-hoch-Emoji und lege das Handy beiseite. Nachdenklich starre ich wieder auf mein neustes Bild. Diese andere Frau will mir einfach nicht aus dem Kopf gehen. Wieso musste Jake sie mir gegenüber überhaupt erwähnen? Die Stimmen von Engelchen und Teufelchen kommen mir wieder in den Sinn. Einerseits finde ich es gut, dass er mit offenen Karten gespielt und mich nicht belogen hat. Es wäre wahrscheinlich ein herberer Schlag gewesen, wenn ich erst im Nachhinein von ihr erfahren hätte. Seine Ehrlichkeit zeigt, dass ich ihm etwas bedeute und löst in mir zugleich ein schlechtes Gewissen aus, weil ich ihm verschweige, dass es in meinem Leben ebenfalls noch jemand anderen gibt. Andererseits könnte ich mich womöglich mehr auf ihn einlassen, wenn ich wüsste, dass es nicht noch eine weitere Person gibt, an der er interessiert ist. Aber er hat mich heute nach einem Date gefragt. Ist das ein gutes Zeichen? Seufzend lasse ich den Kopf nach vorne fallen. Wieso müssen Gefühle so kompliziert sein?

Ein Poltern im Erdgeschoss holt mich zurück in die Gegenwart.

»Oh, hey, Miss Hudson.« Ich kann Giulias verlegene Stimme durch die geöffnete Tür hören. Sie hat sonst die größte Klappe der Welt, aber wenn sie auf Mom trifft, vergisst sie ihr Selbstbewusstsein vollkommen und ist genauso eingeschüchtert wie jeder andere, der sie kennenlernt. Vermutlich wollte ihr früherer Chef sie deshalb so dringend zurück.

»Ist Kayla oben?« Mom antwortet nicht sofort. »Haltet sie nicht zu lange auf. Wir haben einen Tisch reserviert und sie muss sich bestimmt noch zurechtmachen.«

Ich lehne mich etwas mehr Richtung Tür und werde hellhörig. Ist Toni auch bei ihr? Prüfend sehe ich dann an mir herunter. Kaputte Jeans, ein mit Farbe bekleckstes T-Shirt und meine Haare sind auch nicht gemacht, geschweige denn gewaschen. So wird man mich im *Anemone* kaum reinlassen.

»Wir passen auf, dass sie pünktlich fertig ist.« Tonis tiefe Stimme klingt zuversichtlich, aber ein Blick auf die Uhr verrät mir, dass wir uns dafür beeilen müssen.

»Hey, Birthday Girl!« Giulia springt auf mich zu und umarmt mich so fest, dass wir beinahe mitsamt Hocker umfallen.

»Happy Birthday!« Sie strahlt mich an und ich kann gar nicht anders, als ihr Lächeln zu erwidern. Ihre gute Laune ist ansteckend.

»Auch von mir alles Gute.« Toni drückt mir einen Kuss auf die Wange.

»Danke euch beiden«, erwidere ich verunsichert und lächle sie an. Geburtstage haben für mich keine große Bedeutung. Sie sind ein Tag wie jeder andere auch. Die einzige Tradition, die Mom und ich seit Jahren aufrechterhalten, ist ein gemeinsames Abendessen in einem unserer Lieblingsrestaurants. Aber vor Giulia konnte ich mein Geburtstagsdatum nicht lange verheimlichen, weshalb auch Francesca davon Wind bekommen und heute Morgen mit einem phänomenalen Frühstück aufgetrumpft hat. Es war köstlich.

Selbst Mom hat sich ein paar Minuten mehr Zeit genommen und sich zu uns gesetzt. Eine Premiere an meinem Geburtstag, denn sonst ist sie schon weg, bevor ich überhaupt aufgestanden bin.

»Wir haben natürlich auch Geschenke dabei.« Giulia grinst mich verschwörerisch an. Mein Herz setzt einen Moment aus und fängt dann umso schneller an zu schlagen. Kann es sein, dass sie Post für mich hat? Wir schlendern in mein Zimmer, während Toni noch kurz zurückbleibt, um einige meiner neuen Bilder zu fotografieren. Er bringt mein Portfolio gern auf den neusten Stand, um es seinen Arbeitgebern zu zeigen.

»Also …«, Giulia lässt sich auf mein Bett fallen und winkt mit einem schwarzen Umschlag, »das ist wohl das Interessanteste heute.«

Ich reiße ihn ihr förmlich aus der Hand. Zum Vorschein kommt eine mattschwarze Karte, mit einem Text aus geschwungenen Goldbuchstaben. Es ist die Einladung zu Jacobs Party!

Schnell überfliege ich den Text. Der Familienname wurde geschwärzt, was ich nicht anders gemacht hätte. Adresse, Datum und Uhrzeit sind gut zu lesen, aber der letzte Satz lässt mich prompt wieder nervös werden. Stimmt, die Veranstaltung ist ein Maskenball. Wo bekomme ich denn dafür eine angemessene Garderobe her? Und vor allem eine Maske? Ich kann schlecht shoppen gehen und wenn plötzlich übermäßig viele Pakete geliefert werden würden, fiele das ebenfalls auf.

»Maskenball? Richtig cool.« Giulia ist unbemerkt hinter mich geschlichen. »Da können wir dich richtig rausputzen!«

Sie wackelt vielsagend mit den Augenbrauen. Wenn sie eins schon immer machen wollte, dann ein Make-Over, wie man es aus Filmen kennt. »Keine Sorge, ich kümmere mich um alles.«

Ich sehe sie schweigend an. Ob ich mich über ihre Euphorie freuen oder sie fürchten soll, weiß ich noch nicht. Niemand hat ein besseres Modeverständnis als Giulia, aber manchmal … schießt sie übers Ziel hinaus. Und für diesen Anlass wäre das eine Katastrophe.

Inzwischen ist auch Toni wieder zu uns gestoßen und ich bekomme meine eigentlichen Geburtstagsgeschenke. Ich hatte zuvor recht deutlich gemacht, dass sie mir nichts mitbringen sollen, aber Giulia hat es sich nicht nehmen lassen, sogar Muffins mit einer kleinen 19 zu backen. Außerdem hat sie mir einen Zeichenblock und neue Stifte besorgt.

»Der passt perfekt in die Handtasche. Wenn du jetzt öfter rauskommst, kannst du deine gefundene Inspiration direkt zu Papier bringen.«

Ich umarme sie fest. »Das ist eine super Idee!«

Sie lächelt zufrieden und schiebt sich ein Stück Muffin in den Mund, wobei ich ihr verschweige, dass ich meine neuste Muse schon längst gefunden habe. Toni reicht mir eine kleine Karte, auf der in seiner besten Sonntagsschrift Zugangsdaten in Form von Benutzernamen und Passwort stehen.

»Du wirst in L.A. mit deinen Bildern immer bekannter, also dachte ich, dass es nicht schaden kann, eine offizielle Website zu haben. Da können die Interessenten sich deine Bilder anschauen und per Mausklick mit mir in Kontakt treten, um sie zu bestellen.« Er zuckt mit dem Schultern.

»Es ist nicht viel, aber bedeutsam für die Zukunft.«

Ich lächle ihn an. »Es ist klasse! Ich kann's kaum erwarten sie mir anzusehen.«

Toni grinst. »Ich habe dich als Schattenkünstlerin betitelt, weil du ja ungern deinen richtigen Namen benutzen willst.« Die Geschenkideen meiner Freunde rühren mich zu Tränen. Ich spüre, wie sie sich in meinen Augenwinkeln sammeln und kurz davor sind überzulaufen. Dabei will ich gar nicht weinen! Ich bin so glücklich, die beiden in meinem Leben zu haben. Ihre Freundschaft ist Geschenk genug. Also ziehe ich sie nacheinander in eine feste Umarmung.

»Das ist ein klasse Einfall gewesen. Ich wusste gar nicht, dass du so kreativ bist.«

»In mir schlummern viele versteckte Talente, aber dazu später mehr. Ich glaube, du musst dich langsam fertigmachen.« Ein Blick auf mein Handy zeigt, wie recht er damit hat.

»Ach, und Kay?« Ich bin schon fast im Bad, als Tonis Stimme noch einmal erklingt. »Du hast überall blaue Farbe im Gesicht.«

Manchmal geschehen Wunder, und ich habe eben eins bewirkt. Mithilfe von etwas Wasser bin ich die Farbe in meinem Gesicht schnell losgeworden, habe mir die Haare gewaschen und anständig gestylt und etwas Schickes zum Anziehen gefunden. Pünktlich um acht Uhr sitzen wir dann an unserem Tisch im *Anemone*. Es liegt direkt an der Santa-Monica-Bucht. Wir können auf den Südpazifik schauen und das Treiben am Strand beobachten. Näher bin ich dem bisher auch noch nicht gekommen.

Vielleicht bitte ich Jake irgendwann, mit mir hierherzufahren. Oder Jacob, sofern unser erstes Treffen gut verläuft.

Während des Essens kann ich jedoch keinen weiteren Gedanken daran zulassen. Ein anderer Wunsch liegt mir auf der

Zunge, aber bisher hat sich noch keine Gelegenheit ergeben, ihn auszusprechen. Vorspeise und Hauptgang verlaufen ruhig. Mom erzählt mir von einigen Stars, denen sie kürzlich Häuser in unserer unmittelbaren Nachbarschaft verkauft hat. Ich berichte im Gegenzug wie es in der Schule läuft und stelle fest, dass mir diese besondere Zeit mit Mom sehr gefällt. Sowas sollten wir öfter machen.

Während des Hauptgangs bekomme ich meine Geschenke, zumindest in mündlicher Form, und Mom ihren dritten Bellini. Sie hat Farben und Leinwände aus Paris importieren lassen.

Genau die, mit denen auch die großen Künstler unserer Zeit arbeiten. Begeisterung durchströmt mich und ich stehe auf, um Mom kurz zu drücken. Ein besseres Geschenk hätte sie mir kaum machen können! Als unsere Teller abgeräumt werden, rutschte ich unruhig auf meinem Stuhl herum. Jetzt wäre ein guter Zeitpunkt, um ihr von meinem eigentlichen Geburtstagswunsch zu erzählen. Gerade als ich den Mund aufmachen will, erregt jedoch etwas hinter mir ihre Aufmerksamkeit. Sofort legt sich ein freundlich- professionelles Lächeln auf ihre Lippen.

»Samuel, was für eine Überraschung dich hier zu treffen!« Mom steht auf als ein großgewachsener Mann an unseren Tisch tritt. Sie begrüßen sich mit einem flüchtigen Kuss auf die Wange.

»Miranda, ich habe schon gehört, dass du wieder im Lande bist. Schön, dass wir uns endlich persönlich sehen.« Er klingt höflich, aber mich lässt das Gefühl nicht los, dass die beiden sich besser kennen, als sie gerade vorgeben.

Ich drehe mich auf dem Stuhl, um zu schauen, ob er in Begleitung ist, woraufhin ich mich an meinem Wasser verschlucke. So elegant wie möglich versuche ich mein Ersticken zu überspielen, was nur bedingt funktioniert. Hinter mir steht

Jake und sieht mich belustigt an. Ich bin so damit beschäftigt, ihn anzustarren, dass ich gar nicht mitbekomme, wie wir einander vorgestellt werden.

Kaum merklich schüttle ich mit dem Kopf. Ihm darf nichts rausrutschen. Ein falsches Wort, ein zu langer Blick und ich habe ein großes Problem.

»Es freut mich, euch wiederzusehen«, sagt Mom und ich lächle alle vier der Reihe nach an, verharre bei Jake aber doch einen Moment länger als gewollt. In dem perfekt sitzenden Anzug sieht er verflucht gut aus und seinem Grinsen nach zu urteilen, weiß er das auch.

Dieser Mann wird mich heute Nacht wieder in meinen Träumen verfolgen.

»Ich wusste gar nicht, dass du nochmal ein Kind bekommen hast.« Samuel klingt überrascht, was Mom mit einem schnellen Abwinken erklärt. »Kurz nachdem ich in Europa angekommen bin, habe ich jemanden kennengelernt und nun ja … es ging alles sehr schnell.«

Ich sehe Mom an. Das sind mehr Informationen, als ich während meines gesamten bisherigen Lebens über meinen Vater erhalten habe. Und dieser Samuel bekommt sie einfach so? Die beiden scheinen sich also doch besser zu kennen, als sie hier vorgeben.

»Also bist du verheiratet?«

»Nein, nein. So weit ist es nie gekommen. Kaylas Dad hat uns noch vor ihrer Geburt verlassen.« Ich senke den Blick, sehe aber aus den Augenwinkeln, dass Jakes Hand in meine Richtung zuckt. Doch im letzten Moment besinnt er sich eines Besseren und hält sich zurück. Als wäre die Situation für mich nicht schon nervenaufreibend genug, kommt zu allem Überfluss jetzt auch noch unser Dessert. Eine kleine Schokoladentorte mit Wunderkerzen, die auf meinen Geburtstag hinweisen. Na super!

»Vom ganzen Team des *Anemone* die herzlichsten Glückwünsche zum Geburtstag, Kayla.« Der junge Kellner lächelt mich an. Ich erwidere es kurz, murmle ein leises Dankeschön und rutsche tiefer in meinen Stuhl. Geburtstage waren doch noch nie unser Ding. Wieso hat Mom also diesmal den Aufwand betrieben und ein auffälliges Dessert bestellt?

»Von mir auch alles Gute, Kayla.« Samuel lächelt mich an, bevor er sich an seine Kinder wendet, die auch ihre Glückwünsche an mich richten. »Lasst uns die beiden nicht weiter stören. Eure Mom wartet ohnehin schon auf uns.«

»Wohl eher auf ihren heißgeliebten Nachtisch«, witzelt Jake, dessen Stimme mir sofort einen angenehmen Schauer über den Rücken jagt. Die vier verabschieden sich und gehen Richtung Ausgang, doch bevor Jake das Restaurant verlässt, wirft er mir noch einen letzten Blick zu. Stirnrunzelnd sehe ich ihm hinterher. Er heckt irgendetwas aus, das hat mir das abenteuerlustige Funkeln in seinen Augen verraten.

»Ein Freund von dir?«, frage ich Mom schließlich beiläufig und nippe an meinem Wasser, bevor ich die Kuchengabel in die Hand nehme.

»Ja, er war der Patenonkel deiner Schwester.« Sie stürzt den Rest ihres Bellinis herunter und bestellt direkt einen neuen. Alkohol ist immer von Nöten, wenn sie über Lizzie oder ihren Exmann sprechen muss. »Außerdem ist er mein größter Konkurrent im Immobiliengeschäft. Da schadet ein bisschen freundliches Geplänkel nie.«

Ich nehme mir ein Stück Kuchen. Vielleicht ist jetzt ein guter Moment, um über die Uni zu reden, wenn sie ihre Gedanken nicht ganz beisammenhat. Dann entwischt ihr eventuell leichter ein Ja.

»Weißt du, Mom, eine Sache gäbe es noch, die ich mir wünschen würde.«

»Was denn, Liebes?«

Sie klingt abwesend, während sie die Flüssigkeit des Cocktails in ihrem Sektglas herumschwenkt.

»Die Abschlussklausuren sind ja demnächst und wenn ich die erfolgreich bestehe, dann würde ich gern die UCLA besuchen und Kunst studieren. Die Plätze sind begehrt, weshalb es bestimmt nicht schaden kann, schon mal das eine oder andere Informationspaket anzufordern.«

»Darüber haben wir doch schon gesprochen, Kayla.« Sie seufzt und klingt sichtlich genervt. »Deine Schule arbeitet mit einer Universität zusammen, die ein großartiges Programm mit Onlinekursen anbietet. So kannst du weiter zuhause wohnen und entspannt lernen, ohne Ablenkung. Nichts muss sich ändern.«

Jetzt bin ich diejenige, die seufzt. »Aber das ist es ja gerade. Ich will, dass sich etwas verändert! Ich will leben, neue Freunde kennenlernen, auf Partys gehen. Einfach ein normales neunzehnjähriges Mädchen sein.«

»Nein.« Ich setze zu einem neuen Versuch an, doch mit einer einzigen Handbewegung hindert sie mich am Sprechen. »Wir brauchen da gar nicht drüber zu diskutieren. Die Sache steht fest. Du weißt, dass es viel zu gefährlich ist, an einer Universität zu studieren. Ich möchte dich nur beschützen.«

»Ich bin inzwischen alt genug, um auf mich selbst aufzupassen. Du musst lernen loszulassen. Das ist nicht gesund, was du hier tust.« Langsam werde ich sauer. »Du kannst mich nicht in Watte packen und hoffen, dass mir nie etwas passiert!«

»Ich kann es aber versuchen. Die Diskussion ist beendet, Kayla. Du gehst auf die Uni, die ich für richtig halte. Jetzt iss deinen Kuchen auf, dann gehen wir. Die Leute gucken schon. Wie kannst du mich in der Öffentlichkeit nur so blamieren?« Tatsächlich haben einige Gäste ihre Gespräche eingestellt und schielen neugierig in unsere Richtung. Los Angeles lebt wirklich von den Problemen anderer, unglaublich! Mit verschränkten Armen lehne ich mich auf meinem Stuhl zurück. Jetzt sehe ich vermutlich aus wie ein trotziges Kind, das seinen Willen nicht bekommt, aber der Appetit auf Kuchen ist mir vergangen. Das ist ja super gelaufen. Mom ist sauer, ich bin auch wütend und die anderen Gäste hören mit dem Tuscheln gar nicht mehr auf. So habe ich mir dieses Gespräch nicht vorgestellt.

Wahrscheinlich muss ich sie unter vier Augen fragen, wenn sie extrem gute Laune hat. Der heutige Abend ist auf jeden Fall gelaufen.

»Warum beschützt du mich so sehr?«, frage ich leise, erhalte aber keine Antwort.

Kapitel 11 – *Kayla*

Wie bereits erwartet, entwickelt sich der restliche Abend zu einer absoluten Katastrophe. Schweigend bringen wir das Dessert hinter uns, wobei ich eigentlich nur die Krümel auf meinem Teller hin- und herschiebe. Selbst als der Kellner fragt, ob er die restliche Torte einpacken soll, erntet er nur ein knappes »Nein« von Mom, bevor sie ihre American Express auf den Tisch knallt, um die Rechnung zu begleichen. Die gesamte Rückfahrt sagt niemand ein Wort. Die Rückwand zur Fahrerkabine ist hochgefahren, sodass nicht einmal die Musik des Radios zu uns durchdringt. Es herrscht eisige Stille. Zuhause angekommen, verschwindet Mom sofort in ihr Schlafzimmer und schlägt die Tür so kräftig zu, dass die Gemälde an den Wänden erzittern. Wie immer wird es darauf hinauslaufen, dass ich mich morgen entschuldigen muss, obwohl ich meiner Meinung nach nichts falsch gemacht habe.

Wahrscheinlich ist das erste Glas Whiskey bereits geleert. Ihr Allheilmittel, denke ich bitter. Also trotte ich die Stufen zu meinem Zimmer hoch, schäle mich aus meinen Klamotten und schminke mich ab. Es ist noch deutlich zu früh, um schlafen zu gehen, aber zu etwas anderem fehlt mir die Motivation. Malen kommt nicht in Frage, die Bilder, die heute Nacht entstünden, wären so düster, dass sie auf ewig in meinem Atelier verstauben würden.

Ich werfe mich aufs Bett und zücke mein Handy, um Giulia von dem desaströsen Unigespräch zu berichten, aber jemand anderes hat sich bereits vorgenommen, mich abzulenken.

Jake: Komm auf den Balkon.

Stirnrunzelnd stehe ich auf und folge seiner Anweisung. Draußen lehne ich mich gegen das Geländer und schaue runter in den Garten, wo er mit einem breiten Grinsen steht.

Einerseits macht mein Herz schon wieder besorgniserregende Hüpfer, als ich ihn erblicke, andererseits beginnt die Angst in jede Faser meines Körpers zu kriechen. Wie kann er so unbedacht hier in den Garten kommen? Ich weiß zwar, wie man unbemerkt von der Geheimtür einen Weg vom Grundstück findet, aber ansonsten … habe ich keine Ahnung, was die Kameras alles erfassen. Was, wenn er gerade jetzt von ihnen eingefangen wird? Dann wüsste Mom spätestens morgen, dass wir uns im *Anemone* nicht zum ersten Mal gesehen haben. Er öffnet den Mund, um mir etwas zuzurufen, doch ich schüttle hektisch mit dem Kopf, um ihm verständlich zu machen, dass er ja keinen Mucks von sich geben soll. Stattdessen deute ich auf mein Handy, was Jake zum Glück sofort versteht. Wenn Mom uns hier erwischen sollte, wären wir beide geliefert.

Jake: Rapunzel, Rapunzel. Lass dein Haar herunter.
Kayla: Idiot (: Was machst du hier?
Jake: Dich abholen. Geburtstagsüberraschung und so.

Ich werfe ihm einen erstaunten Blick zu. Trotz fortschreitender Dunkelheit erkenne ich die Grübchen seines Grinsens und die wackelnden Augenbrauen nur zu gut.

Jake: Es wird dir gefallen, vertrau mir. Zieh dich an. Ich warte hier auf dich.

Gerade als ich zurück in mein Zimmer will, vibriert mein Handy erneut.

Jake: Dresscode: sportlich-schick (;

Wieder runzle ich die Stirn. Sportlich-schick? Was in aller Welt hat er mit mir vor? Ratlos stehe ich vor meinem Kleiderschrank und betrachte die darin hängenden Kleidungsstücke. So richtig passt nichts zu seiner Vorgabe. Also entscheide ich mich für eine kurze, schwarze Radlerhose und ein T-Shirt-Kleid, das ich einfach drüberziehe. Dazu streife ich weiße Sneaker über. Meine Haare flechte ich schnell zu zwei Zöpfen, entscheide mich aber gegen Make Up, in der Hoffnung, dass wir uns nicht unter Leute mischen. Immerhin habe ich mich eben erst abgeschminkt. Wie gut, dass ich die Kontaktlinsen dabei noch nicht rausgenommen habe! Mit Tasche, Portemonnaie und Handy in der Hand schleiche ich die Treppenstufen hinter meinem Schrank hinunter und stehe dann draußen im Garten. Jake ist nur wenige Meter von mir entfernt, hat mich aber noch nicht bemerkt. Geduckt laufe ich zu ihm herüber und stelle beeindruckt fest, dass er sich tatsächlich in einem toten Winkel aufhält. Die Kameras haben also keine Chance, uns zu filmen. Da hat jemand seine Hausaufgaben gemacht.

»Können wir los?«, frage ich schließlich und grinse zufrieden, als er zusammenzuckt.

»Wie bist du? Also … wo bist du denn jetzt hergekommen?« Ungläubig blickt er in alle Richtungen, nachdem er sich zu mir umgedreht hat.

»Betriebsgeheimnis«, erwidere ich schmunzelnd, woraufhin er zu lachen beginnt. Schnell lege ich ihm aber die Hand über den Mund und schüttle warnend mit dem Kopf. So gern ich sein Lachen auch höre, bis wir das Grundstück verlassen haben, müssen wir uns leise verhalten. Sonst ist sein ganzes Vorhaben gefährdet.

Sanft drückt Jake mir einen Kuss auf die Handinnenfläche, der mich erschaudern lässt. Anschließend löst er meine Hand von seinem Mund und hält sie fest. »Bist du bereit für das coolste Geburtstagsgeschenk aller Zeiten?«

Seine Stimme ist nicht mehr als ein Flüstern und trotzdem bekomme ich Gänsehaut am ganzen Körper.

»Ich hab's nicht so mit Geburtstagen«, entgegne ich, kann die Aufregung in meiner Stimme jedoch nicht verbergen. Ich bin bereit, weil er an meiner Seite ist. Es ist jetzt schon das zweite Mal, dass ich mich von Jake irgendwohin bringen lasse und keine Ahnung habe, was auf mich zukommt. Aber es ist mir auch gleichgültig, denn ich würde überall mit ihm hingehen und sei es das Ende der Welt. Da würde ich mich momentan ohnehin viel lieber aufhalten als bei Mom zuhause. So viel Action wie in den letzten zwei Wochen hatte ich in meinem bisherigen Leben nicht.

Vielleicht ist Jake genau das Abenteuer, auf das ich gewartet habe.

»Ich muss aber vor Morgengrauen zurück sein«, füge ich schließlich hinzu. Jake lächelt. Ein Bild, das sich für immer in mein Gedächtnis einbrennt: Die kleinen Grübchen und das Funkeln seiner Augen, das mit den Sternen konkurrieren könnte.

»Ich verspreche, dich wieder pünktlich in deinem Turm zurückzubringen, Kayla«, meint er neckend und führt mich zu seinem Auto. »Du kannst dir sicher sein, dass du diesen Geburtstag nie wieder vergessen wirst.«

Wir fahren in die Stadt. So viel habe ich inzwischen aus Jake herausbekommen. Zu allen weiteren Informationen schweigt er. Es sei allerdings kein Problem, dass ich nicht geschminkt bin. Ich seufze erleichtert, weil das bedeutet, dass wir nicht unter Menschen gehen. Wir sind etwas mehr als eine halbe Stunde unterwegs gewesen, als der Wagen in einer Seitengasse zum Stehen kommt, die von der Hauptstraße schlecht einsehbar ist. Ich blicke aus dem Fenster und schlucke. Das hier ist nicht das schillernde L.A, das ich aus dem Fernsehen kenne.

Ein ungutes Gefühl breitet sich in meiner Magengegend aus. Jake würde mich nicht an einen Ort bringen, an dem es nicht sicher wäre, aber ich beruhige mich erst, als er mir die Tür öffnet und mir beim Aussteigen hilft. Seine Berührung lässt das mulmige Gefühl verschwinden und ersetzt es durch ein angenehmes Kribbeln. Erst jetzt bemerke ich den bunt gemusterten Schal in seiner Hand, der vermutlich als Augenbinde dienen soll. Skeptisch werfe ich einen Blick auf das Stück Stoff.

»Vertraust du mir?«

»Ich habe keine andere Wahl, oder?« Er sieht mich lange an, was mein Herz beinahe zum Explodieren bringt. Diese verdammten blauen Augen …

»Man hat immer eine Wahl, Kayla. Egal, worum es geht.« Seine Worte treffen direkt ins Schwarze. Ich habe eine Wahl. Ich kann ihn bitten, die Augenbinde im Auto zu lassen. Ich kann Mom sagen, dass ich in jedem Fall aufs College gehen werde, egal was sie davon hält. Die Frage ist nur, ob ich die Kraft für eine solche Auseinandersetzung aufbringen kann. Aber darüber kann ich mir später immer noch Gedanken machen.

Momentan spüre ich nur Jakes ruhigen, wartenden Blick auf mir, nicke schließlich und lasse zu, dass er mir die Augen verbindet.

»Du lässt mich aber nirgends gegenlaufen, ja?« Vorsichtig setze ich einen Fuß vor den anderen. Jakes Hand führt mich zwar zielsicher voran, aber ohne Sicht habe ich Angst, eine Unebenheit im Boden zu verpassen. Meine Ohren nehmen jedes noch so kleine Geräusch wahr und ich kann spüren, dass Jakes Haut ein leichter Schweißfilm überzieht. Es ist faszinierend.

»Das würde mir nie einfallen, Kay. Ich passe schon auf, dass du unversehrt am Ziel ankommst, und zur Not würde ich dich sogar auffangen und tragen.« Ich lächle ihn dankbar an.

Trotzdem bin ich froh, als wir endlich anhalten.

»Darf ich schon gucken?« Unruhig trete ich von einem Fuß auf den anderen.

»Gleich, versprochen. Nur noch einen Moment Geduld.« Ich klammere mich regelrecht an seine Hand, aus Angst, dass mich jede Sekunde doch ein unachtsamer Fahrradfahrer umnieten könnte. Jake klopft irgendwo gegen und ich höre, wie kurz darauf eine Tür geöffnet wird.

»Sie müssen unsere nächtlichen Gäste sein.« Die Stimme ist tief, autoritär, aber durchaus freundlich. »Mister Kingston hat Sie bereits angekündigt.«

Kingston? Wer ist Mister Kingston? »Ich bitte Sie trotzdem, sich ruhig und anständig zu verhalten und nichts anzufassen.«

Ah, da ist der strenge Ton, den ich erwartet habe.

»Wir werden uns so vorbildlich verhalten wie all ihre künftigen Besucher zusammen. Immerhin freuen wir uns, dass Sie das hier überhaupt möglich gemacht haben.« Jake klingt ernst, doch ich kann sein Amüsement deutlich heraushören. Er drückt meine Hand und bedeutet mir, wieder vorwärtszugehen. Wir passieren eine weitere Tür, die sich mit einem leisen Zischen öffnet, und bleiben schließlich erneut stehen.

»Ich nehme dir jetzt die Augenbinde ab, aber du darfst noch nicht gucken.« Ich nicke und spüre, wie der leichte Stoff von meiner Haut verschwindet. Ich höre, wie Jake ein paar Schritte rückwärtsgeht.

»Okay, jetzt darfst du.« Ich öffne die Augen und bin sprachlos. Wir befinden uns in einem großen, hellen Raum, der schon eher einer Halle gleicht. An den Wänden hängen Bilder in unterschiedlichster Größe. Bei manchen kann man aufgrund ihrer riesigen Maße die Motive kaum erkennen und andere sind so hoch, dass die Wand kaum genügend Platz dafür zu bieten scheint. Die Decke ist aus Glas und hat an den Seiten ein System zum Abdunkeln. Ich denke, dass es je nach Sonnenstand aktiv wird und so die Gemälde vor zu viel Sonneneinstrahlung schützt, damit sie nicht ausbleichen. Jetzt spenden uns die kleinen Lampen zwischen den Gemälden Licht zum Betrachten der Kunstwerke.

»Du schenkst mir eine Galerie?«, frage ich ungläubig und drehe mich zu Jake um, der zufrieden grinst.

»Nicht ganz. Ich schenke dir eine Nacht in einer Galerie, in der du alles in Ruhe anschauen kannst, dich inspirieren lässt und meine Anwesenheit genießt.«

Gerührt schlage ich mir die Hand vor den Mund und drehe mich um meine eigene Achse. Sowas hat noch nie jemand für mich gemacht. Natürlich haben Mom und ich einige Galerien in Paris besucht, aber eine für mich allein? In der ich stundenlang herumlaufen kann ohne, dass ich mich mit anderen Menschen rumschlagen muss, die im Weg stehen und mir den Blick auf die Bilder verwehren? Das ist etwas ganz Besonderes.

»Habe ich ins Schwarze getroffen?« Jake kommt langsam näher. Ich nicke, immer noch ganz begeistert von dieser Idee.

»Aber wie hast du das geschafft? Ich meine, bis vor zwei Stunden wusstest du nicht einmal, dass ich überhaupt Geburtstag habe.« Betont lässig zuckt er mit den Schultern.

»Ich habe da so meine Kontakte.«

Mit hochgezogenen Augenbrauen sehe ich ihn an. »Selbst mit guten Kontakten ist sowas schwer zu organisieren.«

Er tut so, als wäre das gar kein Problem gewesen, aber ich bin mir sicher, dass er großen Aufwand betrieben hat, um das so schnell auf die Beine zu stellen. Deshalb rührt es mich umso mehr. Jake legt den Arm um meine Schultern und zieht mich näher zu sich heran, während wir langsam an den Bildern vorbeischlendern.

»Die Galerie macht erst in ein paar Wochen auf. Mein Patenonkel ist hier im Vorstand. Er hat einen Anruf getätigt und schon war die Aktion in Stein gemeißelt.« Wow. Das bedeutet, dass wir die ersten Besucher sind, die diese Kunstwerke hier zu

Gesicht bekommen. Da bekomme ich direkt wieder Gänsehaut, und diesmal ausnahmsweise nicht, weil Jake mir so nah ist.

»Dein Patenonkel muss ein ziemlich hohes Tier sein, wenn er einfach so eine ganze Galerie mieten kann.«

Jake zuckt mit den Schultern. »Für mich ist er einfach Onkel Dave. Viel interessanter ist, dass er mal in demselben Haus gewohnt hat wie du jetzt. Das ist aber schon mehr als 20 Jahre her. Ich weiß das nur durch Erzählungen.«

Ich bleibe stehen und sehe zu Jake hoch. »Vor 20 Jahren hat Mom noch in dem Haus gewohnt. Mit Lizzie und ...« Plötzlich geht mir ein Licht auf. »... ihrem damaligen Mann.«

Jake sieht in etwa so verwirrt aus, wie ich mich fühle, aber nach wenigen Augenblicken begreift auch er. »Seine erste Tochter ist ertrunken«, murmelt er leise. »Genau wie deine Schwester.«

»Da sind zu viele Parallelen, um es als Zufall abzutun, findest du nicht?« Nachdenklich spiele ich mit einem meiner Zöpfe. Mom spricht ungefähr genauso selten über ihren ersten Mann wie über meinen Vater. Ich weiß nur, dass sie nach der Scheidung dank eines Ehevertrages gut ausgezahlt wurde, was für einen wohlhabenden Mann spricht. Und das scheint Jakes Onkel definitiv zu sein.

»Ich werde meinen Onkel mal darauf ansprechen und dann berichten. Aber jetzt zeige ich dir Überraschung Nummer zwei.«

»Nummer zwei?« Er lenkt mich um eine Ecke und wir betreten einen runden Raum. In der Mitte liegt eine blaue Decke, gemeinsam mit einem vollbepackten Picknickkorb.

»Du bist doch verrückt«, meine ich sprachlos und stelle mich kurz auf die Zehenspitzen, um ihm einen Kuss auf die Wange zu drücken. »Ich weiß gar nicht, was ich dazu sagen soll«, gestehe ich und lasse den Blick über die neuen Bilder schweifen, die die Wände dieses Raumes säumen. Für mich ist diese Nacht ein wahrgewordener Traum.

»Hm …«, Jake schmunzelt. »Wie wäre es mit einem einfachen Danke und einem weiteren Kuss?« Ich sehe zu ihm auf. Seine Augen sind dunkler geworden und funkeln wie die Sterne am Himmel über uns. Sein Lächeln reicht beinahe von einem Ohr zum anderen und lässt meine Knie weich werden.

»Danke, Jake. Für dieses unglaubliche Geschenk«, entgegne ich leise, ohne den Blick von ihm zu lösen. Er senkt den Kopf. Ich kann seinen warmen Atem auf meinem Gesicht spüren. Der Geruch von Vanille und Sandelholz dringt in meine Nase und lässt mich sanft lächeln. Ein angenehmes Ziehen entsteht in meinem Bauch, als er mich noch ein bisschen näher an sich heranzieht. Seine Lippen sind nur noch wenige Zentimeter von meinen entfernt, als ich den Kopf drehe und meinen Mund an sein Ohr lege.

»Den Kuss wirst du dir ein anderes Mal abholen müssen.« So leicht will ich es ihm dann doch nicht machen und Jake scheint überhaupt kein Problem damit zu haben. Er lacht und ich atme erleichtert aus.

So schön und romantisch diese Geste auch gewesen ist, ich habe nicht vergessen, dass es noch jemand anderen in seinem Leben gibt. Genau wie in meinem.

Jake mag das Abenteuer sein, auf das ich gewartet habe. Die Frage ist nur, ob er auch der sichere Hafen sein kann, den ich in meinem Leben benötige.

Kapitel 12 – *Jake*

Die Geburtstagsüberraschung ist ein voller Erfolg. Das glückliche Glitzern in Kaylas Augen war den ganzen Stress der letzten Stunden wert. Und ich würde es immer wieder tun, wenn ich diesen Gesichtsausdruck noch einmal miterleben dürfte.

Direkt, nachdem wir das *Anemone* verlassen haben, habe ich Onkel Dave geschrieben, damit er alles in die Wege leiten konnte. Ich war mir sicher, dass er mir diesen Gefallen nicht abschlagen würde. Er hat mir bisher immer geholfen, wenn ich ein Mädchen beeindrucken wollte, aber diesmal musste es etwas Großes sein. Eine besondere Geste für einen besonderen Menschen. Dann musste ich nur noch unseren Kühlschrank plündern und hoffen, dass Kayla überhaupt Zeit und Lust auf einen Ausflug hat. Wenn ich allerdings gewusst hätte, wie viel Wissen sich in ihrem hübschen Köpfchen befindet, hätte ich noch eine halbe Stunde länger gewartet und mich selbst intensiver mit der zeitgenössischen Kunst auseinandergesetzt.

Fast anderthalb Stunden sind wir Hand in Hand durch die komplette Galerie geschlendert und zu jedem Bild und Künstler hat Kayla eine Meinung, die sie nicht zurückhält. Die Britin Jenny Saville hat hier die wohl größten Bilder ausgestellt. Sie zeigen überwiegend nackte Frauen, die nicht dem heutigen Schönheitsideal entsprechen. Aber das ist genau das, was sie damit ausdrücken will. Sie möchte der Realität mehr Platz bieten und damit das durch die Medien geschaffene Bild der Frau bloßstellen.

Yayoi Kusama, eine japanische Künstlerin, verschafft mir Kopfschmerzen, wenn ich ihre Bilder zu lange anschaue. Aber Kayla kommt aus dem Schwärmen nicht mehr raus. Ihr gefällt die Art und Weise, wie sie allein durch Einsetzen von Polka

Dots ganze Dimensionen erschaffen kann. Kusama hat sogar ein eigenes Museum in Tokyo, was Kayla eines Tages unbedingt besichtigen will. Wenn wir das zusammenmachen wollen, muss ich mir auf jeden Fall eine Großpackung Aspirin einpacken.

Die meiste Zeit über begnüge ich mich damit, ihr zuzuhören, wie sie über Kunst philosophiert und sich ständig fragt, was der Künstler wohl mit diesem Bild ausdrücken wollte. Zwischendurch stelle ich die ein oder andere Frage oder sehe sie einfach nur an. Schon im *Midnight* habe ich bemerkt, dass sie anders ist als die Frauen, mit denen ich sonst so ausgehe. Bodenständiger, lockerer und natürlicher. Alles an ihr wirkt so, als täte sie es gerade zum ersten Mal. Die Welt mit ihren Augen zu sehen ist ein Erlebnis, für das ich tausende Dollar bezahlen würde, um es immer und immer wieder tun zu können. Und das Beste ist: Sie mag mich um meinetwillen und nicht, weil mein Dad ihr eine luxuriöse Villa verkaufen könnte oder ich der millionenschwere Erbe meines Patenonkels bin. Materielle Dinge scheinen sie nicht groß zu interessieren, außer vielleicht der Picasso, der hier hängt. Sie erfreut sich an den kleinen Dingen im Leben und das macht sie so liebenswert.

In vielerlei Hinsicht erinnert sie mich an Lynn. Das habe ich bereits bei unserem ersten Date gemerkt. Die beiden würden sich wunderbar verstehen, mich dabei aber in ein riesiges Gefühlschaos stürzen. Nicht, dass ich da jetzt nicht schon mittendrin stecken würde. Manchmal, wenn man am vermeintlich perfekten Punkt in seinem Leben steht, ist es leider oft am kompliziertesten.

Inzwischen sind wir fast am Ende unserer Besichtigungstour, aber ich habe noch ein Ass im Ärmel. Diese Galerie hat nämlich eine Besonderheit, die einzigartig ist auf der Welt. In den Medien wurde zwar von der bevorstehenden Eröffnung berichtet, aber von diesem kleinen Detail noch nicht.

»Wenn wir nachher gehen, musst du mal auf die Fassade des Gebäudes achten. Ein bekannter Künstler hat sich nämlich auf seine ganz eigene Art und Weise hier verewigt.« Kayla sieht mich ungläubig an. Natürlich hat sie meine Hinweise direkt verstanden und zusammengesetzt.

»Banksy hat dieses Gebäude besprüht?« Sie klingt so erstaunt, dass ich lachen muss und ihr nur durch ein Nicken die Frage beantworten kann.

Noch immer beeindruckt von dieser Information setzt Kayla sich auf die Picknickdecke und ich lasse mich neben ihr nieder. Obwohl sie noch nicht einundzwanzig ist, habe ich es mir nicht nehmen lassen, eine Flasche Champagner mitzubringen. Immerhin ist heute ihr Geburtstag! Die noch halb vollen Gläser stehen hinter uns, ebenso wie die Früchte, die ihren Weg in den Korb gefunden haben. Um uns herum herrscht Stille, die gelegentlich von Kaylas Lachen durchbrochen wird, wenn ich ihr etwas erzähle. Ein Lachen, das mir das Herz erwärmt und für das ich morden würde, um es noch ein einziges Mal zu hören.

»Also, woher weißt du so viel über Kunst?« Interessiert sehe ich sie an und merke, dass mein Herz einen Hüpfer macht, als sie meinen Blick erwidert. Es ist unfassbar, was diese Frau mit mir anstellt.

»Ich hatte einen Privatlehrer in Paris. Er war ein noch recht unbekannter Künstler, aber mir hat er sehr viel beigebracht.«

»Du hattest viel Privatunterricht, kann das sein?« Sie senkt den Blick und nickt. Kaum merklich verändert sich die Stimmung im Raum. Ein schwieriges Thema, also.

»Ausschließlich. Ich habe noch nie eine High-School von innen gesehen und das werde ich wohl auch nicht. Immerhin mache ich im Sommer schon meinen Abschluss.« Ich sehe sie lange an. Es ist eine Schande, dass sie nie eine normale High-School-Erfahrung machen konnte. Kein Footballspiel, keine Mottowochen, kein Prom. Muss hart sein, dass alles nur aus Filmen zu kennen.

»Wieso ist deine Mom so erpicht darauf, dich auf keine normale Schule zu schicken?« Kayla dreht sich auf den Bauch und lässt die Beine in der Luft baumeln. Jetzt liegt sie noch näher bei mir. Ihr süßer, blumiger Duft steigt mir in die Nase und führt dazu, dass ich mich noch ein Stück näher zu ihr lehne.

»Ich denke, sie hat einfach Angst, mich zu verlieren. So wie Lizzie. In ihren Augen ist alles außerhalb unseres Hauses eine Gefahr. Nur für mich, versteht sich.« Sie seufzt. Ihre hübschen braunen Augen wirken traurig und dumpf. Im Prinzip ist sie die Gefangene ihrer eigenen Mutter, aber macht es Sinn, sie darauf hinzuweisen? Vermutlich nicht. Man kann erst Hilfe von außen akzeptieren, wenn man selbst einsieht, in welchem Dilemma man steckt. Verrückterweise ist sie Rapunzel aus dem Märchen gar nicht so unähnlich. Beide haben lange Haare, leben in einem Turm und haben eine kontrollsüchtige Mutter. Wer hätte damit gerechnet, dass ich mit diesem lächerlichen Gedanken zu Beginn gar nicht so falsch lag. Ich stütze mich auf den Ellenbogen ab und betrachte nachdenklich ihr Profil. Nur zur Sicherheit werde ich ein Auge auf sie haben. Nicht, dass sich die ganze Geschichte noch zu einem waschechten Familiendrama entwickelt. Jetzt ist es aber meine erste Priorität, sie wieder zum Lächeln zu bringen.

»Komm mal her.« Sie zieht die Augenbrauen zusammen, sodass sich eine kleine Falte dazwischen bildet. Vermutlich fragt sie sich, was ich jetzt schon wieder vorhabe. Trotzdem rollt sie sich kommentarlos zu mir herüber und liegt jetzt eng an mich geschmiegt da. Ich zücke mein Handy, öffne die Frontkamera und sehe sie an.

»Einmal lächeln bitte.« Sofort ziehen sich ihre Mundwinkel nach oben und ihre Augen beginnen wieder zu strahlen. Ich betätige den Auslöser, vergesse dabei aber, selbst in die Kamera zu schauen. Dafür bin ich viel zu fasziniert von ihr. Sofort reißt sie mir das Handy aus der Hand und betrachtet das Foto.

»Das ist wirklich schön geworden«, meint sie leise und lehnt ihren Kopf an meine Schulter. Ich schlinge meinen Arm um sie und nicke. Eines der wohl besten Fotos, die ich je gemacht habe. Danach breitet sich Stille zwischen uns aus. Ich lausche ihrem gleichmäßigen Atem und genieße es, sie in den Armen zu halten. Und für einen Moment kann ich mir nichts Schöneres vorstellen, als für immer mit ihr hierzubleiben.

»Ich denke, dass du locker zur Abschlussballkönigin gewählt worden wärst.« Kayla sieht mich ungläubig an und dennoch bemerke ich die Andeutung eines Lächelns. »Gut, du hättest einen Haufen Cheerleader als Konkurrentinnen gehabt, aber letztendlich hättest du dich durchgesetzt. Ganz sicher.«

Jetzt lacht sie wirklich und ich atme erleichtert aus. »Die künstlerisch begabte Außenseiterin soll Promqueen werden? Du hast die falschen Filme geguckt, mein Lieber.«

»Apropos künstlerisch begabt … wann zeichnest du mich mal?« Sie stützt den Kopf in die Hand und betrachtet mich prüfend. Ihre Augen wandern von meinem Gesicht über meinen Oberkörper und verharren schließlich an meinem linken Unterarm.

Unter ihrem Blick fühle ich mich vollkommen nackt und ich glaube immer mehr, dass sie mit ihren Augen in meine Seele schauen kann.

»Ich zeichne dich bei unserem nächsten Treffen, okay?«, schlägt sie gedankenverloren vor und mustert mein Tattoo eingehender.

»Tätowieren ist auch eine Kunst, weißt du?« Sie umfasst mein Handgelenk und dreht es vorsichtig hin und her. Sofort beginnt meine Haut zu kribbeln, dort wo sie mich berührt.

»Die Art und Weise, ein Bild vom Papier auf die Haut zu bringen, ist beeindruckend. Wer ist das?«

Sanft fährt sie mit den Fingerkuppen über das große Tattoo auf der Unterseite meines Arms. Augenblicklich bekomme ich Gänsehaut. Erstaunlich, was eine einfache Berührung auslösen kann. »Das ist meine Mom.«

Kayla hält inne, lässt ihre Finger aber auf meiner Haut verweilen. »Ich habe Tammy, meiner Tätowiererin, zwar ein paar Freiheiten gewährt, aber das Portrait ist originalgetreu. Das findest du genau so bei uns zuhause.« Es ist mein erstes Tattoo. Ich erinnere mich noch genau an den Tag, als ich es mir stechen ließ. Das war kurz nachdem klar war, dass Mom den Kampf gegen den Krebs nicht gewinnen wird, egal welchen Therapien sie sich auch unterziehen wird. So würde sie immer bei mir sein, auch wenn sie irgendwann nicht mehr da ist.

»Sie ist eine sehr schöne Frau«, meint Kayla leise und ich nicke. »Die Schönste von allen.«

Danach liegen wir wieder eine Weile schweigend nebeneinander. Durch die gläserne Decke fühlt es sich an, als würden wir direkt unter dem Himmel liegen. Dichte Wolken drängen sich am Nachthimmel von Los Angeles, doch der Mond schafft es trotzdem, sich durch sie durchzukämpfen, sodass er vereinzelt sein Licht auf uns scheinen lässt. Inzwischen ist es weit nach Mitternacht, aber ich will Kayla noch nicht nach Hause bringen. Der Egoist in mir würde sie am liebsten packen und für immer bei sich behalten, damit diese entspannten Momente niemals enden.

»Ich weiß, ich habe es schon mal gesagt, aber meine Mom würde dich mögen.« Kayla dreht sich auf die Seite und sieht mich an. Ihre Mundwinkel zucken leicht.

»Meine Mom würde dich hassen. In ihren Augen wärst du Staatsfeind Nummer Eins.« Das bringt auch mich zum Grinsen. Sie schafft es tatsächlich, mich durch einen einzigen Satz aus dem dunklen, tobenden Tornado in meinem Kopf zu holen, der immer dann wütet, wenn ich daran denke, dass

Mom bald nicht mehr da ist. Meine Brust wird dann ganz eng und ich habe das Gefühl zu ersticken, aber Kayla lockert die Stimmung so leicht auf, dass ich ohne Probleme ins Hier und Jetzt zurückkomme.

»Äh, hallo? Ich bin ein Traumschwiegersohn. Deine Mom wäre Wachs in meinen Händen.« Jetzt ist Kayla diejenige, die so laut lachen muss, dass ihr Tränen über die Wangen laufen.

»Pass lieber auf, dass du dich an diesem Wachs nicht verbrennst«, japst sie, sodass ich Angst habe, sie gleich ersticken zu sehen.

»Okay … vielleicht würde es eine Weile dauern, aber irgendwann würde sie mich mögen.«

»Hm …«, Kayla muss sich wirklich zusammenreißen, um nicht wieder zu lachen. »Wenn die Hölle zufriert, vielleicht. Versteh mich nicht falsch, sie ist eine tolle Mom, aber was meine Freunde angeht … Da ist sie ein bisschen eigen. Schon immer gewesen.«

»Was denn überhaupt für Freunde? Ich dachte, die Einzigen, mit denen du kommunizierst, sind verwunschene Gegenstände, die als eure Hausangestellten fungieren«, necke ich.

Daraufhin streckt sie mir die Zunge raus.

»Wir sind hier nicht in *Die Schöne und das Biest*, Jake. Ich habe durchaus Kontakte außerhalb meiner eigenen vier Wände. Dich zum Beispiel.«

»Mehr brauchst du auch nicht. Ich reiche vollkommen aus.« Sie sieht mich einen Moment sprachlos an, bis sie wieder zu lachen beginnt. Inzwischen bin ich mir sicher, dass das zu meinen Lieblingsgeräuschen auf dieser Welt gehört.

»Du bist wirklich sehr von dir überzeugt.« Ich wackle kurz mit den Augenbrauen, bevor ich einen Blick auf die Uhr werfe. Schon fast drei Uhr morgens. Wie schnell die Zeit mit ihr vergeht!

»So ungern ich das jetzt sage, aber wir müssen los.« Kayla schiebt die Unterlippe vor, sodass ein leichter Schmollmund entsteht, und ich muss meine ganze Willenskraft aufbringen, um mich nicht auf sie zu rollen und zu küssen.

»Schon?«

»Du wolltest doch vor Morgengrauen zurück sein«, erinnere ich, woraufhin sie einsichtig nickt. Also stehen wir auf und packen alles zusammen, damit niemand merkt, dass diese Galerie schon vor ihrer Eröffnung Besucher hatte.

»Hey, Jake.« Kayla bleibt stehen, kurz nachdem wir die Galerie verlassen und Banksys Kunstwerk bewundert haben. Ich drehe mich zu ihr um und spüre, wie sie ihre Arme um meine Mitte schlingt. »Danke«, meint sie schließlich leise. »Du hast mir den schönsten Geburtstag bereitet, den ich bisher hatte.«

Mein Herz zieht sich kurz zusammen, während ich ihre Umarmung erwidere und sie am liebsten nie mehr losgelassen hätte. Diese Frau sollte so viel mehr erleben dürfen, als sie es bisher getan hat. Ihr sollte die Welt zu Füßen gelegt werden.

»Immer wieder gern«, murmle ich leise und drücke ihr einen Kuss auf die den Haaransatz. »Ich werde versuchen dir jeden Wunsch zu erfüllen, den du auf dem Herzen hast. Denn das ist es, was du verdienst. Nicht weniger.«

Sie schmiegt sich noch näher an mich heran und murmelt etwas, das sich im Stoff meines T-Shirts verliert. Aber wenn ich sie richtig verstanden habe, dann bin ich wohl die beste Entscheidung gewesen, die sie je getroffen hat. Und das sehe ich ganz genauso: Auch wenn ich bisher viele dumme Dinge in meinem Leben getan habe, war die Entscheidung, sie um ein Date zu bitten, das Beste, was ich jemals getan habe. Jetzt kann ich nur hoffen, dass Lynn mir nicht genauso den Kopf verdreht, wie Kayla es bereits getan hat.

Kapitel 13 – *Kayla*

Die nächste Woche vergeht wie im Flug. Ich muss viel für die Schule machen, damit die letzten Arbeiten vor den Abschlussprüfungen mit *Sehr gut* ausfallen. Nachmittags widme ich mich überwiegend meinen Bildern. Dank der neuen Website, die Toni eingerichtet hat, ist der Verkauf enorm angestiegen. Ich verbringe viel Zeit damit, alle Bilder mit einem speziellen Lack zu versiegeln, bevor ich sie Toni gebe, der sie ausliefert. Darunter ist auch mein neustes Werk: »Mitternachtsblaue Augen«.

Ursprünglich war es gar nicht zum Verkauf gedacht, aber ein Interessent war so hartnäckig, dass Toni irgendwann eingeknickt ist. Er hat uns eine beachtliche Summe Geld geboten und naja … ich muss auch an die Finanzierung meines Colleges denken. Also habe ich schließlich zugestimmt und das Bild schweren Herzens weggegeben.

Es freut mich, dass meine Kunst so gut bei den Leuten ankommt. Das spornt mich zusätzlich an, Neues zu gestalten, auch wenn es viel Zeit in Anspruch nimmt. Aber es macht Spaß und ich bin jedes Mal begeistert und wehmütig zugleich, wenn ich eines meiner Bilder beende.

Die Abende verbringe ich meistens mit Mom. Ich weiß nicht, woran es liegt, aber seit unserer Auseinandersetzung im Restaurant hat sie ihr Arbeitspensum deutlich reduziert.

Keine Geschäftsessen mehr bis spät in die Nacht, teilweise bereitet sie ihre Besichtigungen sogar im Arbeitszimmer zuhause vor und verlässt dann nur noch für persönliche Treffen mit Kunden das Haus. Einerseits freue ich mich über die neu gewonnene Zeit mit ihr, denn es ist genau das, was ich mir vor ein paar Tagen noch gewünscht habe. Andererseits gibt es eine leise Stimme in meinem Kopf, die mir unaufhörlich zuflüstert, dass das alles nicht ganz selbstlos ist.

Vielleicht liegt es an unserem Gespräch im *Anemone*, oder sie hat mich am selben Abend mit Jake davonschleichen sehen. Was auch immer der Auslöser gewesen sein mag, sie will Kontrolle ausüben und das tut sie mit ihrer Anwesenheit ganz gewiss.

Weder Giulia noch Toni laden sich diese Woche selbst ein, um den Abend mit mir zu verbringen. Unsere ganze Kommunikation findet online statt, trotzdem bietet sich die Gelegenheit, über die Idee des Privatdetektives zu sprechen, der meinen Vater in Europa ausfindig machen soll. Wie bereits erwartet, ist Giulia direkt Feuer und Flamme und brennt förmlich darauf vorbeizukommen, um nach benötigten Unterlagen zu suchen. Diese Aufgabe gestaltet sich aber schwieriger als zuerst angenommen, denn alle wichtigen Dokumente liegen bei Mom im Arbeitszimmer. Da die jedoch fast jeden Tag zuhause ist und den Raum besetzt, gibt es keine Möglichkeit hineinzuschleichen, um sich unbemerkt umzuschauen. Also verbleiben wir so, dass ich Jake erstmal nach einigen Adressen von guten Detektiven frage und wir uns danach Miss-Marple-like auf die Suche nach Hinweisen machen. Davon ist Giulia zwar nicht ganz so begeistert, aber sie nimmt es grummelnd hin.

Auch Jake zu treffen ist unmöglich. Unser Kontakt beschränkt sich deshalb auch nur auf einige WhatsApp-Nachrichten am Tag. Ich würde ihn unheimlich gern wiedersehen, aber die Gefahr, dass Mom es bemerken könnte, ist einfach zu groß. Wenn sie auch nur den leisesten Verdacht hegt, dass ich nachts verschwinde, will ich den nicht bestärken, indem ich mich tatsächlich davonschleiche. In drei Tagen werde ich es trotzdem wagen müssen. Der Termin des Maskenballs rückt näher.

Die Nervosität deswegen bringt mich beinahe um. Ich werde endlich Jacob kennenlernen! Allein bei der Vorstellung, ihm gegenüberzustehen, wird mir ganz schwindelig. Wie gut, dass ich da nicht allein hin gehe.

Am Freitagnachmittag liegen meine Nerven blank. Den Unterricht habe ich nur mit Müh und Not überstanden. Meine Gedanken waren überall, aber bestimmt nicht bei Algebra.

Angespannt sitze ich in der Küche und löffle den Rest Suppe von heute Mittag. Nebenbei werfe ich immer wieder einen Blick auf mein Handy, doch bisher hat Jacob sich noch nicht auf meine Nachricht gemeldet. Gut, er wird vermutlich viel bei den Vorbereitungen helfen, aber eine kurze Antwort wird doch möglich sein … Mir fällt beinahe der Löffel aus der Hand, als das Handy plötzlich vibriert und das Display aufleuchtet.

Cinderella3402: Bist du auch so nervös wie ich? Sag bitte ja …

ThiefofDawn: Du hast ja keine Ahnung … brüte seit einer Stunde über meinem Outfit.

Cinderella3402: Anzug und Maske. So schwer ist das nun wirklich nicht …

ThiefofDawn: Sagst du.

Cinderella3402: Wie erkennen wir uns eigentlich? Soll ich ein bestimmtes Accessoire tragen?

ThiefofDawn: Nicht nötig. Ich würde dich unter tausenden Maskierten erkennen.

Ich lächle. Daran habe ich auch schon denken müssen. In Filmen weiß man immer sofort, wen man finden muss, weil es diesen einen magischen Moment gibt, in dem sich die Augen der beiden Hauptdarsteller treffen und alles um sie herum verschwimmt. Die Stimmen verschwinden, ebenso wie die anderen Menschen und es gibt nur sie zwei. Als wären sie ganz allein auf dieser Welt. Und irgendwie habe ich das Gefühl, dass es bei uns heute genauso sein wird.

ThiefofDawn: Muss jetzt los. Wir sehen uns später. 11 Uhr auf der Terrasse. Ich kann es kaum erwarten.

Schmunzelnd lege ich das Handy beiseite. Es ist beruhigend zu wissen, dass er genauso aufgeregt ist wie ich. Deutlich entspannter als zuvor räume ich mein Geschirr weg, als Mom die Küche betritt. Überraschenderweise ist sie heute leger gekleidet. Ein lockerer Zopf statt eines strengen Dutts und Jeans und Pullover anstelle eines adretten Kostüms. Sie stellt zwei riesige Tüten auf dem Tresen ab und drückt mir einen Kuss auf die Schläfe.

»Heute wirst du den Abend ohne mich verbringen müssen, Kayla.« Sie sieht mich entschuldigend an, dabei passt mir das wunderbar.

»Macht nichts. Giulia und Toni wollten sowieso mal wieder vorbeischauen.« Neugierig werfe ich einen Blick in ihre Tüten. Sieht nach teurer Abendgarderobe aus. »Was genau hast du denn vor?«

Sie winkt lässig ab, als wäre die Veranstaltung nichts Besonderes. »Ich gehe mit ein paar Kollegen auf einen Maskenball. Der wird vom Immobilienmakler der Konkurrenz veranstaltet. Da müssen wir uns kurz blicken lassen.« Mir wird heiß und kalt zugleich und ich habe das Gefühl, dass die Suppe von eben sich ihren Weg wieder nach oben bahnt. Wie hoch ist die Wahrscheinlichkeit, dass zwei Veranstaltungen mit demselben Motto am selben Abend in L.A. stattfinden? Meine Vorfreude fällt in sich zusammen, denn ich kann unmöglich mit Mom auf derselben Party sein, ohne dass sie mich erkennt.

»Dann … ähm … wünsche ich dir viel Spaß«, bringe ich trotz staubtrockener Kehle heraus und zwinge mich zu einem Lächeln.

»Keine Sorge, ich bleibe nicht lange. Um halb eins bin ich wieder hier.« Ich nicke und sehe ihr nach, bis die Schlafzimmertür ins Schloss fällt. Das darf doch nicht wahr sein! Hastig greife ich zum Handy, um Giulia zu schreiben.

Kayla: Wir haben ein Problem. Mom ist auch auf der Party. Am besten blasen wir alles ab.

Keine Minute später habe ich ihre Antwort, die kein Absagen des Treffens zulässt.

Giulia: Du gehst da hin! Ich kümmere mich um Alles.

Wenig zuversichtlich trotte ich die Treppe nach oben. Was will Giulia schon groß anstellen? Mom auf dem Weg dorthin kidnappen und erst wieder freilassen, wenn der Ball vorbei ist? Ihr eine fingierte Absage schicken? Meine beste Freundin mag in vielen Dingen kreativ sein, aber wie sie dieses Hindernis bewältigen will, ist mir schleierhaft.

Gegen acht verabschiedet Mom sich erneut mit dem Versprechen, um halb eins wieder da zu sein. Ich habe mich in den letzten Stunden in meinem Atelier verkrochen und die Enttäuschung und Trauer über die Ereignisse des heutigen Tages in einem neuen Bild verarbeitet. Es ist das wohl Düsterste, das ich je gemalt habe, aber es wird bestimmt jemanden geben, der sich gerade mit dieser Stimmung identifizieren kann und es kauft.

Um halb neun füllt sich das Haus dann wieder mit Leben. Ich höre Giulias Lachen. Sie hat also tatsächlich einen Weg gefunden, Mom von der Party fernzuhalten. Gespannt stehe ich auf und wechsle vom Atelier ins Schlafzimmer, wo ich zu meiner großen Überraschung drei Leute vorfinde. Gerechnet habe ich nur mit zweien. Aber neben Giulia und Toni hat auch Mario seinen Weg hierher gefunden.

»Was macht er denn hier?«, frage ich wenig erfreut.

»Ich bin deine gute Fee für heute Abend«, erwidert er ebenso wenig erfreut darüber, wie ich es bin. Fragend wende ich mich an Giulia, die aussieht, als hätte sie die Idee des Jahres gehabt.

»Wir können deine Mom vielleicht nicht daran hindern, auf dieser Party zu sein, aber wir können dich so herrichten, dass sie dich nicht erkennt.« Ich verstehe immer noch Bahnhof, bis mir der große Koffer hinter Mario auffällt. Natürlich! Er ist Friseur und Make-Up-Artist. Wenn jemand mich so stylen kann, dass mich nicht mal meine eigene Mutter erkennt, dann er.

»Wir haben sogar an eine Perücke gedacht!«

»Du bist ein verfluchtes Genie, Giulia Marino!«

Sie grinst und betrachtet mich dann prüfend. »Und du brauchst erstmal eine Dusche. Hopp, hopp! Wir haben nicht viel Zeit.«

Eine heiße Dusche später sitze ich in meinem Bademantel vor dem Schminktisch und sehe zu, wie Mario meine langen Haare zu einem Bauernzopf flechtet. Mit seinem Handwerk kennt er sich gut aus, das muss ich ihm neidlos anerkennen. Nachdem er mit Flechten fertig ist, folgt eine riesige Menge Haarspray, in dessen Duftwolke ich beinahe ersticke. Aber es muss ja jedes Härchen an seinem Platz bleiben. Interessiert beobachte ich dann, wie er eine blonde Perücke aus seinem magischen Köfferchen zieht und mir hinhält.

»Was sagst du?«, fragt er begeistert, woraufhin ich zweifelnd die Lippen schürze.

»Bisschen zu hell für meinen Hautton, findest du nicht? Hast du noch etwas Dunkleres dabei?«

Mario sieht aus, als würde er diskutieren wollen, besinnt sich dann aber eines Besseren und packt die Perücke wieder weg. »Ich habe noch was im Auto, warte.« Er verlässt das Zimmer, was Giulia sofort nutzt, um meine Aufmerksamkeit auf sich zu lenken.

»Dann machen wir jetzt erstmal mit dem Outfit weiter.« In ihrer Stimme schwingt so viel Begeisterung mit, dass ich direkt davon angesteckt werde. Ein aufgeregtes Kribbeln breitet sich in meiner Magengegend aus, als sie den Kleidersack öffnet, der an meinem Schrank hängt. Um die Spannung so lange wie möglich zu halten, zieht sie den Reißverschluss extra langsam herunter, bis ich schließlich ein dunkelgrünes Kleid erkennen kann. Es glänzt so, wie es nur Satin kann.

»Wow«, murmle ich und fahre mit den Fingerspitzen vorsichtig über den glatten Stoff. »Es ist wunderschön.«

Giulia klatscht begeistert in die Hände. »Ich wusste, dass du es lieben wirst!«

Oh ja, das tue ich. Doch bevor ich es mir noch näher anschauen kann, kommt Mario zurück. In der Hand hält er eine dunkelblonde Perücke, die mir viel besser gefällt als die erste. Und jetzt lässt er seine Magie so richtig walten. Mit geübten Griffen setzt er mir die Perücke auf und frisiert mich dann. Gekonnt steckt er die Haare zu einem lockeren Dutt im Nacken fest und lockt einige Strähnen, die mein Gesicht einrahmen. Anschließend beweist er, dass auch in ihm ein Künstler steckt. Denn seine Leinwand ist das Gesicht eines jeden Menschen. Mit wenigen, präzisen Pinselstrichen bringt er meine grünen Augen zum Strahlen, hebt meine Gesichtszüge deutlicher hervor, als ich es jemals könnte, und lässt meine Lippen so sinnlich erscheinen, dass selbst ich mich küssen wollen würde. Ich betrachte mich im Spiegel, bevor mein Blick zu dem Kästchen mit den Kontaktlinsen schweift. Zum ersten Mal in meinem Leben verspüre ich nicht den Drang, sie einsetzen zu wollen, auch wenn es mir Ärger mit Mom einbringen sollte, falls das hier auffliegt. Heute will ich, dass jeder die Augen sehen kann, die wirklich zu mir gehören.

Nachdem er mit seinem Ergebnis zufrieden ist, nimmt Giulia mich am Arm und führt mich ins Badezimmer. Dort hilft sie mir ins Kleid, woraufhin ich dessen volle Schönheit erst erkenne. Der Stoff liegt wie eine zweite Haut an meinem Körper und betont die weiblichen Kurven, die sich über die letzten dass sämtliche Gespräche im Raum verstummt sind. Selbst die Violinisten kommen kurz ins Stocken. Unauffällig werfe ich einen Blick über die Schulter, aber hinter uns ist niemand. »Ich glaube, die starren uns so an«, gebe ich zurück, während wir die letzte Stufe nach unten laufen.

Tonis Lippen verziehen sich zu einem Grinsen. »Nicht uns. Dich. Fällt dir hier irgendwas auf?«

Ich lasse den Blick über die Menge schweifen, die mich anstarrt. Fieberhaft überlege ich, was Toni meinen könnte, als mir auffällt, dass hier nur zwei Farben vertreten sind. Schwarz und Weiß.

»O Gott.« Schnell drehe ich den anderen Gästen den Rücken zu. »Es gibt einen Dresscode. Das habe ich komplett überlesen.«

Ich spüre, wie mir die Röte in die Wangen schießt und wäre am liebsten im Erdboden versunken. »Ist doch egal. Ein großer Auftritt hat noch niemandem geschadet. Wenn man aber möglichst unerkannt bleiben will, ist das schon blöd.«

Ich werfe Toni einen warnenden Blick zu, den der aber vollkommen ignoriert. »Jetzt geh und such die Terrasse, auf der ihr euch treffen wollt. Die Zeit läuft.«

Ich nicke und verschwinde durch eine der geöffneten Terrassentüren. Hier erklingt die Musik deutlich leiser als im Inneren des Hauses und es befinden sich auch nicht so viele Leute draußen, wie zuerst angenommen. Dabei ist es eine so schöne Frühlingsnacht. Es ist noch recht warm, obwohl wir in großen Schritten auf Mitternacht zugehen, sodass ich nicht in meinem dünnen Kleid frösteln muss.

So schnell mich meine Füße tragen, umrunde ich das Haus und finde schließlich die Terrasse mit Blick auf einen großen Teich, den unheimlich viele Seerosen zieren. Am Himmel ist keine einzige Wolke zu sehen, man hat einen perfekten Blick auf den Neumond und die Sterne, die sich auf der dunklen

Wasseroberfläche spiegeln. Ein breiter Steg führt zu einem mit Lichterketten beleuchteten Pavillon und ich glaube nicht, dass Jacob einen schöneren Ort auf dem Grundstück hätte aussuchen können.

»Ich freue mich, dass du es geschafft hast.« Eine tiefe, raue Stimme ertönt hinter mir, die mein Herz sofort höherschlagen lässt. Langsam drehe ich mich um und finde mich vor einem jungen Mann wieder, der vor Attraktivität nur so strotzt. Er ist vollkommen in schwarz gekleidet. Der Anzug ist ihm perfekt auf den Leib geschneidert. Das Hemd hat er leicht aufgeknöpft, sodass ich einen Blick auf seine gebräunte Haut erhasche. Die Lampen der Terrasse spenden nur spärlich Licht, aber es reicht gerade so aus, um erkennen zu können, dass seine markante Kieferpartie von einem leichten Drei-Tage-Bart überzogen ist. In meinen wildesten Träumen hätte ich mir nie ausgemalt, dass Jacob so attraktiv ist!

»Ich freue mich auch«, erwidere ich und lächle ihn an. Jetzt tatsächlich vor ihm zu stehen, fühlt sich unwirklich an. Ich müsste nur die Hand ausstrecken und könnte ihn einfach berühren. Allerdings kommt er mir zuvor.

»Ich kann es nicht fassen, dass du wirklich hier bist.« Jacob nimmt meine Hände und drückt sie sanft. Sofort schießen tausend Stromschläge von dem Berührungspunkt unserer Hände durch meinen ganzen Körper. Ich bin wie elektrisiert und das allein durch seine Nähe. »Sechs Monate habe ich darauf gewartet und endlich ist es so weit.«

Er klingt genauso aufgewühlt, wie ich mich fühle. Dieser Moment ist für uns beide von immenser Bedeutung. »Ich bin auch froh, dich endlich zu treffen.«

Ich bin so glücklich, dass ich beinahe vergessen hätte, dass er mich nicht auf ein kleines, entscheidendes Detail des heutigen Abends hingewiesen hat. Also löse ich eine meiner Hände aus seinen und boxe ihm gegen die Brust. »Du hättest mir ruhig sagen können, dass ich in Weiß oder Schwarz kommen soll.«

Er grinst und sofort werden mir die Knie weich. »Das war so gewollt«, gibt er schließlich zu, was die kleinen Rädchen in meinem Kopf zum Arbeiten bringt. Was meint er denn damit? Ich bin davon ausgegangen, dass ich den Dresscode auf der Einladung überlesen habe, aber ist es möglich, dass er diesen Abschnitt ebenfalls geschwärzt hat?

»Aber ich muss sagen, dass du mit Abstand die Schönste unter den Gästen bist.« Ich werde rot und bin froh, dass er das im dämmrigen Licht der Terrasse nicht sehen kann.

»Ich würde dich unter tausenden Maskierten erkennen«, murmle ich leise, woraufhin Jacobs Grinsen nur noch breiter wird.

»Schön und schlau. Was will ein Mann mehr?« Da fällt der Groschen auch bei mir.

»Du bist sehr gerissen. Natürlich hättest du mich unter allen Gästen erkannt, weil ich die Einzige bin, die nichts von dem Dresscode wusste. Du hast das absichtlich geschwärzt!« Er tritt einen Schritt zurück und deutet eine Verbeugung an.

»Ich hoffe, du verzeihst mir meinen kleinen Spaß.« Durch seine dichten Wimpern schaut er zu mir rauf. Verdammt, diese Augen! Sie scheinen blau zu sein, wobei ich das bei den schlechten Lichtverhältnissen nicht ganz genau sagen kann.

Aber … sie kommen mir seltsam vertraut vor. Als hätte ich sie schon einmal gesehen.

»Was hältst du von einem kleinen Spaziergang?« Er richtet sich wieder auf und bietet mir seinen Arm an, den ich dankbar ergreife. Langsam schlendern wir durch den großen Garten, der an jeder Ecke eine neue Form der Lichtkunst darbietet. Auch hier wurden Fackeln aufgebaut, deren flackerndes Licht zusätzlich Schatten wirft und sie lebendig wirken lässt. Als wären wir an einem magischen Ort und nicht in Los Angeles.

»Es ist wirklich schön hier«, meine ich schließlich und lasse den Blick schweifen.

Jacob nickt. »Dad hat sich große Mühe gegeben, um den Garten in eine Wohlfühloase für Mom zu verwandeln. Die Landschaftsgärtner haben sich selbst übertroffen.«

»Wie geht es deiner Mom denn?« Er wirft einen Blick zu einem Balkon im ersten Stock, wo ich mit viel Mühe die Schemen einer Frau ausmachen kann.

»An manchen Tagen gut, an anderen eher schlecht. Momentan überwiegen leider die schlechten Tage. Deshalb beobachtet sie das Getümmel heute lieber in Ruhe von oben. Diese Menschenmengen sind nichts mehr für sie.« Das kann ich gut verstehen. Immerhin habe ich meine Zeit auch gerne auf dem Balkon verbracht, um vorbeiziehende Menschen zu beobachten. Wenn Giulia nicht gewesen wäre, die mir einen Weg in die richtige Welt gezeigt hat, würde ich wahrscheinlich noch immer jeden Morgen am Geländer lehnen und den attraktiven Jogger anschmachten, der an unserem Haus vorbeiläuft. Stattdessen verbringe ich jetzt die Nächte mit ihm in geschlossenen Galerien und in geheimnisvollen Gärten.

»Ich würde dich gern etwas fragen.« Jacobs Stimme dringt an mein Ohr und vertreibt so alle Gedanken an Jake.

Interessiert sehe ich ihn von der Seite an. Was auch immer er wissen möchte, ich denke nicht, dass ich ihm die Antwort verweigern würde. »Ist Lynn dein richtiger Name?«

Ich lache kurz und halte an. Gut, diese Antwort bleibe ich ihm vielleicht doch schuldig. »Ein Teil davon, ja.«

»Erfahre ich deinen ganzen Namen?«

»Irgendwann bestimmt.« Er sieht mich einen Moment an, gibt sich dann aber mit der Antwort zufrieden.

»Irgendwann ist gut. Das heißt, dass wir uns wiedersehen.« Ich lächle und wir setzen unseren Weg fort. Was ist er doch für ein intelligenter Mann.

Inzwischen sind wir erneut an den Pavillon herangetreten und Jacob hält meine Hand, während ich die drei Stufen erklimme. Diese Schuhe machen mich fertig. Ich lehne mich gegen das weiß gestrichene Geländer und atme tief ein. Von unserem derzeitigen Standort kann man die Musik des Hauses nicht mehr hören. Gelegentlich weht der Wind kurzes Gelächter herüber, doch ansonsten ist es still.

»Wie wäre es mit einem Tanz?«

»Jetzt?« Langsam drehe ich mich zu ihm um.

»Klar, warum nicht?«

»Hier ist doch gar keine Musik.«

»Du könntest ja begleitend singen.« Jacob schmunzelt und ich beginne zu lachen.

»Das will niemand hören, glaub mir.« Er steigt in mein Lachen ein und murmelt etwas von Plan B, ehe er in sein Jackett greift. Unruhig trete ich von einem Fuß auf den anderen.

»Stört es dich, wenn ich die Schuhe ausziehe?«, frage ich schließlich und atme erleichtert auf, als er mit dem Kopf schüttelt. »Kein bisschen.«

»Danke! High Heels sind Folterinstrumente des Teufels, weißt du?« Er hält in der Bewegung inne und starrt mich an.

»Was hast du da gerade gesagt?«

»Dass High Heels Folterinstrumente des Teufels sind«, wiederhole ich stirnrunzelnd. »Wieso fragst du?«

Er sieht mich mit durchdringenden Blick an, so als würde er versuchen, einige Gedanken an den rechten Platz zu rücken. Doch bevor ich weiter nachfragen kann, legt sich ein Lächeln auf seine Lippen und er schüttelt kurz den Kopf. Jetzt haben seine Augen eher einen verträumten Ausdruck, den ich nicht ganz deuten kann. »Nur so. Eine Freundin von mir ist genau derselben Ansicht.«

Ich grinse und stelle die Schuhe beiseite. Barfuß auf dem kalten Holz zu stehen, lässt mich zwar frösteln, aber es ist hundertmal besser, als auf diesen Absätzen zu laufen. »Die Frau ist mir direkt sympathisch.«

»Ihr würdet euch sicherlich auch gut verstehen.« Jacob reicht mir einen kabellosen Kopfhörer und bedeutet mir, ihn ins Ohr zu stecken. Sofort erfüllen Gitarrenklänge mein Ohr und ich sehe ihn überrascht an.

»Bist du immer auf so eine Eventualität vorbereitet?«, necke ich und ergreife seine ausgestreckte Hand.

»Nur bei besonderen Anlässen und Menschen.« Er zwinkert mir zu, zieht mich an sich heran und legt seine warme Hand an meinen nackten Rücken. Ein Schauer durchläuft mich und die Haut kribbelt dort, wo er mich berührt. Langsam bewegen wir uns zu der Musik, die nur für uns bestimmt ist und niemand sonst hören kann. Jetzt, ohne meine Absätze, wird unser Größenunterschied erst richtig deutlich. Jacob ist fast anderthalb Köpfe größer als ich und sieht auf mich herunter, als wäre ich das Kostbarste, was er jemals gesehen hat.

Sanft schiebt er mich von sich weg, dreht mich um meine eigene Achse und holt mich wieder zu sich zurück.

»Eine weitere Frage«, meint er leise, während ich meinen Kopf an seiner Brust ablege. »Bist du froh, heute Abend hergekommen zu sein?«

Ich hebe den Kopf wieder an und schaue ihm in die Augen.

»Ja, definitiv.« Ein Lächeln breitet sich auf seinem Gesicht aus. »Es war wichtig für mich, dich kennenzulernen. Du hast einen so großen Platz in meinem Leben eingenommen, dass ich mich immer gefragt hätte, was wäre, wenn?«

Mit dem Daumen fährt er sanft über meine Wange. »Mir geht es genauso. Ich kann gar nicht in Worte fassen, wie glücklich ich gerade bin.«

Er beugt sich zu mir herunter. Sofort beschleunigt sich mein Herzschlag und versucht sich bis zu meinem Hals vorzukämpfen. Automatisch recke ich mich ihm entgegen, als gäbe es eine unsichtbare Verbindung, die uns immer weiter zueinander zieht. Ich rieche Vanille und Sandelholz und bin für einen Moment verwirrt, weil der Duft mir so seltsam vertraut ist. Doch der Gedanke verschwindet schnell wieder, als seine Lippen sanft auf meine treffen. Seufzend schlinge ich die Arme um seinen Hals und gebe mich ihm vollkommen hin. Der Druck seines Kusses wird intensiver, während sich sein Griff um meine Taille verstärkt. Mir wird schwindelig, als sich seine Zunge einen Weg in meinen Mund bahnt und meine spielerisch anstupst. In meinem Inneren zündet ein Feuerwerk, das mich beinahe zerreißt, weshalb ich mich noch fester an ihn presse. Dieser Kuss übertrifft alle Erwartungen und ich hoffe, dass er niemals endet. Aber leider arbeitet die Zeit gegen mich. Mehrere laute, aufeinanderfolgende Glockenschläge lassen uns erschrocken auseinanderfahren.

»Was … was ist das?« Verwirrt sieht Jacob sich um. Seine Haare sind zerzaust. Mir ist gar nicht aufgefallen, dass ich meine Hände irgendwann darin vergraben hatte. Seufzend ziehe ich mein Handy aus der Tasche und stelle den Wecker ab. Sehr witzig, Toni. Da hat er den Wecker doch tatsächlich so programmiert, dass zwölf Glockenschläge Mitternacht symbolisieren.

»Ich … ähm … ich muss jetzt gehen.« Hastig stopfe ich das Telefon zurück in die Tasche. Meine Lippen fühlen sich geschwollen an und mein Herz pocht so laut, dass ich Angst habe, dass Jacob es hört. Obwohl ich alles lieber tun würde, als jetzt zu gehen, bleibt mir keine andere Wahl.

»Wieso das denn?« Er sieht nach wie vor aus, als würde er die Welt nicht mehr verstehen, und als ich nicht antworte, macht er einen Schritt auf mich zu. »War das etwa ein Treffen nach Zeitplan?«

Ich halte inne und sehe ihn an. »Sozusagen.«

»Ich verstehe das nicht. Wieso kannst du nicht bleiben?«

Unsicher beiße ich mir auf die Unterlippe, was von ihm nicht unbemerkt bleibt. Sofort verdunkeln sich seine Augen, was in mir den Wunsch erweckt, mich wieder in seine Arme zu werfen und den Kuss erneut aufleben zu lassen.

»Ich muss zurück«, meine ich nun leise und streiche mir einige Strähnen aus dem Gesicht, die sich dorthin verirrt haben.

»Wohin zurück?«

»In eine Welt, in der wir mehr sind als Jacob und Lynn in einem romantisch beleuchteten Pavillon.« Gekonnt werfe ich ihm den Kopfhörer zu, den er ungeschickt auffängt.

»Ich muss zurück in die Realität.«

»Warte.« Am Eingang des Pavillons bleibe ich noch einmal stehen, denn so gern ich jetzt auch einfach gehen würde, seine Stimme hält mich zurück. »Wann sehen wir uns wieder?« Ich werfe ihm einen Blick über die Schulter zu. »Irgendwann« erwidere ich lächelnd, schnappe mir meine Schuhe und laufe über den Steg Richtung Haus. Er lässt mir einen kleinen Vorsprung, sodass ich fast schon hoffe, dass er mich einfach gehen lässt, aber dann höre ich, wie er nach mir ruft. Ich habe mich jedoch schon durch die Terrassentür geschoben und schlänge mich durch die Gäste im großen Salon. Der Ausgang erscheint in meinem Blickfeld und ich bete, dass Toni bereits mit dem Wagen bereitsteht, als ich einen kurzen Moment nicht aufpasse und mit jemandem zusammenstoße. Unsanft falle ich zu Boden.

»Hier«, eine tätowierte Hand streckt sich mir entgegen, die ich dankbar ergreife. In einer fließenden Bewegung werde ich wieder auf die Füße gezogen und gerade als ich mich bei meinem Helfer bedanken will, erkenne ich ihn. Beide Hände sind tätowiert, weitere Tattoos schlängeln sich aus dem Hemdkragen seinen Hals hinauf und seine braunen Augen blitzen belustigt auf. Es ist Wes. Jakes Freund. Was zur Hölle macht der denn hier? Für einen kurzen Moment vergesse ich, dass ich es eigentlich ziemlich eilig habe. Erst als Jacobs Stimme hinter mir ertönt, erwache ich aus meiner Schockstarre und setze ohne ein Wort des Danks meinen Weg fort.

Erleichtert stelle ich fest, dass Toni wirklich schon auf mich wartet. Genau in dem Moment, als ich die Beifahrertür schließe, erscheint Jacob mit meinem zweiten Schuh in der Hand auf dem Absatz der Treppe. Verflucht! Den muss ich verloren haben.

»Gib Gas«, sage ich an Toni gewandt, der daraufhin mit viel zu hohem Tempo die Ausfahrt ansteuert. Im Seitenspiegel sehe ich Jacob immer kleiner werden und lehne mich schwer atmend in meinem Sitz zurück. Das ist gerade nochmal gut gegangen! Gedankenversunken streiche ich mit dem Zeigefinger über meine Lippen. Ich kann seinen Kuss noch immer schmecken und mir wird klar, dass ich ein großes Problem habe. Sowohl Jake als auch Jacob lösen Gefühle in mir aus, die ich vorher noch nie erlebt habe. Ist es tatsächlich möglich, zwei Menschen zur gleichen Zeit zu lieben?

Kapitel 15 – *Jake*

Ich sehe den Rücklichtern des Porsche hinterher, der in rasanter Geschwindigkeit Richtung Auffahrt verschwindet. Gemeinsam mit der Frau, deren Kuss mir gerade den Verstand vernebelt hat. Hinter mir summieren sich die aufgebrachten Stimmen der Gäste, die ich angerempelt habe, und formieren sich zu einer Welle der Empörung. Aber das ist mir egal. Ich musste Lynn noch erwischen, egal welche Hindernisse sich mir dabei in den Weg gestellt hätten.

Doch jetzt stehe ich hier erfolglos mit ihrem Schuh in den Händen, einer schönen Erinnerung an die letzte Stunde und dem Wissen, dass ich sie wiedersehen muss. Nur wie stelle ich das am geschicktesten an? Ihr bildschönes Lächeln hat sich in meine Gedanken gebrannt und kommt mir so vertraut vor, als hätte ich es schon einmal gesehen.

Zähneknirschend gehe ich wieder ins Innere des Hauses. Die Aufregung hat sich inzwischen gelegt und die Party ist nach wie vor in vollem Gange. Kein Wunder, ist ja auch erst kurz nach zwölf und nur, weil für mich in der letzten Stunde die Zeit stehengeblieben ist, gilt das nicht für die anderen Gäste. Auf dem Weg zu einem der ungenutzten Zimmer, in dem ich den Schuh vorerst verstauen will, komme ich an Wes vorbei. Trotz seiner Maskierung erkenne ich ihn an den zahlreichen Tattoos, die seinen Hals und die Handrücken zieren. Unweigerlich muss ich an Kayla denken. Wenn sie Wes mal oberkörperfrei sehen würde, wäre sie wahrscheinlich entzückt über die Kunst, die er täglich mit sich herumträgt. Für einen Moment bleiben meine Gedanken bei Kayla hängen.

Obwohl mein ganzer Kopf von Lynns Präsenz geflutet wurde, schafft sie es trotzdem, sich einen Teil meiner Gedanken zurückzuerobern. Während meiner gemeinsamen Zeit mit

Lynn gab es einige Augenblicke, in denen ich hätte schwören können, dass Kayla vor mir steht. In Sachen Ausstrahlung und Schönheit stehen sich beide in nichts nach und es ist so einfach, sich in ihrer Nähe wohlzufühlen, sich einfach fallen zu lassen. Aber natürlich kann Kayla es nicht gewesen sein. Sie hat diese besonderen, braunen Augen, die mich jede Nacht am Einschlafen hindern, während Lynns Augen ein so intensives Grün aufweisen, wie ich es bisher nur einmal gesehen habe. Bei Onkel Daves zweiter Frau Heather. Auch die Haarfarben passen nicht. Sie mögen sich zwar in ihren Charakterzügen ähneln, aber sie sind niemals ein- und dieselbe Person. Und doch bleibt ein kleiner Zweifel, wenn ich an die vielen Ähnlichkeiten denke. Ich muss mir dringend überlegen, wie ich mit der Situation verfahren soll. Kayla berührt einen Teil ganz tief in mir und ich würde alles dafür tun, sie wieder Lächeln zu sehen. Ihr das Leben zu ermöglichen, das sie verdient hat. Aber Lynn hat mich emotional so aufgewühlt, dass ich an nichts anderes denken kann als ihre Lippen auf meinen. Unsere Verbindung ist auf einer anderen Ebene besonders, weil wir uns schon kannten, bevor wir uns erstmals über den Weg gelaufen sind. Natürlich habe ich geahnt, dass wir uns gut verstehen würden, aber dass wir uns so nah kommen und sie mir so unter die Haut geht, hätte ich nicht gedacht. Ist es möglich, für zwei Menschen zur gleichen Zeit Gefühle zu haben? Zwei Menschen zeitgleich zu lieben? Denn ich befürchte, dass mir genau das gerade passiert.

Während ich meinen Gedanken nachhänge, beobachte ich Wes dabei, wie er ein junges Pärchen mit der Kamera festhält und plötzlich geht mir ein Licht auf. Er hat Fotos gemacht. Den ganzen Abend schon. Ob die Chance besteht, dass er auch Lynn erwischt hat?

»Hey, Wes!« Ich winke ihn zu mir rüber. Er entschuldigt sich bei dem Pärchen und schlendert zu mir.

»Der Schuh passt nicht zu deinem Outfit. Oder wolltest du dich gerade umziehen?«

»Haha«, erwidere ich trocken und nicke zu der Kamera in seiner Hand. »Du hast nicht zufällig ein Foto von Lynn gemacht, oder?«

Wes sieht mich an und kann sich ein Schmunzeln nicht verkneifen. »Du meinst von deiner hübschen Unbekannten, von der ich überzeugt war, dass sie überhaupt nicht existiert? Doch, habe ich.«

Innerlich stoße ich einen Jubelschrei aus. »Alter, du bist der Beste! Können wir es schnell auf dem Laptop raussuchen?«

»Und dann was?« Mit hochgezogenen Augenbrauen sieht Wes mich an. »Willst du es dir ausdrucken und sofort ganz L.A. nach ihr absuchen?« Hm, so ausgedrückt, klingt es überzogen.

»Du hältst jetzt erstmal die Füße still, genießt den Rest der Party, versuchst, nicht an sie zu denken und schreibst ihr auch nicht.« Warnend hebt er den Zeigefinger. »Ich denke, dass ihr beide diese Begegnung jetzt erstmal verdauen müsst, also lass ihr die Zeit. Sie wird schon nicht überstürzt die Stadt verlassen. Morgen können wir die Aktion *Findet Cinderella* dann starten.«

»Cinderella?« Verwirrt sehe ich Wes an, der sich verzweifelt mit der Hand übers Gesicht fährt.

»Alter, der Schuh? Ihr Verschwinden um Mitternacht? Noch klassischer geht's doch gar nicht.« Ich nicke. Langsam dämmert es mir, worauf er anspielt. Sie hat ihrem Nickname von *Versacio* heute alle Ehre gemacht.

»Gut, dann lasse ich Lynn erstmal in Ruhe und trinke einen mit dir.« Wes grinst. »So liebe ich das! Auf geht's!«

Aus einem Drink wurden zwei. Dann drei und nach dem vierten habe ich aufgehört mitzuzählen. Was mir am nächsten Morgen aber schmerzlich bewusst wird, ist, dass ich es bei einem Drink hätte belassen sollen. Stöhnend fasse ich mir an den Kopf, der vor lauter Schmerzen am liebsten zerspringen würde. Ein gutes Frühstück, eine Tasse Kaffee und ein Aspirin sind die drei Dinge, die ich gerade am meisten begehre. Vorsichtig setze ich mich auf. Wes liegt nur in Unterwäsche auf dem Sofa und schnarcht. Irritierenderweise hat er jedoch noch immer seine Fliege um den Hals hängen, was ihm einen Chipendale Look verpasst. Er muss also mindestens so betrunken gewesen sein wie ich.

Ich greife nach dem Kissen und werfe ihn damit ab. Sofort zuckt er hoch, lässt sich aber gleich darauf wieder langsam in die Polster sinken.

»Was?« Seine Frage ähnelt mehr einem Grunzen, was mich kurz zum Lachen bringt. Aber die pochenden Schmerzen in meinem Kopf lassen mich schnell wieder verstummen. Es fühlt sich an, als würden kleine Blitze Stromschläge auf meine Schläfen abgeben. Furchtbar!

»Frühstück?«, entgegne ich also ebenso wortkarg, woraufhin er den Daumen nach oben reckt. So schnell wie es uns möglich ist, ziehen wir uns an. Ganz leger in Jogger und T-Shirt.

Dass Wes dabei mal wieder meinen Kleiderschrank plündert, ist nichts Neues. Immerhin wohnt er fast schon hier. Mit einer Sonnenbrille auf der Nase schlendern wir vom Bungalow zum Haupthaus rüber. Die Sonne meint es dabei nicht gut mit uns, denn sie strahlt gnadenlos vom Himmel und verstärkt meine Kopfschmerzen.

»Sieh an, sieh an. Die beiden Dornröschen sind endlich erwacht.« Jolina sitzt mit breitem Grinsen am Esstisch. Kommentarlos werfe ich ihr einen Blick über den Rand meiner Sonnenbrille zu, während Wes ihr einfach das komplette Haar verwuschelt. Eine Geste, die sie zur Weißglut treibt. Sie schlägt nach ihm und steht dann fluchend auf.

»Du bist so scheiße. Jetzt muss ich alles nochmal neu frisieren und ich bin gleich verabredet!« Wütend stürmt sie davon.

»Ich liebe dich auch«, ruft Wes ihr hinterher und lacht, als sie ihm den Mittelfinger zeigt. Die Beziehung der beiden war schon immer etwas merkwürdig. Sie kabbeln sich bei jeder Gelegenheit, aber ich weiß, dass Wes jedem eine Tracht Prügel verpassen würde, der es wagt, ihr wehzutun. Manchmal habe ich das Gefühl, er ist mehr großer Bruder als ich.

»Also …«, mit einem riesigen Haufen Rührei und Bacon lässt er sich neben mich fallen. »Hat sich Cinderella nochmal gemeldet?«

Ich werfe schnell einen Blick auf mein Handy. Keine neuen Nachrichten. »Nein. Und ich wäre dir sehr dankbar, wenn du sie Lynn nennen würdest.« Ich komme mir ohnehin schon vor wie in einem verdammten Märchen. Kayla hat den Part der Rapunzel inne, die von einem Prinzen aus ihrem Turm und den Fängen ihrer Mutter gerettet werden muss, und Lynn hat die Rolle der Cinderella übernommen. Dass ich der Märchenprinz bin, ist wohl glasklar, aber welche meiner Prinzessinnen ist die Richtige für mich?

»Und du hast echt keinen blassen Schimmer, wer sie sein könnte?«, fragt Wes mit vollem Mund, was ich mit einem Kopfschütteln verneine. »Sie hat mich an Kayla erinnert, aber rein äußerlich könnten die zwei nicht unterschiedlicher sein.«

»Kayla … die süße Brünette aus dem *Midnight*?« Ich nicke, doch Wes geht nicht weiter darauf ein.

»Deine Lynn kannte mich.«

Ich werde hellhörig. »Wie kommst du darauf?«

Er legt das Besteck beiseite und ich tue es ihm gleich.

»Bevor sie in den Porsche gesprungen und fluchtartig verschwunden ist, bin ich mit ihr zusammengestoßen. Dabei wird sie wohl auch den Schuh verloren haben.« Er denkt kurz nach. »Da gab es einen Moment, als ich ihr aufgeholfen habe, in dem wir uns angesehen haben, und ich schwöre dir, Jake, sie hat mich erkannt. Ich habe es in ihren Augen gesehen.« Nachdenklich kaue ich auf einem Streifen Bacon herum. »Du kennst die Hälfte der weiblichen Bevölkerung von Los Angeles, Wes. Das hilft uns überhaupt nicht weiter.« Schweigend sitzen wir eine Weile nebeneinander. Man hört nur das Klappern unseres Bestecks und gelegentliches Kauen und Schlucken.

»Ich hab's!« Wes sieht mich triumphierend an. »Eine großartige Frau verdient eine großartige Aktion, nicht wahr?« Ich nicke langsam, unsicher darüber, ob mir das gefällt, was Wes gleich sagen wird. Manchmal hat er sehr verrückte Ideen.

»Wir werden sie finden, und zwar durch eine riesige Kampagne in ganz Los Angeles!«

»Ob du das vielleicht noch ein bisschen konkreter ausführen könntest?«

»Wir haben den Schuh, also machen wir eine Cinderella-Aktion daraus.« Wes seufzt, als er sieht, dass ich nicht verstehe, worauf er hinauswill.

»Mann, bist du schwer von Begriff. Was macht mein Stiefvater beruflich?«

»Werbekrams. Plakate, Anzeigen und sowas.«

»Genau. Wir fotografieren den Schuh. Erstellen eine E-Mailadresse, unter der sich alle Damen melden können, die meinen, den anderen Schuh zu besitzen, und mit Dougs Hilfe wird nächste Woche in ganz L.A. *Traumprinz sucht seine Cinderella* an den Wänden hängen.« Ich sehe meinen besten Freund an. Manchmal ist dieser Typ ein verdammtes Genie!

»Ich meine, du könntest ihr auch einfach bei *Versacio* schreiben, aber das wäre langweilig. Wir ziehen die Sache ganz groß auf.« Grinsend hält er mir die Hand zum High Five hin und ich klatsche ein. Lynn hat sich ohnehin sehr kryptisch ausgedrückt, was den Zeitpunkt unserer nächsten Begegnung angeht. Vielleicht sehe ich sie so wesentlich schneller wieder. Ich weiß, dass die Situation mit ihrer Mom teilweise recht angespannt ist, aber wir veröffentlichen ja keine Fotos von ihr oder ihrem Namen. Das sollte sie nicht in Schwierigkeiten bringen.

»Willst du Doug vorher fragen, oder ihn direkt vor vollendete Tatsachen stellen?« Wes sieht aus, als müsse er ernsthaft einen Moment über die Antwort nachdenken. Es ist kein Geheimnis, dass es ihm schwerfällt, Doug zu akzeptieren. Der einzige Vorteil? Der tut alles, damit seine Stiefkinder ihn mögen. Wahrscheinlich würde er die Kampagne auch in Auftrag geben, wenn Wes ihn nicht vorab fragt, aber der hat sich jetzt dazu entschlossen, ihn kurz anzurufen.

»Wes.« Doug klingt ehrlich überrascht, als er den Videocall entgegennimmt. »Was kann ich für dich tun?«

»Wenn ich dir sage, dass ich eine Idee für eine Kampagne habe, die dir die Schuhe auszieht, würdest du mir dann dabei helfen?« Doug schweigt einen Moment und sieht Wes und mich abwechselnd an. Dann seufzt er und fährt sich mit der Hand übers Gesicht.

»Dann erzählt mir mal, was ihr euch da ausgedacht habt.« Wes beginnt zu reden. Zwischendurch werfe ich ein paar wichtige Informationen ein, doch schon nach den ersten Minuten ist klar, dass Doug Feuer und Flamme ist. So weit, so gut. Wir telefonieren fast eine Stunde, bis das grobe Konzept steht. Wes macht die Fotos, Doug denkt sich einen passenden Slogan aus und ich finanziere das Ganze. Es wird nicht billig, aber um Lynn wiederzusehen, ist es mir jeden Cent wert. Eventuell muss ich dafür auf eines der Sparbücher zurückgreifen, die Onkel Dave für mich angelegt hat, aber wenn ich ihm den Grund dafür erkläre, wird er keine Sekunde zögern und mir das Geld zukommen lassen.

»Das wird ganz groß, Jungs. Ich spüre das!« Doug klingt in etwa so aufgeregt, wie ich mich fühle, und legt auf. Wes und ich hingegen sehen uns einfach nur an und grinsen schließlich. Jetzt, wo wir Doug mit im Boot haben, kann die spektakulärste Aktion, die wir jemals geplant haben, starten.

Kapitel 16 – *Kayla*

Es sind fünf Tage vergangen, seit ich Jacob wahrhaftig kennengelernt habe. Fünf Tage, in denen ich nichts von ihm gehört habe. Fünf Tage, in denen ich mich nicht getraut habe, ihm zu schreiben.

Freitagabend ging alles so furchtbar schnell. Nachdem mein Alarm losging und ich flüchten musste, spürte ich noch immer Jacobs Kuss auf meinen Lippen, seine Hände auf meiner Haut. Und doch bleiben meine Gedanken immer wieder an dem Fakt hängen, dass Wes da war. Es gäbe so viele Dinge, über die ich lieber nachdenken würde, aber alles, an das ich denken kann, ist Jakes Freund. Ich habe ihn zwar erst einmal im *Midnight* gesehen, an dem Abend, an dem ich auch Jake kennengelernt habe, aber die Tätowierungen an seinem Hals waren unverkennbar. Ob er beruflich da war? Klar, er studiert genau wie Jake Betriebswirtschaftslehre, aber er soll ein begabter Fotograf sein. Vielleicht hat Jacobs Vater ihn angeheuert, um ein paar schöne Fotos zu haben, die in der Presse abgedruckt werden können. Immerhin war die Veranstaltung eine Spendengala. Oder er war privat da, was bedeuten würde, dass seine Familie sehr wohlhabend ist und eingeladen wurde oder er ist mit meinen beiden Traummännern befreundet.

Seufzend lasse ich mich in meinem Bett nach hinten sinken. Fragen über Fragen, auf die ich keine Antwort bekommen werde, wenn ich mich nicht endlich dazu überwinde, Jacob zu schreiben. Aber ist es wirklich so wichtig, was Wes dort zu suchen hatte? Immerhin kann er mich durch die Perücke und die Maske unmöglich erkannt haben. Nachdenklich spiele ich mit dem Handy in meiner Hand, aber ich bringe es nicht über mich, die *Versacio*-App zu öffnen und ihm zu schreiben. Ich traue es mich einfach nicht, weil mir mein Abgang peinlicher ist, als ich zugeben möchte. Ich gräme mich über dem Gedanken, dass jetzt alles so aussieht, als hätte ich unser gesamtes Treffen so inszenieren wollen. Jacob weiß natürlich über die Schwierigkeiten mit Mom Bescheid. Er hat sie bereits öfter als böse Stiefmutter bezeichnet, wobei sie das in Wirklichkeit überhaupt nicht ist. Vielleicht meldet er sich deshalb nicht mehr, weil ihm alles zu affig ist. Oder, weil er wegen meines Verschwindens sauer ist. Vielleicht hat er sich den Abend ganz anders vorgestellt. Immerhin haben wir keine Masken gelüftet und ich weiß, dass er darauf abgezielt hat, auch wenn er es nicht zugeben würde. Ich hingegen bin im Nachhinein ganz froh darüber. So kann ich sicher sein, dass wir uns nie erkennen, falls wir uns irgendwann mal hier in Los Angeles über den Weg laufen sollten.

Ich starre an die Decke. Es könnte alles so einfach sein. Junge trifft Mädchen. Sie verlieben sich und sind glücklich bis an ihr Lebensende. Aber nein, es muss alles so schieflaufen, wie es nur geht. Ein Klopfen an der Zimmertür reißt mich aus meinem Gedankenstrudel.

»Herein!« Mom steckt den Kopf in mein Zimmer und lächelt mich entschuldigend an.

»Ich habe spontan zwei Hausbesichtigungen. Wahrscheinlich werde ich knapp vier Stunden weg sein. Soll ich uns auf dem Rückweg etwas vom Chinesen mitbringen?« Ich schaue auf den Wecker auf meinem Nachttisch. Wenn sie wieder da ist, wird es etwa halb neun sein.

»Klingt gut«, entgegne ich lächelnd und verabschiede sie mit einem kurzen Winken. Seit meinem katastrophalen Geburtstagsdinner arbeitet sie ausschließlich von zuhause aus, was sie früher nie in Erwägung gezogen hat. Nicht einmal, als ich noch klein war. Lediglich für Besichtigungen mit Kunden oder für Meetings, die ihre Anwesenheit erfordern, verlässt sie das Haus. Es ist als hätte sie eine 360 Grad-Wendung gemacht.

Vom Workaholic zum normalen Arbeitnehmer. Dadurch verbringen wir viel mehr Zeit zusammen. Wir essen gemeinsam zu Abend, schauen danach noch etwas fern oder spielen alte Gesellschaftsspiele, die sie in den Untiefen des Kellers entdeckt hat. Es ist ein Familienleben, was ich so gar nicht gewöhnt bin. Wenn sie mir jetzt auch noch die Freiheiten lassen würde, die ich mir wünsche, dann wäre mein Leben beinahe normal. Die zweifelnde Stimme in meinem Kopf kann ich jedoch nicht ganz abschalten. Es muss einen Grund geben, warum sie ihre Arbeit nach Hause verlegt hat, und ich kann mir nicht vorstellen, dass sie nur die verlorene Zeit mit mir nachholen will.

Vielleicht hat sie doch mitbekommen, wie ich mich rausgeschlichen habe, und will mich schärfer im Auge behalten. Solche Aktionen sind jetzt viel schwieriger zu bewerkstelligen. Die Tür ist nach wie vor offen und es gibt keine neue Kamera, die darauf gerichtet ist. Sie liegt weiterhin im toten Winkel. Oder sie will mir zeigen, dass es zuhause viel schöner ist als in irgendeinem Büro und ich nicht unbedingt an die Uni muss, um glücklich und zufrieden zu sein. Doch es ändert nichts an der Tatsache, dass ich es will. Nachdenklich schürze ich die Lippen und rolle mich auf die Seite. Will sie austesten, wie weit ich wirklich gehen würde? Immerhin bin ich bisher überwiegend abends verschwunden. Auf der anderen Seite bin ich auch nicht so leichtsinnig und verlasse tagsüber das Haus, wenn Mom hier ist. Da könnte ich dann auch direkt selbst Schlösser vor meine Fenster und Türen setzen.

Diesmal ist es das Vibrieren meines Handys, das mich zurück in die Realität holt. Für einen Moment hoffe ich, dass es Jacob ist, der mir schreibt, aber es ist Jake. Allerdings lässt sein Name mein Herz ebenfalls schneller schlagen. Wie konnte ich nur von »Hat keine männlichen Kontakte außer dem Gärtner« zu »zwei heiße Typen finden mich interessant« kommen?

Jake: Hey, Lust auf ein kleines Abenteuer?

Ich grinse. Er muss Gedanken lesen können. Es kann doch nicht sein, dass seine Anfragen für gemeinsame Ausflüge immer dann kommen, wenn ich gerade an ihn denke.

Kayla: Wenn wir vor acht zuhause sind, dann gern.
Jake: Eine meiner leichtesten Übungen. Ich hole dich in 20 Minuten ab.

Grinsend schicke ich ihm ein Daumen-hoch-Emoji und springe aus dem Bett, um mich umzuziehen. Für den heutigen Unterricht hatte ich lediglich Jogginghose und T-Shirt an, die ich jetzt durch Hot Pants und eine luftige Bluse ersetze. Der Frühling in Los Angeles ist in vollem Gange, was bedeutet, dass die Temperaturen fleißig in die Höhe klettern. Trotzdem nehme ich vorsichtshalber noch eine dünne Jacke mit.

Ein Blick auf die Uhr zeigt, dass ich noch eine Viertelstunde habe, bis Jake mich abholen kommt. Nachdenklich tippe ich mit dem Zeigefinger gegen mein Kinn. Was könnte ich jetzt noch tun, damit die Zeit schneller umgeht? Mein Blick fällt auf einen weißen Umschlag, den Giulia mir gestern mitgebracht hat. Es ist die Auftragsbestätigung für einen Privatdetektiv, der sich auf die Suche nach meinem Vater machen soll, und plötzlich weiß ich ganz genau, was ich noch tun kann.

Obwohl niemand im Haus ist, schleiche ich regelrecht ins Arbeitszimmer meiner Mutter. Damit Mr. Jones irgendeinen Anhaltspunkt hat, wo er mit der Suche beginnen kann, habe ich mir fest vorgenommen, meine Geburtsurkunde zu suchen und sie ihm als Kopie zukommen zu lassen. Ich schaue in jede Schublade und jeden Aktenordner, der mir in die Hände fällt, aber erfolglos. Sind solche wichtigen Dokumente nicht immer gekennzeichnet? Frustriert lasse ich mich auf ihren Schreibtischstuhl fallen und drehe mich einmal im Kreis. Ich will keine Unordnung hinterlassen, immerhin soll sie nicht wissen, dass ich in ihren Sachen gewühlt habe, aber es enttäuscht mich schon, dass sie diese Dokumente so gut unter Verschluss hält. Mein Blick fällt auf eine Schublade in ihrem Schreibtisch, die ich wohl übersehen habe. Hoffnungsvoll ziehe ich daran, stelle aber zähneknirschend fest, dass sie abgeschlossen ist. Wer schließt denn seine Schubladen im eigenen Arbeitszimmer ab? Gerade als ich nach einem passenden Schlüssel suchen will, schreckt mich ein Hupen auf. Die Uhr an der Wand zeigt, dass es bereits halb fünf ist, Jake wartet vor der Tür auf mich. Mit gemischten Gefühlen verlasse ich das Büro, nachdem ich noch einmal kontrolliert habe, dass alles an seinem Platz liegt, und laufe durch den Geheimgang nach draußen. Etwas außer Atem komme ich an der Straße an, als Jake das Beifahrerfenster runterkurbelt und mich angrinst.

»Brauchen Sie eine Mitfahrgelegenheit, junge Dame?«

Ich lache und steige ein. »Ja, Sie kommen gerade recht.«

Er zieht sanft an meinem Zopf und fährt los. Allein durch diese Geste starten tausend Flugzeuge in meinem Bauch. Sagt man nicht, dass Jungs den Mädchen an den Haaren ziehen, wenn sie sie mögen? Seine linke Hand liegt am Lenkrad, während die Rechte locker auf der Gangschaltung liegt, ganz in der Nähe meines nackten Knies. Und dieser Hand bin ich mir überdeutlich bewusst. Es ist, als würde sie eine Hitze ausstrahlen, die mich magisch anzieht. Mir wird warm und ich spüre, dass meine Wangen rot werden, dabei tun wir überhaupt nichts Unanständiges. Wir sitzen bloß hier und fahren Auto. Das machen andere Menschen jeden Tag zusammen, reiß dich zusammen, Kayla!

Verstohlen werfe ich einen Blick in seine Richtung. Jake übt eine Anziehung auf mich aus, die verboten werden sollte.

Fieberhaft versuche ich, mir ein Gesprächsthema zu überlegen, aber er kommt mir zuvor.

»Hast du was Spannendes erlebt in den letzten Tagen?« Ertappt sehe ich ihn an. Hat Wes mich doch erkannt und geplaudert? Aber seine Frage klingt so beiläufig, dass er gar nicht auf etwas Bestimmtes abzielen kann. Oder doch?

»Nein, nicht wirklich«, entgegne ich also langsam und warte auf seine Reaktion. Doch es kommt nichts. »Wieso fragst du?«

»Ach, nur so. Wir haben uns länger nicht gesehen.« Ich nicke und atme erleichtert auf. Er weiß nicht, dass ich auf derselben Veranstaltung war wie Wes. Sehr gut.

»Verrätst du mir heute, wohin wir fahren, oder ist es wieder eine Überraschung?«, frage ich schnell, um das Thema zu wechseln, und ernte dafür ein Stirnrunzeln, als wir an einer roten Ampel stehen bleiben.

»Höre ich da etwa Missbilligung in deiner Stimme? Die letzte Überraschung hat dir doch gefallen, oder nicht?« Jetzt bin ich diejenige, die verwirrt dreinblickt.

Missbilligung? Wie kommt er denn darauf?

»Natürlich hat sie mir gefallen! Ich fände es auch jetzt in Ordnung, wenn du mir unser Ziel nicht verrätst. Inzwischen habe ich mich daran gewöhnt, von dir überrascht zu werden.« Ich sehe ihn entschuldigend an. »Das kam eben vielleicht ein bisschen strenger rüber als gewollt.«

Erleichtert lässt Jake die Schultern sinken und fährt wieder an, als die Ampel auf Grün springt. »Ich sage es dir aber.

Wir fahren zu Tammy, meiner Tätowiererin.«

»Du willst, dass ich Händchen halte, während sie dir ein neues Kunstwerk unter die Haut setzt?« Ich lehne mich zu ihm herüber und wackle grinsend mit den Augenbrauen.

»So ungefähr.« Sein geheimnisvolles Lächeln verrät, dass da noch mehr hinter steckt als nur seelischer Beistand.

Im Endeffekt landen wir in Venice Beach. Surfer, Touristen und Verkäufer, soweit das Auge reicht. Hier ist wirklich der Bär los! Links von uns trainieren muskelbepackte Jungs an Geräten, die extra dafür am Stand aufgebaut wurden. Das ist also der bekannte Muscle Beach, sehr interessant. Fasziniert schaue ich nach links und rechts und achte dabei gar nicht richtig darauf, wohin ich überhaupt laufe. Um mich in der Menschenmenge nicht zu verlieren, legt Jake mir einen Arm um die Schulter und zieht mich näher zu sich heran. Mein Bauch schlägt einen Purzelbaum und in meiner Brust entsteht ein wohliges, warmes Gefühl, das durch meinen ganzen Körper zu fließen beginnt. Daran könnte ich mich gewöhnen. An die Gefühle, die er in mir auslöst, an seine Nähe und die Art, wie er mich so locker und leicht zum Lachen bringt. Das schafft sonst niemand.

Wir steuern auf einen kleinen, unscheinbaren Laden zu. *Tammy's Tattookunst* steht in leuchtend roter Neonschrift im Schaufenster und darunter baumelt ein Schild mit einem grünen OPEN. Ein Glöckchen ertönt, als wir eintreten und eine Frau, Mitte 20, kommt aus einem der Nebenzimmer. Sie ist selbst voller Tattoos. Auf den ersten Blick kann ich keine freie Hautstelle mehr erkennen, außer im Gesicht. Allerdings sind auch dort einige kleine Kunstwerke zu sehen. Sie hat grüne Haare und Piercings in Nase und Unterlippe. Draußen auf der Straße hätte sie vermutlich sehr einschüchternd auf mich gewirkt, aber ihr Lächeln ist so breit und einladend, dass ich sie nur sympathisch finden kann.

»Jake, hey! Ich freue mich, dich zu sehen!« Sie nimmt ihn in den Arm, weshalb er mich loslässt. Sofort verschwindet seine Wärme, die mich zuvor noch eingehüllt hat, und lässt mich für den Bruchteil einer Sekunde erzittern.

Die beiden vertiefen sich in ein Gespräch und so habe ich die Gelegenheit, mich genauer umzusehen.

Der Eingangsbereich, in dem wir uns befinden, besteht aus zwei dunkelbraunen Ledersesseln und einem Sofa aus der gleichen Kollektion. Ein Tresen mit einer altmodisch aussehenden

Kasse steht rechts im Raum und ich bin mir sicher, dass die noch *Katsching* macht, wenn man sie öffnet. Ansonsten gehen von hier drei weitere Türen ab, die vermutlich zu den Räumen führen, in denen tätowiert wird.

Die Wände sind in einem Cremeweiß gestrichen, das ganz angenehm zum Anschauen ist. Vereinzelte Bilder von bereits gestochenen Tattoos nehmen ihren Platz an der Wand ein, und geben dem Raum eine elegante Wirkung. Alles in diesem Laden sieht einladender aus als von außen angenommen.

»Also, was kann ich heute für dich tun, mein Lieber? Vorbereitet habe ich nichts.«

»Das ist kein Problem.« Anhand seiner Stimme erkenne ich, dass Jake grinst. »Ich habe mein Motiv quasi dabei.«

Er greift nach meiner Hand und zieht mich wieder näher zu sich heran. Diese kleine, zärtliche Geste vor einer anderen Person lässt mein Herz einen Moment aussetzen. »Das ist Kayla.«

Keine Ahnung, wer überraschter aussieht. Tammy oder ich. Seine Worte dringen nämlich jetzt erst richtig zu mir durch. Hat der mich gerade als sein Motiv bezeichnet?

»Bist du von allen guten Geistern verlassen?«, zische ich und ziehe ihn näher zu mir herunter. »Sie soll mich auf deinen Arm tätowieren?«

Jake lacht und ich entspanne mich etwas. Das hat er schon mal nicht vor. Gut. Vorsichtig streicht er mir eine Strähne aus dem Gesicht. Dabei hinterlassen seine Finger ein angenehmes Kribbeln auf meiner Haut.

»Keine Sorge. Nicht du bist mein nächstes Motiv, aber du sollst es zeichnen.« Nachdenklich schnalze ich mit der Zunge. Das sollte kein Problem sein. »Hast du dir was Bestimmtes vorgestellt?«

Er schüttelt den Kopf. »Du hast freie Hand. Schwarz sollte es bleiben und eine Verbindung zu dir haben.«

Ich runzle die Stirn. »Bist du sicher? Ich meine, so ein Tattoo ist für immer. Was, wenn sich unsere Wege irgendwann mal trennen und ich nur noch eine verblasste Erinnerung für dich bin?«

Ich schlucke und senke für einen Moment den Blick. Diese Vorstellung ist doch schmerzhafter, als sie sein sollte. Seine Finger legen sich unter mein Kinn und heben es sachte wieder an. Ein amüsiertes Grinsen umspielt seine Lippen, aber ich kann die Ernsthaftigkeit in seinen Augen sehen.

»Vielleicht skizzierst du nicht gerade deinen Namen, aber selbst, wenn wir uns irgendwann aus den Augen verlieren sollten, was ich nicht hoffe, dann habe ich zumindest eine Erinnerung an eine glückliche Zeit.« Ich lächle ihn an. Das ist ein schöner und tiefgründiger Gedanke. Seine Finger liegen noch immer an meinem Kinn und wir sehen uns an. Es ist ein langer, intensiver Blick und er hätte meinetwegen noch eine Ewigkeit weitergehen können, doch Tammys verzücktes Seufzen reißt mich aus meiner Versenkung. Also löse ich mich von Jake und frage sie nach Stift und Papier.

Es dauert etwa eine Viertelstunde, bis ich mit meinem Entwurf zufrieden bin. Mit geneigtem Kopf betrachte ich das Ergebnis ein letztes Mal und schiebe es zu Jake rüber, der sich in der Zeit mit Tammy unterhalten hat. Ich wollte ausdrücklich nicht gestört werden und er durfte nicht linsen, sonst wäre die ganze Überraschung futsch gewesen.

Die Zeichnung zeigt eine alte Uhr mit römischem Ziffernblatt, deren Zeiger auf Mitternacht stehen. Darum herum habe ich einige Rosen gesetzt, die denen rund um das Portrait seiner Mutter stark ähneln. Damit haben die beiden Tattoos eine Verbindung und können als Einheit gesehen werden. Die Zeigerstellung soll das *Midnight* repräsentieren, wo wir uns kennengelernt haben. Eine Nacht, die mein Leben komplett verändert hat. Vorher war ich ein achtzehnjähriges Mädchen, das außer ihren eigenen vier Wänden nicht viel von der Welt gesehen hat, und durch ihn erkenne ich, wie schön Freiheit sein kann, wie sehr man das Leben genießen kann. Ich habe das Gefühl, alles verpasst zu haben, was andere in meinem Alter bereits erlebt haben, und erst durch Jake habe ich gelernt, wie man richtig lebt.

Er ist still geworden und ich befürchte, dass ihm mein Vorschlag nicht gefällt. »Ich kann auch etwas Neues zeichnen«, schlage ich schnell vor und will ihm den Zettel wieder wegnehmen, doch er hält ihn fest.

»Nein, es ist perfekt.« Wie schon so oft an diesem Tag zieht er mich in seine Arme und drückt mir einen Kuss auf den Scheitel. »Ich danke dir.«

Erleichtert erwidere ich seine Umarmung. Mir hätte es nichts ausgemacht, etwas Neues zu zeichnen, aber es freut mich doch sehr, dass ihm meine erste Idee direkt so gut gefällt. Während ich in seinen Armen stehe, schleicht sich ein kurzer Gedanke an den Maskenball in meinen Kopf, doch ich schiebe ihn schnell beiseite. Das soll jetzt kein Thema sein. Diese Zeit hier gehört Jake und mir.

Interessiert beobachte ich Tammy dann dabei, wie sie die Vorlage in ihr Programm übernimmt, es auf einem sehr speziell aussehenden Papier ausdruckt, auf seinem Arm anbringt und so eine Verbindung zu seinem anderen Tattoo schafft. Und dann geht es erst richtig los! Sie arbeitet schnell, aber präzise. Gekonnt zieht sie meine vorgegebenen Linien nach, schattiert an den Ecken, an denen sie es für nötig hält, und mit jeder Minute, die vergeht, nimmt das neue Tattoo immer mehr Gestalt an. Ich sitze neben der Liege und halte tatsächlich Jakes Hand, wobei es wahrscheinlich nicht nötig wäre. Er hat bisher nicht einmal zusammengezuckt, seit Tammy die Nadel angesetzt hat. Aber ich will mich nicht beschweren. Seine Hand in meiner fühlt sich einfach richtig an. Sanft streiche ich mit dem

Daumen über seine weiche Haut und stelle zufrieden fest, dass sich eine leichte Gänsehaut an seinem Arm bildet. Meine Nähe scheint ihn also auch nicht kalt zu lassen.

Zwischendurch werfe ich immer mal wieder einen Blick auf die Uhr, stelle aber fest, dass wir gut in der Zeit sind. Um viertel vor sieben ist Tammy fertig.

»Wow.« Bewundernd starre ich auf das Bild, das sie mit Leichtigkeit vom Papier auf seine Haut bekommen hat. Sie ist wirklich begabt und ich kann nicht leugnen, dass es mich in den Fingern juckt, mir auch ein Tattoo stechen zu lassen.

»Hey, Tammy.« Sie sieht mich erwartungsvoll an. »Hast du vielleicht noch Zeit für ein kleines Tattoo?« Sie grinst, Jake sieht mich überrascht an und ich bin fest entschlossen. Mit einigen gezielten Kugelschreiberstrichen zeige ich ihr, was ich mir vorstelle. Sie nickt und fängt an, die Vorlage mit ihrem Programm vorzubereiten.

»Das sollte in einer Viertelstunde gemacht sein.«

»Perfekt«, erwidere ich aufgeregt. »So viel Zeit haben wir gerade noch.« Am Ende dauert es 17 Minuten, aber auch das passt in unseren Zeitplan. Meistens dauern Moms Besichtigungen länger, also dürften wir kein großes Problem damit haben, pünktlich zuhause zu sein. Diesmal ist es Jake, der meine Hand hält, während ich die Qualen der Nadel aushalte. Vielleicht wäre eine andere Stelle fürs erste Mal besser gewesen, aber den Rippenbogen kann ich bequem verstecken.

Nachdem wir bezahlt haben, sind wir schnurstracks wieder Richtung Auto gelaufen und jetzt auf dem Weg nach Hause.

»Das war echt ziemlich cool, dass du das gemacht hast.« Jake sieht mich an und ich nicke.

»Du hast mich inspiriert.« Er grinst. Dieser Gedanke gefällt ihm zweifellos. *Be brave* sind die zwei kleinen Worte, die jetzt meine Haut zieren. *Sei mutig*, denn das ist es, was ich in Zukunft sein will. Es soll das Motto sein, nach welchem ich leben möchte. Sich allem entgegenstellen, was mich an einem freien, normalen Leben hindert. Ich werde meine Geburtsurkunde finden und mit Hilfe von Mister Jones meinen Vater finden, damit ich endlich nicht mehr im Dunkeln tappe, was diesen Teil meiner Vergangenheit angeht. Dann suche ich nochmal das Gespräch mit Mom und werde es erst gut sein lassen, wenn sie mich an die UCLA gehen lässt. Vielleicht mache ich es sogar noch heute Abend. Durch den heutigen Tag mit Jake und dem Tattoo bin ich so voller Tatendrang, dass ich das Gefühl habe, alles schaffen zu können. Doch als wir um die Kurve biegen und ich unsere Hauseinfahrt einsehen kann, rutscht mir das Herz in die Hose.

»Oh nein.« Ich werde kreidebleich und kralle meine Finger in den Sitz. Besorgt sieht Jake mich an.

»Alles okay?« Ich schüttle den Kopf und muss die Übelkeit unterdrücken, die langsam in mir aufsteigt.

»Gar nichts ist okay. Mom ist schon wieder da.«

Kapitel 17 – *Kayla*

Ohne ein Wort des Abschieds springe ich aus dem Auto. Schnell, aber dennoch bedacht, laufe ich zu meiner efeubehangenen Geheimtür. Ich bin zwar nervös, aber nicht so leichtsinnig, dass ich ins Visier der Kameras gerate. Wie kann das nur sein? Es ist noch nicht mal acht Uhr. Mom ist nie überpünktlich. Mit klopfendem Herzen springe ich die Treppe nach oben, immer zwei Stufen auf einmal nehmend. Kurz vor der oberen Tür bleibe ich stehen. Sitzt Mom vielleicht schon in meinem Zimmer und hat festgestellt, dass ich weg bin? War die ganze Hausbesichtigung nur eine Farce, um eine Theorie zu belegen, die sie schon vor Wochen aufgestellt hat? Habe ich Jake heute das letzte Mal gesehen? Dieser Gedanke schnürt mir beinahe die Luft ab. Ich versuche ruhig zu bleiben und schließe die Augen. *Atme, Kayla. Es wird alles gut. Du bekommst gleich vielleicht für den Rest deines Lebens Hausarrest, aber ohnmächtig nützt du niemandem etwas.*

Kontrolliert atme ich durch die Nase ein und durch den Mund aus, bevor ich durch die Tür in den Schrank schlüpfe und dann … in meinem leeren Zimmer stehe. Mom ist nicht hier.

Eine ganze Felswand löst sich und fällt mir vom Herzen. Aber ich kann sie rufen hören.

»Kayla, ich bin wieder da!« Also scheint sie erst kurz vor mir angekommen zu sein. Hastig ziehe ich Shorts und Bluse aus.

»Kayla, sitzt du auf deinen Ohren? Das Essen wird kalt!« Die Absätze ihrer Schuhe treffen auf die blanken Marmorfliesen. Sie kommt hoch. Ich greife mir das Erstbeste, das mir in die Hände kommt. Zerrissene Jeans und ein mit Farbe bespritztes T-Shirt. Perfekt!

»Kayla! Gott, was treibt dieses Mädchen schon wieder?« Moms Stimme ist jetzt ganz nah. Sie ist fast an der Tür. In letzter Sekunde schaffe ich es, mir die braunen Kontaktlinsen aus den Augen zu nehmen und mir Kopfhörer in die Ohren zu stecken. Dann setze ich mich auf den Hocker, vor ein Bild, das noch fertig gestellt werden muss, und tippe mir mit dem Pinselende gegen das Kinn. Ich spüre Mom ein paar Sekunden später hinter mir stehen. Trotzdem zucke ich zusammen, als ihre Hand meine Schulter berührt. Überrascht ziehe ich die Kopfhörer heraus und sehe sie an.

»Du bist ja wieder da. Ist es schon halb neun?« Eine Oscarverdächtige Schauspielleistung, die sie mir komplett abnimmt. Mom wackelt mit dem Kopf.

»Es ist fast acht. Ich habe was vom Chinesen dabei. Zieh dir etwas Sauberes an und komm runter.« Sie dreht sich um und ich will schon erleichtert aufatmen, als sie noch einmal stehen bleibt. Nachdenklich lässt sie den Blick durch mein Atelier schweifen. Über die bereits bemalten Leinwände, die Farben und die Leinwände, die noch darauf warten, Teil von etwas Großem zu werden.

»Du bist wirklich sehr begabt«, murmelt sie leise. Sofort werde ich hellhörig. Denkt sie vielleicht darüber nach, mir doch das Studium zu erlauben?

»Ich könnte noch viel mehr lernen, wenn ich Kunst studieren dürfte«, entgegne ich vorsichtig, was ihr ein Seufzen entlockt.

»In den nächsten Tagen kann ich mich mal mit einigen Universitäten in Verbindung setzen.« Mein Herz hört einen Moment auf zu schlagen. Hat sie das gerade wirklich gesagt? Hat sie einem Studium an einer echten Uni in L.A. zugestimmt? Vor Freude wäre ich beinahe vom Hocker gefallen.

»Es gibt bestimmt einige, die ein gutes Onlineangebot haben.« Und schon zerspringt meine Hoffnung in tausend Scherben. Aber so leicht will ich mich diesmal nicht abspeisen lassen.

»Mom, ich meine nicht online, sondern richtig an einer Uni, wo ich neue Leute kennenlerne und mich mit anderen Künstlern austauschen kann.«

Sie schüttelt energisch den Kopf. »Ausgeschlossen. Weißt du, wie gefährlich es an Universitäten ist? Ich mag mir kaum vorstellen, was dir da alles passieren könnte.«

Verärgert knirsche ich mit den Zähnen. »Mom, denkst du nicht, dass ich inzwischen auf mich selbst aufpassen kann? Ich bin 19, langsam wird es Zeit, dass ich meine eigenen Grenzen austeste und sogar mit der einen oder anderen Gefahr konfrontiert werde.«

Sie schweigt. Ein gutes Zeichen. Immerhin wettert sie nicht direkt los. »Außerdem geht es doch nur um die UCLA. Ich könnte zuhause wohnen bleiben, wenn dir das lieber ist. Zumindest fürs erste Semester. Ist ja nicht so, dass ich zurück nach Paris will, um dort zu studieren.«

Mom schweigt noch immer, doch dann schüttelt sie wieder den Kopf. Ich seufze. »Du musst auch mich verstehen, Kayla. Ich habe bereits ein Kind verloren. Das wird mir mit dem zweiten nicht nochmal passieren.«

»Mom, das mit Lizzie war ein Unfall. Die können immer und überall passieren. Selbst hier im Haus, wenn man ungeschickt ist. Ich könnte eine Treppe runterfallen und mir das Genick brechen. Du könntest auf dem Weg zu einer Besichtigung einen Autounfall haben und sterben. Das ist der Lauf der Dinge. Du kannst mich nicht vor dem Tod beschützen.« Eindringlich sehe ich sie an. »Du solltest dir überlegen, mir wenigstens ein bisschen entgegenzukommen. Sonst verlierst du mich vielleicht auf eine Weise, die du noch gar nicht bedacht hast.«

Ihr Blick wird eisig und mir ganz schnell klar, dass ich das Falsche gesagt habe. »Mit Erpressung kommst du bei mir nicht weit, Fräulein. Und jetzt zieh dich um. Das Essen ist wahrscheinlich schon ungenießbar.«

Ungenießbar ist das Essen zwar nicht, aber schon deutlich abgekühlt. Mom hatte es bereits auf Teller gefüllt. Die Stimmung ist so angespannt, dass sie beinahe greifbar ist. Sie schweigt die ganze Zeit über. Das ist ihre Art der psychischen Folter. Sie weiß genau, dass ich mich wegen meiner Aussagen bereits schäme und die eigentlich gar nicht so scharf rüberkommen sollten, wie es letztlich der Fall war. Aber, um mir eine Lektion zu erteilen, denkt sie nicht mal daran, als Erste etwas zu sagen. Und ich bin so stur, dass ich es ganz sicher auch nicht tun werde. In dieser Hinsicht gleichen Mom und ich uns sehr.

Nach dem Abendessen steht sie wortlos auf und verschwindet in ihrem Schlafzimmer. Ich stelle das Geschirr in die Spülmaschine, entsorge den Abfall und ziehe mich dann ins Obergeschoss zurück. Erschöpft lasse ich mich aufs Bett fallen und zucke kurz zusammen, als ich mich versehentlich auf das frisch gestochene Tattoo rolle. Wie konnte ein Tag, der so schön war, so furchtbar enden? Für mein nächstes Gespräch mit Mom bezüglich des Studiums muss ich mir dringend eine bessere Taktik zulegen. Dass wir uns gegenseitig hochschaukeln und dann ein Wort zum anderen kommt, funktioniert schon mal denkbar schlecht.

Ich schnappe mir mein Handy, um Giulia über die neusten Entwicklungen in meinem Leben zu informieren, doch ich stutze, als ich die ganzen Pop-Up-Benachrichtigungen sehe, die mein Display überlagern. Drei verpasste Anrufe von Jake. Eine Voicemail-Benachrichtigung, ebenfalls von Jake, und jede Menge Textnachrichten, alle ausschließlich von ihm.

Stirnrunzelnd öffne ich sie.

Jake: Melde dich, wenn alles okay ist.

Jake: Ich hoffe, deine Mom hat nichts bemerkt.

Jake: Du antwortest nicht … langsam mache ich mir Sorgen.

Daraufhin müssen die ersten Anrufe erfolgt sein.

Jake: Du gehst nicht ran. Kein gutes Zeichen.

Kurz überprüfe ich den Verlauf seiner Versuche: Es folgte noch ein Anruf, diesmal mit Voicemail, die ich jetzt aber nicht abhöre. Dafür lese ich die nächste Textnachricht, die mein Herz ein bisschen höherschlagen lässt. Nicht wegen des Inhalts, aber wegen der Intention, die dahintersteckt.

Jake: Ich warte jetzt bis neun. Wenn ich dann nichts gehört habe, komme ich und hole dich da raus.

Danach kam weder eine weitere Nachricht noch ein Anruf. Ein kurzer Blick auf meinen Wecker zeigt, dass ich noch etwa zehn Minuten habe, bevor er mit der Kavallerie hier auftaucht. Seine Aussage klingt nämlich mehr wie eine Drohung als ein Versprechen, aber seine Sorge um mich wärmt mir das Herz. Also wähle ich seine Nummer und halte den Atem an, während das Freizeichen ertönt.

»Kayla?« Ich habe noch nie so viel Erleichterung in der Stimme von jemandem gehört wie in diesem Moment bei Jake.

»Ja, ich lebe noch.« Er atmet geräuschvoll aus.

»Du bist so überstürzt aufgebrochen und hast dich dann nicht mehr gemeldet … Ich habe schon mit dem Schlimmsten gerechnet.«

Ein amüsiertes Schmunzeln kommt mir über die Lippen. »Was hast du denn gedacht? Dass Mom mich umbringt?«, frage ich belustigt, was mit Schweigen am anderen Ende der Leitung beantwortet wird.

»Vielleicht«, antwortet er schließlich. »Okay, vielleicht habe ich nicht direkt an Mord gedacht, aber zumindest an ein

Szenario, was dich und einen dunklen Keller beinhaltet.« Jetzt muss ich lachen. Genau wie Jacob scheint er in Mom die böse Stiefmutter zu sehen. Aber im Grunde genommen habe ich mit demselben Gedanken gerungen, als ich nichts ahnend zurück ins Haus gelaufen bin.

»Aber mal ernsthaft. Hat sie dich erwischt?« Der Tonfall seiner Stimme lässt mich still werden. Er klingt ernst, besorgt und ängstlich zugleich. Ihm ist wohl auch der Gedanke gekommen, dass heute unser letztes Treffen hätte sein können.

»Nein, hat sie nicht. Ich war schnell genug, um den Schein zu wahren.«

»Ein Glück.« Seine Stimme verrät, dass ihm meine Worte eine schwere Last von den Schultern genommen haben.

»Sonst hätte ich mir einen ganz gewieften Plan ausdenken müssen, um dich nochmal sehen zu können.«

Ich lächle und habe das Gefühl, vor lauter Glücksgefühlen zu schweben. Mich durchdringt eine Wärme, die Feuer entfachen könnte.

»Ich hätte auch alles darangesetzt, um dich wieder sehen zu dürfen«, erwidere ich leise und lasse mich in meine Kissen sinken. Für eine ganze Zeit lang höre ich nur sein ruhiges, gleichmäßiges Atmen durch den Hörer.

»Ich würde dich jetzt gern nochmal sehen.« Dieser Wunsch überrascht mich und so gern ich ihm auch nachkommen würde, heute scheint es mir unmöglich.

»Vielleicht sollten wir unser Glück nicht ausreizen«, meine ich vorsichtig.

»Und was wäre, wenn ich dir sage, dass ich bereits vor deinem Haus auf dich warte?« Das würde mich noch mehr überraschen und womöglich umstimmen. Leichtfüßig überquere ich den Fußboden und betrete den Balkon. Und tatsächlich! Ein Stück von unserer Einfahrt entfernt, aber immer noch gut sichtbar für mich, steht der mir bereits so vertraute Jeep.

»Du bist doch verrückt«, murmle ich leise und schüttle meinen Kopf.

»Also, kommst du?« Die Erwartung in seiner Stimme ist unüberhörbar.

»Ja«, entgegne ich und werfe alle Bedenken über Bord, die mich eben noch zurückgehalten haben, »ich bin sofort da.« Keine fünf Minuten später steige ich ein. Schon von draußen konnte ich sehen, dass Jake nicht hinterm Steuer sitzt, sondern es sich auf der Rückbank gemütlich gemacht hat. Sobald ich neben ihm bin, zieht er mich in eine innige Umarmung. Der hölzerne Duft seines Parfums umhüllt mich wie ein Schleier und ich präge ihn mir genau ein. Dieses Treffen ist riskanter als alles, was wir vorher getan haben.

»Ich habe befürchtet, ich sehe dich nicht wieder.« Jakes Lippen liegen an meinem Hals, die Worte dringen nur leise an mein Ohr, aber tief in mein Herz. Das Gefühl seiner Lippen auf meiner Haut jagt mir einen wohligen Schauer über den Rücken. Er drückt mich dicht an sich.

»Es ist doch alles gut gegangen«, meine ich leise und streiche ihm mit einer Hand durch sein Haar.

»Wir dürfen uns nur nicht erwischen lassen.«

Er löst sich von mir und nickt. »Besteht die Gefahr, dass deine Mom rauskommen könnte?«

Ich lasse mich zurücksinken und schüttle den Kopf. »Nach einem Streit verlässt sie ihre Zimmer meistens nicht mehr. Inzwischen müsste sich ihr Freund Jack auch schon zu ihr gesellt haben.«

Jake sieht mich verwirrt an, was mich zum Lachen bringt.

»Damit meine ich Jack Daniels, keinen physischen Mann. Denen hat sie spätestens nach meinem Dad abgeschworen.«

»Apropos Dad. Hat der Privatdetektiv schon was herausfinden können?« Er wendet sich mir zu und streicht mit den Fingerkuppen über meine Hand, die er nach unserer Umarmung nicht losgelassen hat. Vielleicht gibt es ihm Sicherheit zu spüren, dass ich noch da bin. Verlustängste spielen in seinem Leben immerhin eine bedeutende Rolle.

»Nein, ich hatte bisher noch keine Gelegenheit, ihm die benötigten Unterlagen zuzuspielen.« Seufzend lehne ich meinen Kopf gegen die dafür vorgesehene Stütze. »Es ist seltsam, als ich heute nach meiner Geburtsurkunde gesucht habe, bin ich auf eine verschlossene Schublade gestoßen, für die es keinen Schlüssel gab. Zumindest konnte ich in der kurzen Zeit keinen finden.«

Nachdenklich legt Jake die Stirn in Falten und streicht weiter mit dem Daumen über meinen Handrücken. Mein Herz springt dabei beinahe aus meiner Brust. »Denkst du, deine Mom hat etwas zu verbergen?«

Ich rutsche an ihn heran und lege meinen Kopf auf seine Schulter. Diese Nähe lässt mein Herz schneller schlagen und meine Haut kribbelt an den Stellen, an denen er mich berührt. Ich kann mich kaum auf seine Worte konzentrieren, weshalb es ein paar Sekunden dauert, bis sie zu mir durchdringen. Für einen kurzen Augenblick kommen mir Giulias Worte wieder in den Sinn, die ebenfalls der Meinung ist, dass Mom etwas zu verheimlichen hat, aber dann schüttle ich mit dem Kopf. »Mom redet zwar nicht viel über ihre Vergangenheit, aber ich denke nicht, dass sie ein Geheimnis hat.«

Stille senkt sich über uns. Aber es ist nicht diese peinliche Stille, die manchmal entsteht, wenn niemand weiß, was er als nächstes sagen soll. Jake und ich sitzen einfach beieinander und hängen gemeinsam unseren Gedanken nach. Eine Eigenschaft, die ich sehr an ihm schätze, denn es gibt nicht viele Menschen, mit denen man das machen kann.

»Du hast gesagt, dass ihr euch gestritten habt. Wenn sie dich nicht beim reinschleichen erwischt hat, was war dann der Grund?« Ich seufze und bin diesmal diejenige, die beginnt mit dem Daumen über seinen Handrücken zu streichen. Der Körperkontakt hilft mir einerseits, mich zu konzentrieren, um nicht in meinen Gedanken zu ertrinken, andererseits löst er eine Welle von Gefühlen aus, die mich verwirren und ich nicht richtig einordnen kann.

»Meine Zukunft«, seufze ich schließlich und ziehe ein Bein unter meinen Körper. »Ich will unbedingt an die UCLA zum Studieren, aber Mom verbietet das. Wir drehen uns im Kreis, was dieses Thema angeht, und jedes Mal endet es in einem furchtbaren Streit.«

»Du bist 19. Kannst du dich nicht einfach gegen sie stellen und tun, was du willst?« Ich schüttle den Kopf und lege mich auf den Rücken, den Kopf in seinem Schoß platziert. Es ist inzwischen schon recht spät und die Müdigkeit macht sich langsam bemerkbar. »Mit diesem Rechtssystem stimmt etwas nicht, wenn man mit 16 schon Autofahren, aber mit 19 kaum seine eigenen Entscheidungen treffen darf.«

»Ich kann mich nicht gegen sie stellen. Wenn ich das täte, dann stünde ich im Endeffekt ganz allein da.« Nervös spiele ich mit meinen Fingern, bis Jake sie auseinanderpflückt und sie festhält. Sein Blick ist dabei fest in meine Augen gerichtet. »Du bist nicht allein. Niemals. Du hast Giulia und mich. Selbst wenn die Situation zwischen euch vollkommen eskalieren sollte, hast du Freunde, die dich auffangen und dich nicht im Stich lassen.«

Ich lächle und drücke ihm einen Kuss auf die Hand. »Danke, wirklich. Es ist nicht selbstverständlich, dass du für mich da bist. Immerhin kennen wir uns gerade mal drei Wochen.« Er streicht mir eine Strähne aus dem Gesicht und verweilt mit dem Daumen einen Moment länger an meiner Wange. »Du hast mein Leben auf den Kopf gestellt, Kayla«, gesteht er leise und ich vergesse kurz, wie man atmet. »Für dich würde ich alles stehen und liegen lassen.«

Ich sehe ihm in die Augen, die mich seit Wochen nicht mehr ruhig schlafen lassen. Meine Wangen werden rot und plötzlich fühlt sich das Wageninnere viel heißer an. Mein Atem geht stoßweise. Sein süßlich riechender Atem trifft auf mein Gesicht, als er sich langsam zu mir herunterbeugt. Die Luft ist wie elektrisiert. Ich recke mich ihm entgegen. Unsere Lippen sind nur noch wenige Zentimeter voneinander entfernt. Flugzeuge und Schmetterlinge liefern sich einen erbitternden Kampf darum, wer zuerst fliegen darf, und mein Bauch verkrampft sich in Erwartung seiner Lippen. Meine Augen sind schon halb geschlossen, als direkt neben dem Auto ein Hund zu bellen beginnt. Ein Ruck fährt durch meinen Körper und ich fahre so erschrocken hoch, dass ich Jake dabei eine Kopfnuss verpasse.

»O Gott, entschuldige!« Ich schlage mir die Hand vor den Mund, während er sich mit einem Grinsen die Stirn reibt.

Wieso um Himmels Willen erschrecke ich mich denn vor Hundebellen?

»Schon gut, ist ja nichts passiert.« Er findet die Situation wohl amüsant, während sie mir furchtbar peinlich ist.

»Vielleicht sollte ich besser gehen, bevor ich dir beim nächsten Geräusch noch die Nase breche«, murmle ich verlegen und berühre mit den Fingerspitzen die Stelle an seiner Stirn, die sich bereits rötlich verfärbt.

Jake lacht und hält mich fest, als ich gerade das Auto verlassen will. »Wann sehe ich dich das nächste Mal wieder?«

»Wie wäre es mit morgen?«, schlage ich vor und verspüre einen enttäuschten Dämpfer, als er langsam mit dem Kopf schüttelt.

»Morgen wird schwierig.« Er legt die Stirn in Falten und ich kann förmlich sehen, wie er nachdenkt. »Aber Freitag werde ich sicherlich Zeit finden.«

»Freitag klingt sehr gut.«

»Und wer weiß, vielleicht jogge ich bis dahin nochmal zufällig bei dir vorbei.« Ich grinse von einem Ohr bis zum anderen.

»Zufällig, ja? Dann werde ich meinen Unterricht wohl die nächsten zwei Tage zufällig auf den Balkon verlegen.« Jake lacht und mein Herz macht wieder einen Satz. Dieses Lachen könnte ich in Dauerschleife hören. »Schlaf gut, Kayla.« Seine Stimme ist noch eine Nuance tiefer geworden und ich schnappe kaum hörbar nach Luft. »Und süße Träume.« Ich versuche ruhig zu atmen, aber meine Lungen versagen mir den Dienst. Diese verruchte, sexy Seite habe ich bisher noch nie an ihm wahrgenommen.

»Gute Nacht«, erwidere ich recht atemlos und klettere aus dem Wagen. Ein Déjà-Vu überkommt mich, als ich seinen immer kleiner werdenden Rücklichtern nachblicke. Damals, vor einer gefühlten Ewigkeit, hatte ich bereits das Gefühl, rettungslos verloren zu sein. Und jetzt weiß ich, dass ich damit Recht hatte. Ich bin rettungslos und unwiderruflich in Jake verliebt.

Am nächsten Morgen werde ich nicht von meinem Wecker geweckt. Jemand rüttelt kräftig an meiner Schulter, doch ich schlage die Hand einfach weg.

»Ich habe bestimmt noch Zeit, Francesca«, murmle ich und drehe mich um. Jemand lacht und dieses Lachen ist männlich. Langsam öffne ich die Augen und werfe einen Blick nach links. In meinem Zimmer stehen Giulia, Toni und Mario.

»Habt ihr eine Ahnung, wie spät es ist?«, murre ich und schließe die Augen wieder.

»Zwei Minuten nach sieben«, zwitschert Giulia fröhlich. Gott, wie ich Morgenmenschen hasse. »Deine Mom hat eben das Haus verlassen und meine bereitet uns gerade Frühstück.«

Mit einem Auge sehe ich sie an. »Mom ist weg?« Sie nickt. Hm, dann muss sie einen wichtigen Termin haben.

»Ja, aber darum geht es jetzt gar nicht. Jacob hat sich gemeldet.« Sofort bin ich hellwach und schnappe mein Handy. Keine neue Nachricht. Verwirrt ziehe ich die Augenbrauen zusammen.

»Hier ist nichts.«

»Es hat auch keiner gesagt, dass er sich über *Versacio* gemeldet hat.« Mario grinst und wirft mir die Fernbedingung zu. »Schalt den Fernseher an. Es läuft auf jedem Sender.«

Ich setze mich auf und tue, was er sagt. Mit offenem Mund beobachte ich dann, was sich vor mir auf dem Bildschirm abspielt. Eine junge Frau mit blondem Haar lächelt freundlich in die Kamera. Neben ihrem Kopf ein Bild des Schuhs, den ich vor einer Woche verloren habe.

»Es ist die romantischste Geschichte seit Romeo und Julia. Ein reales Märchen, das für eine junge Frau aus Los Angeles wahr wird. Seit Mitternacht hängen in der ganzen Stadt Plakate mit diesem speziellen Schuh.« Es werden Bilder von Orten gezeigt, an denen Plakate hängen, die jeder großangelegten Werbeaktion Konkurrenz machen. Der Hintergrund ist dunkelgrün, etwa in der Farbe des Kleides, das ich auf dem Maskenball getragen habe. Man sieht eine Seitenansicht des Schuhs und daneben steht *Traumprinz sucht Cinderella*. Bist du die Prinzessin, die ich suche? Dann melde dich mit einem Foto von dir und dem Schuh unter traumprinzsuchtcinderella@hmail.com.

Ich schließe den Mund, doch die Kinnlade fällt gleich wieder runter. »Aber das ist noch nicht alles. Dieser Mann will seine Unbekannte unbedingt wiederfinden. Stündlich läuft ein Video mit einem Aufruf bei allen Fernsehsendern. Im Anschluss an diese Sendung werden auch wir es Ihnen nicht vorenthalten.«

Ich bin platt. Keine Ahnung, was ich sagen soll. Hätte es eine einfache Nachricht bei *Versacio* nicht auch getan?

»Kayla, guck! Das Video geht los.«

Gebannt starre ich wieder auf den Bildschirm und da steht er dann. Im selben dunklen Anzug wie bei der Party. Eine Maske verdeckt die obere Hälfte seines Gesichts. Das Licht ist so eingestellt, dass man nur die Schemen seiner Gestalt erkennt.

»Unsere Begegnung geht mir nicht mehr aus dem Kopf.« Beim Klang seiner Stimme bekomme ich Gänsehaut. »Wenn du das Mädchen bist, das ich suche, dann melde dich mit einem Foto oder Video, auf dem du und der Schuh zu sehen seid, unter der angegebenen E-Mail-Adresse. Ich kann es kaum erwarten, dich wiederzusehen.«

Er lächelt in die Kamera und berührt mit den Händen seine Maske. Für einen Moment sieht es so aus, als würde er sie abziehen wollen, doch er hebt sie lediglich kurz an und dann ist der Clip vorbei. Ich bin vollkommen sprachlos. »Der … der ist doch verrückt«, stammle ich, während ich meine Gedanken zu sortieren versuche.

»Verrückt nach dir, so wie es scheint.« Toni grinst, aber mir ist nicht nach Lachen zumute.

»Was das gekostet haben muss«, murmle ich aufgebracht und schnappe mir mein Handy. Momentan weiß ich nicht, ob ich mich geschmeichelt fühlen oder stinksauer sein soll.

Cinderella3402: Findest du nicht, dass du etwas subtiler nach einer zweiten Verabredung hättest fragen können?

Ich behalte das Telefon in den Händen, während ich Giulia einen langen Blick zuwerfe. »Wie hoch ist die Wahrscheinlichkeit, dass noch jemand diese Schuhe besitzt?«

»Gleich null«, entgegnet sie, ohne zu zögern. »Ich durfte sie nach einem Shooting mitnehmen. Es ist ein Einzelpaar. Sie sind hochwertig gearbeitet, aber die Diamanten sind unecht. Im Prinzip sind sie nichts wert.«

Ich ziehe die Unterlippe zwischen die Zähne. »Es werden sich Tausende auf diesen Aufruf melden«, gebe ich zu bedenken.

»Zumal er eine Menge Geld zu haben scheint. Da stehen viele Frauen drauf«, fügt Mario hinzu.

»Wirst du ihm über die E-Mail-Adresse schreiben?« Toni klingt ehrlich neugierig und auch die anderen beiden können ihr Interesse an meiner Antwort nicht verbergen. Aber ich weiß es nicht. Ich weiß momentan gar nicht, was ich tun soll.

Also zucke ich hilflos mit den Schultern.

»Schätze, ich warte ab, was er mir über *Versacio* zu sagen hat. Ich muss das alles erstmal verdauen.« Die drei nicken verständnisvoll.

»Dann gehen wir jetzt frühstücken«, schlägt Mario vor und reibt sich die Hände. »Mit vollem Bauch lässt es sich ohnehin besser nachdenken und ich rieche Moms Pancakes bis hier.«

Kapitel 18 – *Kayla*

Ich bleibe auch während des Frühstücks nicht von der Cinderella-Story verschont. Francesca schwärmt die ganze Zeit über von nichts anderem als dieser romantischen Geste. Sie hat es heute Morgen in der Zeitung gelesen und war direkt begeistert.

»Es ist so schön zu sehen, dass die Jugend von heute Romantik noch nicht verlernt hat«, seufzt sie entzückt und wendet einen Pancake in der Pfanne. Mario, Giulia und Toni werfen sich immer wieder kurze Blicke zu und können sich ein Grinsen nicht verkneifen. Ich hingegen schiebe mein Frühstück lustlos auf dem Teller herum. Durch diese Aktion wurde unsere »Beziehung« auf eine ganz neue Ebene gehoben und ich weiß nicht, ob mir das gefällt. Ich fühle mich unter Druck gesetzt, mich jetzt bei ihm melden zu müssen. Ich war mir so sicher, ihn wiedersehen zu wollen, aber die gestrige Nacht mit Jake hat die Karten neu gemischt. In seiner Gegenwart ist es mir unmöglich, an Jacob zu denken, weil mein Kopf voll von Jake, seinem Lachen und seiner Präsenz ist.

Mein Herz macht allein bei dem Gedanken an ihn einen freudigen Hüpfer, während es sich bei Jacob nervös zusammenzieht. Unsere Freundschaft hat ihre Leichtigkeit verloren und das macht mir außerordentlich zu schaffen. Auch während des Unterrichts gibt es kein anderes Thema. Meine Mitschüler spekulieren wild darüber, wer hinter Cinderella und dem Traumprinzen stecken könnte. Viele Mädels wollen sich unter der E-Mail-Adresse melden, was Marios Theorie unterstützt. Die geldgierigen Geier strecken ihre Flügel aus.

»Ich habe ein Paar Schuhe, die dem gesuchten Modell zum Verwechseln ähnlich aussehen«, verrät Cynthia, Tochter eines internationalen Supermodels, siegessicher. »Und ich bin schön und reich. Was will der mysteriöse Traumprinz mehr?« Ich schnaube. Das alle immer direkt davon ausgehen, mit Schönheit und Reichtum alles zu bekommen.

»Dir ist das Märchen von Cinderella aber schon bekannt, oder?«, fragt Matt. Er ist der Sympathischste meiner Mitschüler. Recht unscheinbar, sagt selten ein Wort, aber ist immer freundlich und zuvorkommend. Seine Eltern haben eine App entwickelt, die Navigationssysteme unterstützen soll, und diese für mehrere Millionen verkauft. So richtig habe ich das System nie verstanden. Beeindruckend ist es trotzdem. »Cinderella war nämlich arm wie eine Kirchenmaus.« Seufzend schaltet sich jetzt auch unser Lehrer ein. Den Versuch eines vernünftigen Unterrichts hat er schon vor etwa einer halben Stunde aufgegeben. »Das stimmt nicht ganz, Matt. Ihre Stiefmutter und die Stiefschwestern konnten gut von dem Geld ihres verstorbenen Vaters leben. Zwar nicht in Saus und Braus, aber es hat gereicht. Nur Cinderella hat nie einen Penny davon gesehen. Sie musste schuften, wie eine Magd.«

Ich klinke mich aus dem Gespräch aus. Stattdessen werfe ich mal wieder ein Blick auf mein Handy, aber nach wie vor habe ich keine Nachricht von Jacob. Na ja, vermutlich hat er genug damit zu tun, sein E-Mail-Postfach zu beantworten. Mein Blick schweift über den Garten Richtung Straße. Ich habe meinen Schreibtisch tatsächlich auf den Balkon verlegt, aber um ehrlich zu sein, hatte ich bisher nicht den Kopf dafür, um auf vorbeilaufende Jogger zu achten.

Wenn Jake vorbeikommen sollte, müsste er sich schon lautstark bemerkbar machen, um meine Aufmerksamkeit zu erregen. Andernfalls würde ich ihn nicht entdecken. Dafür wirbeln zu viele andere Gedanken in meinem Kopf herum.

Selbst Mom spricht das Thema beim Abendessen an. Anscheinend ist sie der Ansicht, mich genug mit Schweigen bestraft zu haben. Eine Entschuldigung kommt trotzdem nicht.

Weder von ihr noch von mir. Sie übergeht das Thema einfach und tut so, als wäre der gestrige Streit nie passiert.

»Hast du diesen Cinderella-Nonsens mitbekommen?« In ihrer Stimme schwingt deutliche Ablehnung mit. Romantik war noch nie ihr Ding. Zumindest sagt sie das immer.

»Hab's heute Morgen im Fernsehen gesehen«, erwidere ich knapp. Ich habe keine Lust, das Thema noch weiter auszuschlachten. Zumal Jacob sich immer noch nicht gemeldet hat.

»Eine Verschwendung von Geld und Ressourcen.« Mom schüttelt verständnislos den Kopf.

»Was, wenn es wirklich um die wahre Liebe geht?« Die Frage verlässt meinen Mund, noch bevor ich sie zurückhalten kann. Eigentlich wollte ich das gar nicht laut aussprechen, aber es bringt Mom zum Lachen. Ich höre sie gern lachen. Es kommt viel zu selten vor. Aber diesmal ist es kalt und freudlos.

»Die gibt es nicht, mein Schatz. Du findest sie vielleicht in Filmen oder Büchern, wo alles nur auf Fiktion beruht, aber im wahren Leben zerbricht jede Beziehung irgendwann an irgendwas.« Nachdenklich sehe ich sie an. Lizzies Tod hat sie verbittern lassen und hat ihre Ehe aus den Fugen gehoben. Ich kann schon verstehen, weshalb sie so denkt, aber verallgemeinern würde ich das nicht. Manchen Menschen ist es vielleicht nicht vergönnt, den Partner fürs Leben zu finden, richtig zu lieben und vor allem geliebt zu werden.

»Denkst du denn, dass jeder die Liebe seines Lebens irgendwann trifft? Ich meine selbst dann, wenn die Beziehung nicht halten sollte?«

Jetzt ist Mom diejenige, die über meine Worte grübelt. Ich kratze die Reste meiner Pasta vom Teller, während sie an ihrem Rotwein nippt und schließlich nickt.

»Ja, ich denke, dass jeder Mensch seine große Liebe findet.« Überrascht sehe ich auf. Mit dieser Antwort hätte ich nicht gerechnet.

»War Dad deine große Liebe?«, frage ich vorsichtig, wohl wissend, dass dieses Thema einem Mienenfeld gleicht. Sie schüttelt den Kopf und fährt mit dem Zeigefinger über den Rand ihres Glases. »Nein, wenn es jemand war, dann der Vater deiner Schwester.«

Ich würde ihr am liebsten noch mehr Fragen stellen, vor allem was meinen Dad angeht, aber für sie scheint sowohl das Gespräch als auch das Abendessen beendet zu sein. Sie gibt mir einen Kuss auf die Stirn, räumt ihr Geschirr ab und verschwindet aus der Küche. Ich tue es ihr gleich und verziehe mich in mein Atelier. Irgendwie muss ich meine Gefühle unter Kontrolle bringen und das funktioniert am besten, wenn ich male.

Ich weiß nicht, wie viel Zeit vergeht, aber als ich das nächste Mal aus dem Fenster blicke, ist es draußen bereits dunkel. Von der Leinwand schauen mir wieder ein Paar wunderschöne dunkelblaue Augen entgegen. Jakes Augen, umgeben von einer schwarzen Maske, die sich in einem Strudel aus Farben auflöst. Erschöpft fahre ich mir mit der Hand über die Augen. Meine Gefühle sind so durcheinander, dass sich meine Erinnerungen jetzt schon ineinander verweben. Jakes Augen unter einer Maske! Ich sollte ins Bett gehen, solange ich noch die Möglichkeit habe, leicht einzuschlafen. Die beiden können unmöglich ein und dieselbe Person sein, oder? Meine Gedanken kreisen so heftig, dass mir beinahe schwindelig wird. Es gäbe schon Parallelen, aber wie unwahrscheinlich wäre das? Ich kann mich unmöglich zweimal in dieselbe Person verliebt haben, ohne es zu merken.

Das blinkende Licht an meinem Handy zeigt, dass ich eine neue Nachricht habe, und beendet die schnelle Fahrt meines Gedankenkarussells. Ich entsperre es schnell und erstarre. Es ist die Nachricht, auf die ich den ganzen Tag gewartet habe.

ThiefofDawn: Nein. Eine großartige Frau verdient eine großartige Aktion.
Cinderella3402: Mir hätte es gereicht, wenn du dich hier gemeldet hättest.
ThiefofDawn: Dir gefällt es nicht.

Ich starre auf seine letzte Nachricht, unsicher, was ich darauf antworten soll. Es ist keine Frage, sondern eine Feststellung und ich kann seine Enttäuschung förmlich hören.

Cinderella3402: Keine Ahnung. Ist einfach ein bisschen viel grad.
ThiefofDawn: Also besteht keine Chance, dass du dich offiziell darüber meldest?

Ich seufze. Das ist die Frage, über die ich mir seit Stunden den Kopf zerbreche. Wenn ich es tue, wird die Presse sich darauf stürzen. Das Thema wird so lange nicht ruhen, bis der Traumprinz seine Cinderella gefunden hat. Aber ich kann unmöglich riskieren, mein Gesicht in der Öffentlichkeit zu zeigen. Mom wäre furchtbar wütend. Jake wäre wahrscheinlich maßlos enttäuscht und das würde mir das Herz brechen. Ich will ihm nicht wehtun, denn meine Gefühle für ihn sind stärker, als ich je gedacht hätte. Wenn ich mich allerdings nicht melde, frage ich mich dann ein Leben lang, was daraus hätte werden können?

Cinderella3402: Ich weiß es nicht. Lässt du mir etwas Zeit, um darüber nachzudenken?
ThiefofDawn: So viel Zeit, wie du willst.

Ich lege das Handy beiseite und lasse mich aufs Bett fallen. An Schlaf ist nicht mehr zu denken. Unruhig drehe ich mich von einer Seite auf die andere, bis mich die Müdigkeit irgendwann doch übermannt. Über die eigene Zukunft zu grübeln, ist anstrengender als man denkt.

Das Klingeln des Weckers am nächsten Morgen beweist, dass die Nacht eindeutig zu kurz war. Wie ein Zombie wanke ich die Treppen nach unten und lasse mich auf einen Küchenstuhl fallen.

»Du siehst gar nicht gut aus.« Mom wirft mir einen besorgten Blick zu. »Du wirst doch nicht etwa krank?«

Ich sehe sie an und schüttle den Kopf. In den letzten neunzehn Jahren meines Lebens kann ich mich nicht daran erinnern, irgendwann mal einen Arzt aufgesucht zu haben. Abgesehen von Moms merkwürdigem Bekannten, der mich als Kind untersucht hat, wenn ich Husten hatte.

»Schlecht geschlafen«, knurre ich. Sie stellt mir eine Tasse Kaffee auf den Tisch und plötzlich kommen mir zwei Fragen in den Sinn. Erstens: Wieso sitzt sie um diese Uhrzeit noch nicht am Schreibtisch, sondern werkelt in der Küche rum? Und zweitens: Wo ist Francesca? Normalerweise ist sie schon da, wenn ich zum Frühstück komme.

»Ich muss gleich ins Büro. Wichtige Besprechung. Danach habe ich einige Besichtigungen. Wahrscheinlich bin ich erst am frühen Abend zurück. Francesca hat sich wohl erkältet. Sie kommt heute nicht. Wenn du Hunger hast, findest du in der Tiefkühltruhe Pizzen.« Sie drückt mir einen Kuss auf den Haaransatz und läuft hinaus. Ich belasse mein Frühstück bei einer Tasse Kaffee, vor allem, weil ich zu faul bin, um mir etwas Vernünftiges zu machen. Wenn man die Vorzüge einer Haushälterin gewohnt ist, wird man verwöhnt.

Langsam schlendere ich zurück in mein Schlafzimmer. Dort schnappe ich mir mein Handy und öffne den Chat mit Jake.

Kayla: Treffen heute 2 Uhr?

Seine Antwort kommt schneller, als ich gedacht hätte.

Jake: Klingt gut. Ich hole dich ab. Freue mich!
Kayla: Ich mich auch!

Kurz vor zwei bin ich abfahrbereit. Der Unterricht war heute wesentlich erträglicher, auch wenn immer noch viel über Cinderella gesprochen wurde. Allerdings haben die Lehrer das weitestgehend ignoriert und den Unterricht knallhart durchgezogen. Immerhin mussten sie den verpassten Stoff von gestern noch zusätzlich nachholen, was uns einen Haufen Hausaufgaben beschert hat. Die werde ich am Wochenende erledigen, denn jetzt konzentriere ich mich vollkommen auf mein Date mit Jake. Den ganzen Tag über habe ich mich schon gefreut, ihn wiederzusehen. Inzwischen bin ich gut darin geworden heimlich zu verschwinden und obwohl Mom mich beim letzten Mal fast erwischt hätte, denke ich gar nicht daran, meine Treffen mit Jake zu beenden. Mein Herz tanzt vielmehr bei dem Gedanken, gleich wieder neben ihm zu sitzen und die Schmetterlinge machen sich bereits startklar zum Abheben.

Es ist eine schwierige Situation, sowohl Jacob als auch Jake zu mögen, aber momentan habe ich das Gefühl, dass ich für Jake mehr empfinde. Könnte daran liegen, dass wir deutlich mehr Zeit miteinander verbringen, während Jacob und ich uns nur ein einziges Mal gesehen haben, aber dafür einen atemberaubenden Kuss ausgetauscht haben, der mich immer noch schwindelig werden lässt, wenn ich nur daran denke.

Als der Jeep um die Ecke biegt, macht mein Herz einen Satz. Jake winkt mir schon von Weitem zu, was mich breit lächeln lässt. Schnell schlüpfe ich auf den Beifahrersitz, kaum dass der Wagen zum Stehen gekommen ist.

»Hey, du.« Ich lächle noch immer wie ein verdammtes Honigkuchenpferd. Es lässt sich nicht verhindern.

»Selber hey«, erwidert er sanft und streicht mir mit dem Daumen einmal über die Wange. Ich schlucke. Seit gestern Nacht hat sich etwas zwischen uns verändert und er spürt das ebenso wie ich.

»Ich dachte, wir könnten ein bisschen spazieren gehen. Vielleicht vor dem Beverly-Hills-Schild Fotos machen. So richtig touristenmäßig«, schlage ich vor, nachdem ich meine Stimme wiedergefunden habe.

Jake nickt und grinst. »Gute Idee. Wir müssen vorher nur noch mal kurz bei mir zuhause anhalten. Ich habe mein Portemonnaie liegen gelassen.«

»Kein Problem. Ich bin gespannt, wo du wohnst. Ist doch unfair, dass nur du weißt, wo du mich finden kannst.« Er schmunzelt und fährt los. Ich lasse mich entspannt in den Sitz sinken und führe einen inneren Freudentanz auf, als er meine Hand in seine nimmt.

»Hast du nochmal mit deiner Mom wegen des Colleges gesprochen?« Er wirft mir einen neugierigen Blick zu, während ich die Wangen aufplustere und geräuschvoll Luft entweichen lasse.

»Nein. Sie hat heute einfach weitergemacht, als wäre gestern nichts vorgefallen. Ignorieren kann sie gut.«

Wir biegen um eine Kurve. »Ich habe mir gestern nochmal Gedanken zu der ganzen Situation gemacht«, gesteht Jake und ich ziehe verwundert die Augenbrauen in die Höhe. »Hast du schon mal versucht ihr die Pistole auf die Brust zu setzen?« Ich zeichne mit dem Zeigefinger kleine Muster auf seine Hand, die er inzwischen wieder auf der Gangschaltung ablegen musste, um vernünftig fahren zu können. Aber der Körperkontakt mit ihm beruhigt mich und lässt mich klarer denken.

»Schon probiert. Sie meinte, dass ich mit Erpressung nicht weit käme.«

»Dann droh ihr nicht nur. Zieh aus.« Verblüfft sehe ich ihn

an. Hat er diese Option gerade wirklich in den Raum geworfen? »Kayla, ich weiß nicht, ob dir das schon mal jemand so direkt gesagt hat, aber was sie mit dir macht, ist Freiheitsberaubung. Denk darüber nach.«

Und das tue ich. Während die Grundstücke von Beverly Hills an uns vorbeiziehen und die Villen immer größer werden, drehe und wende ich seine Aussage in meinem Kopf herum.

Beraubt mich Mom tatsächlich meiner Freiheit? Tut sie das schon, seit ich zur Welt gekommen bin? Ich durfte keinen Kindergarten besuchen, keine Vorschule, geschweige denn eine richtige Schule. Ich wurde immer privat unterrichtet, durfte keine Freunde außerhalb treffen und meine einzigen sozialen Kontakte waren die Angestellten und sie. Wenn ich das Haus verlassen habe, dann nur in ihrer Begleitung, niemals allein. Schockiert schlage ich mir die Hand vor den Mund und komme zu dem Schluss, dass Jake recht hat. Habe ich es tief im Inneren schon länger gewusst und wollte den Gedanken einfach nicht zulassen, dass meine eigene Mutter mich einsperrt? Möglich, denn sonst wäre mir dieses entscheidende Detail doch schon viel früher aufgefallen. Mom muss ein außergewöhnliches Talent dafür haben, andere zu blenden, denn soweit ich weiß, hat niemand in unserem näheren Umfeld je etwas deswegen gesagt.

»Hättest du jemanden, wo du unterkommst, falls du dich entschließen solltest zu gehen?« Er biegt wieder ab.

»Ansonsten kannst du bestimmt bei uns wohnen. Meine Eltern hätten sicher nichts dagegen.«

Ich sehe ihn wieder an und ringe mich zu einem Lächeln durch, auch wenn mir danach überhaupt nicht zumute ist. »Ich hätte jemanden, ja. Aber danke für das Angebot.«

»Vielleicht überlegst du es dir ja noch. Wir sind nämlich da.«

Ich schaue aus dem Fenster und muss ein Keuchen unterdrücken. Das ist das Anwesen der Party! Während der Fahrt war ich so mit meinen Gedanken beschäftigt, dass ich gar nicht auf den Weg geachtet habe.

»Hier wohnst du?«, frage ich schockiert und kann immer noch nicht fassen, wo wir sind.

»Genaugenommen in einem Bungalow hinter dem Haupthaus. Da drin wohnen nur meine Schwester und meine Eltern.« Ich steige aus, noch immer geplättet von dieser Information.

»Vermietet ihr das Haus manchmal für Veranstaltungen?« Jake wirft mir einen kurzen Blick von der Seite zu und schüttelt dann den Kopf. »Ne, aber Dad veranstaltet öfter mal Partys. Letztens zum Beispiel gab es eine Spendengala, die jedes Jahr stattfindet. Ich hätte dich ja eingeladen, aber ich dachte, dass es vielleicht schwierig wäre mit dem Rausschleichen.«

Fieberhaft durchforste ich meine Erinnerung nach irgendeiner hilfreichen Information. Im *Anemone* war Jake gemeinsam mit seinen Geschwistern und seinem Vater. Wie zur Hölle hieß sein Bruder nochmal? O scheiße, kann es wirklich sein, dass Jacob Jakes Bruder ist? Aber welche Eltern geben ihren Kindern derart ähnliche Namen? Nachdenklich kaue ich auf der Unterlippe herum. Ist es womöglich doch Jake? Könnten sie tatsächlich dieselbe Person sein? Das würde erklären, weshalb er mir auf der Party nicht aufgefallen ist. Ich schüttle den Kopf, um meine Gedanken wieder an Ort und Stelle zu bringen. Das kann nicht sein. Ich kann nicht so blind gewesen sein!

»Wenn du schon mal hier bist, kann ich dir gleich mal das Haus zeigen. Ich habe ja schon erzählt, dass Mom Kunst genauso liebt wie du. Du wirst ausflippen, wenn du die ganzen Gemälde siehst!« Oh, er hat keine Ahnung, wie sehr ich das gerade schon tue. Ich folge ihm langsam zum Haus, unsicher, ob ich diesen Schritt wagen soll. Dieses Haus wirklich betreten soll, denn niemand kann mir sagen, wem ich darin eventuell begegnen könnte. Alles um mich herum läuft wie in Zeitlupe. Ich fühle mich wie in Watte gepackt, sodass kaum ein Geräusch richtig zu mir durchdringt. In der Tür kommt uns jemand entgegen. Aus den Augenwinkeln sehe ich, dass Jake einen Schritt zu Seite macht, doch ich bin so mit meinen Gedanken beschäftigt, dass ich geradewegs in den Fremden hineinlaufe. Das holt mich aus meiner Benommenheit zurück.

»Oh, Entschuldigung! Ich habe Sie zu spät gesehen«, stammle ich verlegen und mache sofort einen Schritt zurück.

»Das macht doch nichts. Ich hätte auch einfach …« Er bricht mitten im Satz ab und starrt mich an. Etwas unwohl trete ich von einem Fuß auf den anderen.

»Ist alles in Ordnung?«, frage ich schließlich, was ihn aus seiner Starre reißt. »Ja, entschuldige. Du … du siehst meiner verstorbenen Frau sehr ähnlich.«

»Oh.« Dazu fällt mir nichts Besseres ein. Was soll man auch groß darauf antworten, wenn man mit einer toten Person in Verbindung gebracht wird?

»Onkel Dave, das ist Kayla. Kayla, das ist mein Patenonkel Dave.«

»Der Mann aus dem Vorstand der Galerie.« Jetzt kann ich den Namen zuordnen und zeitgleich fällt mir ein, dass er dann auch Moms Exmann sein muss. Ihre große Liebe. Lizzies Vater.

»Hübsch und schlau. Da hast du einen guten Fang gemacht, mein Lieber.« Ich werde rot. Das klingt so, als wären wir bereits ein Paar. Dabei haben wir noch längst nicht definiert, was wir überhaupt sind. Ich weiß ja nicht mal, ob ich eventuell auch Gefühle für seinen Bruder habe! Oder doch nur für Jake, der zeitgleich auch Jacob sein könnte und ... Argh! Von dem vielen Gedankenkreisen bekomme ich Kopfschmerzen.

»Gut, ich will euch nicht länger aufhalten. Eigentlich wollte ich zu deinem Vater, aber der ist nicht da. Also habe ich deine Mom besucht. Sie ist in ihrem Zimmer und ziemlich schläfrig.

Falls ihr auch vorbeischauen wolltet, würde ich das lieber verschieben. Bevor ich gegangen bin, habe ich ihr noch eine Karaffe Wasser gebracht, falls sie durstig wird. Ich komme heute Abend nochmal vorbei, um mit deinem Dad zu sprechen.« Die beiden verabschieden sich und Jake zieht mich ins Haus.

»Sorry. Manchmal ist er etwas eigenartig.« Gemeinsam gehen wir in den rechten Salon, den ich aufgrund der Gesellschaft letzte Woche bei der Party gemieden habe. Bei Tageslicht sieht alles anders aus, aber mindestens genauso eindrucksvoll. Ich bleibe wie angewurzelt stehen, als ich die Gemälde sehe, die an den Wänden hängen. Dieses Zimmer ist millionenschwer. Auf Anhieb erkenne ich einen Van Gogh, einen Monet und einen Renoir. Das ist der helle Wahnsinn! Ich hoffe inständig, dass dieses Haus eine gute Alarmanlage hat. Bei all den Schätzen hier. Aber ein Bild zieht meine Aufmerksamkeit besonders auf sich. *Mein* Bild. Die dunkelblauen Augen. Hier zwischen den wohl größten Künstlern aller Zeiten!

»Das ist Dad neuste Errungenschaft. Er musste sich ganz schön ins Zeug legen, um das Gemälde zu bekommen. Es ist von der momentan wohl bekanntesten Künstlerin aus Los Angeles. Der …«

»Schattenkünstlerin«, vollende ich seinen Satz und bin immer noch sprachlos.

»Genau, du hast also schon von ihr gehört.« Ich nicke und muss ein hysterisches Lachen unterdrücken. »Dad fand, dass diese Augen aussehen wie meine. Seltsam, oder?«

»Total«, erwidere ich trocken. Wie viele Zufälle will mir das Universum heute noch bescheren? Ich stehe in demselben Haus, in dem ich letzte Woche Jacob geküsst habe, der sich im schlimmsten Falle als Jakes Bruder entpuppt, was die ganze Sache nicht wirklich einfacher macht. Außerdem hängt das Gemälde hier, das ich nur wegen Jake gemalt habe und welches natürlich seine Augen zeigt. Aber das kann ich ihm schlecht sagen, ohne damit preiszugeben, dass ich hinter der Schattenkünstlerin stecke.

»Okay, dann holen wir mal schnell mein Portemonnaie und dann geht's los zum Beverly-Hills-Park!« Ich nicke wieder, denn meiner Stimme traue ich gerade nicht über den Weg. Also folge ich ihm einfach über die Terrasse nach draußen.

Kapitel 19 – *Jake*

Kayla ist ungewöhnlich still, seit wir bei mir zuhause angekommen sind. Ich weiß nicht, ob es an der merkwürdigen Begegnung mit Onkel Dave liegt, an dem Drama mit ihrer Mom oder daran, dass sie von den Gemälden so beeindruckt war, dass es ihr die Sprache verschlagen hat, aber irgendwas stimmt nicht.

Wir durchqueren den Garten, um zu meinem Bungalow zu kommen. Als wir den Teich passieren, bleibt sie einen Moment stehen und betrachtet den dahinterliegenden Pavillon. In ihren Augen flackert so etwas wie Erkenntnis auf, doch es ist so schnell wieder verschwunden, dass ich es mir auch nur eingebildet haben könnte. Ich folge ihrem Blick und ein Stich durchzuckt meinen Magen. Erinnerungen an Lynn tauchen vor meinem inneren Auge auf, doch ich verbanne sie, so schnell es geht. Der Gedanke, sie durch meine Suchaktion verloren zu haben, tut zu sehr weh.

»Schön, was? Dad hat ihn extra für Mom bauen lassen, nachdem sie hier eingezogen sind. Der Teich hat sentimentalen Wert. Wenn ich es richtig in Erinnerung habe, hatten sie an einem solchen Ort ihr erstes Date.« Ich versuche zu lächeln. Kayla soll nichts von meiner getrübten Laune mitbekommen.

»Ich kenne deine Eltern zwar nicht, aber ich bewundere ihre Beziehung«, meint sie leise und ich kann einen Hauch von Traurigkeit in ihrer Stimme erkennen.

»Ich auch. Die beiden sind für mich die Definition von wahrer Liebe.« Jetzt lächelt sie, aber es ist nicht dasselbe strahlende Lächeln wie sonst. Irgendwas bedrückt sie und das dämpft auch meine Stimmung. Vielleicht hätte ich die Sache mit ihrer Mutter nicht ansprechen sollen. Ich wollte ihr damit nicht zu nahetreten, aber die Vorstellung, dass ihre Mom sie einsperrt und ihr damit die Chance auf die schönen Dinge im Leben nimmt, treibt mich einfach zur Weißglut.

»Alles gut?«, frage ich leise, woraufhin sie mit den Schultern zuckt. Sie so zu sehen, versetzt meinem Herzen einen Stich.

»Mir geht eine Menge durch den Kopf«, erwidert sie leise und streicht sich mit der Hand einige Strähnen aus dem Gesicht. Eine Geste, die ich nur zu gern für sie übernehmen würde.

»Wegen deiner Mom?« Ich halte den Atem an, weil ich weiß, dass das gerade ein sehr sensibles Thema ist, und ich will sie mit meinen Fragen ungern noch weiter belasten.

Sie nickt. »Deswegen auch, ja.«

Ich straffe die Schultern und stupse sie kurz an, bevor ich mir ihre Hand schnappe und einen Kuss darauf hauche. Sie erzittert und ich kann mir ein Lächeln nicht verkneifen. Es ist befriedigend zu sehen, dass ihr Körper auf mich genauso reagiert wie meiner auf sie. »Dann sehen wir mal zu, dass wir jetzt schnell loskommen, um dich auf andere Gedanken zu bringen.«

Ich verflechte unsere Finger und führe sie zu meinem Bungalow. Neugierig sieht sie sich um, während ich versuche, das Chaos ein wenig zu beseitigen. Überall liegen Plakatvordrucke und Zettel mit verschiedenen Slogans rum, sodass man den Fußboden nur noch teilweise sehen kann. Wes und ich haben letztes Wochenende nichts anderes getan, als mit Doug die Kampagne zu planen. Bisher läuft sie auch gut. Über 700 Nachrichten warten im E-Mail-Postfach darauf von mir gelesen zu werden, aber momentan fehlt mir die Motivation, um das zu tun, da ich weiß, dass die eine Nachricht, auf die ich warte, nicht dabei ist.

»Was ist das alles?« Kayla nimmt einen Stapel Zettel in die Hand und blättert ihn durch. Schnell versuche ich ihr die Papiere zu entreißen, aber sie wendet sich von mir ab und liest weiter. Mit angehaltenem Atem beobachte ich, wie sich mit jeder neuen Seite das Puzzle in ihrem Kopf zusammensetzt. Ihr fallen die Zettel aus der Hand. Der Schock steht ihr ins Gesicht geschrieben.

»Du … also … du bist…«, sie stammelt vor sich hin, was süß ist, aber auch sämtliche Alarmglocken in mir zum Schrillen bringt. Ich habe bereits beim ersten Date klargestellt, dass es noch jemand anderen gibt, allerdings haben wir danach nie weiter darüber gesprochen. Jetzt wäre jedoch ein guter Zeitpunkt, denn mir ist klar, dass ich mich erklären muss. Das bin ich ihr schuldig. Immerhin entsteht gerade etwas zwischen uns und dieses Band ist noch so zerbrechlich, dass ich Angst habe, sie zu verlieren, wenn sie die ganze Sache missversteht.

Sie atmet tief durch. »Du bist der Traumprinz, der seine Cinderella sucht.« In ihrer Stimme schwingt Überraschung mit, Unglaube. Aber ich kann keine Wut raushören.

»Ja, was das angeht. Ich kann das erklären, Kayla …« Sie hebt die Hand, um mich am Weitersprechen zu hindern. Auf einmal ist sie ganz weiß um die Nasenspitze und ich habe Sorge, dass sie gleich umkippt. »Vielleicht setzt du dich lieber?«

»Ist Jake … also, ist Jake eigentlich dein richtiger Name?« Verwirrt sehe ich sie an. Wieso will sie plötzlich über meinen Namen sprechen? Sie ist inzwischen auf meinen Vorschlag eingegangen und hat sich auf die Kante meines Bettes gesetzt, sodass ich mich vor sie knien kann, damit wir wieder auf Augenhöhe sind.

»Jake ist nur ein Rufname. Eigentlich heiße ich Jacob. Jacob Van Wyngaarden. Aber nur meine Eltern nennen mich so. Vorzugsweise, wenn ich etwas ausgefressen habe.« Jetzt ist sie kreidebleich.

»Hör zu, Kay. Ich weiß nicht, wohin das mit Lynn überhaupt führt.« Bei Erwähnung des Namens zuckt sie leicht zusammen.

»Aber was ich weiß, ist, dass ich dich wiedersehen will. Ich verbringe gern Zeit mit dir. Mit dir ist alles so leicht. Ich fühle mich wohl in deiner Nähe und kann ich selbst sein. Das mag ich so an unserem Zusammensein. Ich will mir kein Leben ohne dich mehr vorstellen.«

Ihr Handy klingelt, doch sie geht nicht ran. Stattdessen nimmt sie meine Hände. »Jake. Ich muss dir auch was sagen …«

Das Handy klingelt erneut. Der Anrufer bleibt hartnäckig. Kayla seufzt und schaut aufs Display. »Einen Moment«, bittet sie und nimmt den Anruf entgegen. »Giulia, es ist grad schlecht.«

Ich kann nicht verstehen, was ihre Freundin am anderen Ende der Leitung sagt, aber es kann nichts Gutes sein, denn Kayla erstarrt. »Was heißt, sie ist *zuhause?* Sie sollte doch erst viel später kommen.«

Sie klingt panisch und springt so schnell auf, dass ich umkippe. »Wo ich bin?« Kayla wirft mir einen schnellen Blick zu. »Das glaubst du mir nie.«

Ich rapple mich derweil auf und beobachte, wie sie nervös durchs Zimmer tigert.

»Ich texte dir die Adresse. Bis gleich.« Damit ist das Gespräch beendet. Entschuldigend sieht sie mich an und ich weiß direkt, dass wir es nicht zum Beverly-Hills-Park schaffen werden. »Ich muss los. Mom ist früher nach Hause gekommen. Tut mir leid.«

Ich komme auf sie zu und nehme ihre Hände in meine. »Alles gut. Unser Ausflug läuft uns nicht weg. Ich kann dich fahren.«

Sie schüttelt den Kopf. »Jemand holt mich ab. Wir holen das auf jeden Fall nach, aber Jake … Jacob … wir müssen dringend reden. Ich bin …«

Ich lege ihr einen Finger auf die Lippen und bringe sie so zum Schweigen. »Egal, was es ist, es kann warten. Wichtig ist, dass du schnell nach Hause kommst, damit ich dich überhaupt nochmal zu Gesicht bekomme.«

Sie öffnet den Mund, um zu protestieren, schließt ihn dann aber wieder. In ihren hübschen braunen Augen tobt ein Sturm. Sie scheint abzuwägen, ob das, was sie mir zu sagen hat, so wichtig ist, dass sie dafür riskieren soll, von ihrer Mom erwischt zu werden. Ich lasse den Finger sinken und streiche ihr einige Strähnen aus dem Gesicht.

»Geh schon«, dränge ich sie sanft und schiebe sie Richtung Tür, was sie widerwillig geschehen lässt.

»Bis bald«, seufzt Kayla schließlich geschlagen und dreht sich um, doch bevor sie die Haustür erreicht, bleibt sie erneut stehen. Ich beobachte, wie sie die rechte Hand zur Faust ballt und sie gleich darauf wieder löst. Zu meiner Überraschung dreht sie sich dann wieder um und kommt auf mich zu.

»Egal«, sagt sie leise und ich denke, dass sie mehr mit sich selbst spricht als mit mir. Im nächsten Moment spüre ich dann, wie sie ihre Arme um meinen Hals schlingt und mich küsst. Zuerst bin ich wie erstarrt, denn mit dieser Reaktion hätte ich niemals gerechnet, aber schon den Bruchteil einer Sekunde später erwache ich und erwidere ihren Kuss.

Etwas in mir explodiert. Ich umgreife ihre Hüften und drücke sie näher an mich, was sie kurz aufstöhnen lässt. Ihr Körper passt sich perfekt meinem an, als wäre sie eigens für mich erschaffen worden, und ihre Lippen schmecken so süß, wie ich es mir nicht einmal in meinen kühnsten Träumen ausmalen könnte. Ich necke ihre Zunge mit meiner, fordere sie zu einem kleinen Tanz auf, aber zu meinem großen Bedauern lässt Kayla sich nicht darauf ein. Stattdessen löst sie sich von mir und tritt einen Schritt zurück. Ihre Brust hebt und senkt sich heftig und auch ich versuche angestrengt wieder zu Atem zu kommen. Mit den Fingern fährt sie sich einmal über die vom Küssen geschwollene Unterlippe, was mich fast dazu verleitet, sie direkt wieder an mich zu ziehen und gegen die nächste Wand zu pinnen. Aber mein schlechtes Gewissen hält mich zurück. Ich habe alles so gemeint, was ich vor dem Kuss gesagt habe, aber wie soll ich mich Kayla bedingungslos hingeben, wenn ich zeitgleich auf eine Nachricht von Lynn warte?

»Bis dann«, meint sie schließlich und verschwindet Hals über Kopf aus meinem Bungalow. Eine ganze Weile starre ich auf die geschlossene Tür. In mir wütet ein Tornado und wirbelt alle Gefühle und Geschehnisse durcheinander, sodass ich am Ende gar nicht mehr weiß, wo mir eigentlich der Kopf steht. Dieser Kuss übertrifft alles, was ich bisher erlebt habe. Seit unserem Beinahe-Kuss in der Kunstgalerie habe ich oft darüber nachgedacht, wie es wohl sein wird, sie endlich richtig zu küssen. Aber niemals hätte ich gedacht, dass dieser Kuss eine solche Sehnsucht auslösen würde. Eine Sehnsucht nach ihr, die alles andere in den Schatten stellt. Selbst den Kuss mit Lynn. Aufgelöst fahre ich mir mit der Hand durch das wirre Haar. Ich habe immer gedacht, dass mir beide Frauen gleichviel bedeuten würden und dass es deshalb so schwierig ist, sich zwischen ihnen zu entscheiden. Aber Kaylas Kuss hat meine Welt gerade gehörig ins Wanken gebracht. Hoffentlich erwischt ihre Mom sie nicht. Der Gedanke, sie heute zum letzten Mal gesehen zu haben, bringt mich beinahe um den Verstand.

Nachdem ich mich wieder gefangen habe, beschließe ich ins Haupthaus zu gehen. Allein im Bungalow habe ich viel zu viel Zeit, mir Szenarien auszumalen, die eintreten könnten, wenn Kayla es nicht rechtzeitig nach Hause schafft. Oder was passiert wäre, wenn sie nicht gegangen wäre. Ich schnappe mir meinen Laptop, haue mich aufs Sofa und scrolle durch die ersten Mails in meinem Postfach. Inzwischen sind es schon fast 900.

Viele hübsche Mädchen sind dabei, teilweise auch mit Schuhen, die dem anderen fast haargenau gleichen. Aber eben nur fast. Eine Kleinigkeit unterscheidet sich immer. Nach einer etwa fünfzehn Minuten habe ich bereits genug von »Ruf mich an«, »Ich bin die Prinzessin, die du suchst« und »Schreib mir«, was durchaus auch daran liegen könnte, dass ich Kayla noch immer auf meinen Lippen schmecken und ihr Parfum noch immer riechen kann. Also klappe ich den Laptop wieder zu. Es macht keinen Sinn, sich auf Lynn zu konzentrieren, wenn mein Kopf voll von Kayla ist. Ratlos starre ich an die hohe Decke, als Dad und Onkel Dave zu mir stoßen.

»Na, Großer. Ist deine Freundin schon weg?« Mein Patenonkel lässt sich zu mir aufs Sofa fallen, während Dad sich in seinen geliebten Ohrensessel setzt.

»Sie ist nicht meine Freundin«, entgegne ich heftiger als gewollt. Dieser Kuss hat alles verändert. Ich stelle Dinge in Frage, denen ich mir vorher sicher war. War es eine gute Idee, nach Lynn zu suchen? Ist Kayla vielleicht doch diejenige, die ich wirklich will? Mit der ich mir eine richtige Beziehung vorstellen kann?

»Was für eine Freundin? Hat sich deine Partybekanntschaft etwa gemeldet?« Dad sieht mich neugierig an, was mich seufzen lässt.

»Kayla ist eine Freundin«, entgegne ich, doch selbst in meinen Ohren klingt das nach einem lahmen Versuch, das Offensichtliche zu leugnen. »Vielleicht könnte sie irgendwann meine Freundin werden. Und nein, sie ist nicht das Mädchen, das ich zur Party eingeladen habe.«

Dad richtet sich im Sessel auf. »Du hast dich mit Kayla Hudson getroffen?«

Jetzt wird auch Dave hellhörig.

»Ja, wir sind befreundet. Schon bevor wir sie und ihre Mutter im *Anemone* getroffen haben.« Ich sehe zwischen den beiden hin und her. »Ist das ein Problem?«

»Nein, nein«, lenkt Dad mit einem besorgten Blick auf seinen besten Freund ein. Der scheint das Thema allerdings hochinteressant zu finden.

»Hudson wie Miranda Hudson?« Dad seufzt und nickt langsam.

»Ja, sie ist wieder nach L.A. gezogen.« Unruhig rutscht er auf seinem Platz hin und her. »In euer Haus, das du ihr bei der Scheidung überlassen hast.«

»Und das sagst du mir nicht?« Dave klingt ehrlich aufgebracht.

»Ich wollte kein Salz in alte Wunden streuen«, entgegnet Dad hitzig. Na, das kann ja was werden.

»Kein Salz in alte Wunden streuen?«, Dave ist fassungslos.

»Hast du Kayla mal gesehen?«

Dad überlegt kurz. »Im *Anemone*, einmal.«

»Und dabei ist dir nichts aufgefallen?« Als Antwort bekommt er ein Kopfschütteln, was Dave beinahe zum Explodieren bringt.

»Herrgott, Samuel! Sie ist Heather wie aus dem Gesicht geschnitten!«

»Jetzt geht das wieder los«, murmelt Dad leise, aber laut genug, sodass ich ihn verstehe. Und Dave dementsprechend auch. Jetzt platzt ihm wirklich der Kragen. Ein Wort ergibt das andere, bis sich das Gespräch in eine hitzige Debatte gewandelt hat.

»Du sollst aufhören dir diese Hirngespinste auszumalen. Miranda hat Micaela damals nicht entführt! Sie hat ihr Leben genauso weitergelebt wie du.« Dad klingt müde. Anscheinend haben sie dieses Gespräch schon oft geführt. Ich hingegen bin aufgeweckter als zuvor. Daves Exfrau soll seine zweite Tochter entführt haben? Ich wusste durchaus, dass Micaela Kingston als Baby verschleppt wurde und Heather das nie verkraftet hat, aber dass Kaylas Mom damit etwas zu tun haben soll, ist zu weit hergeholt, oder?

»Aber wieso sieht sie dann aus wie Heather? Kannst du mir das erklären?«

»Vielleicht kommt sie mehr nach ihrem Vater. Wir kennen ihn doch nicht.« Das bringt Dave vorerst zum Schweigen. Er steht auf und läuft unruhig hin und her. Ähnlich wie Kayla zuvor in meinem Zimmer. Ich erwische mich dabei, wie ich die beiden miteinander vergleiche, kann aber keine Ähnlichkeiten erkennen. Meine Sorge wächst dennoch und mir fällt ein, dass ich Kayla letztens gefragt habe, ob sie denkt, dass ihre Mom etwas verbergen könnte. Damals hat sie das noch verneint, aber wenn man Daves Worten Glauben schenken darf, könnte sie seit Jahren mit einer Entführerin zusammenleben. Nervös trommle ich mit den Fingern auf meinem Oberschenkel herum. Die Frage ist nur, wie objektiv kann Dave die Situation bewerten, wenn er fest davon überzeugt ist, dass Miranda seine Tochter entführt hat.

»Dave.« Dads Stimme hat einen ernsten, warnenden Ton angenommen. »Mach nichts Unüberlegtes. Du weißt, dass die Polizei den Fall damals eingehend geprüft hat und Miranda zum Zeitpunkt der Entführung bereits in Prag war.«

»Das heißt nicht, dass sie niemanden beauftragen konnte«, wirft Dave ein.

»ES REICHT!« Ich zucke bei seiner Lautstärke zusammen. »Wir wärmen das Thema nicht noch einmal auf. Vielleicht …«, es fällt ihm schwer, die folgenden Worte auszusprechen:

»Vielleicht solltest du langsam überlegen, sie doch für tot erklären zu lassen. Damit auch du endlich abschließen kannst.«

»Dass du sowas überhaupt sagen kannst«, zischt Dave und verschwindet wutentbrannt aus dem Wohnzimmer. Die Haustür knallt zu und Stille umgibt uns. Ich räuspere mich etwas unbeholfen. So heftig habe ich die beiden noch nie streiten hören. Dad fährt sich mit der Hand übers Gesicht und schenkt sich dann ein Glas Scotch ein.

»Was war das?«, frage ich schließlich vorsichtig und setze mich aufrecht hin.

»Du weißt, dass Dave und Heather eine Tochter hatten, die entführt wurde?« Ich nicke. »Nun, dein Patenonkel ist der Meinung, dass es Miranda gewesen ist. Als Rache dafür, dass er Lizzie damals für einen Moment aus den Augen gelassen hat. Einen Moment, der ihr ganzes Leben zerstört hat. Und seins auch, wohlbemerkt.«

Überrascht ziehe ich die Augenbrauen nach oben. »Das ist ziemlich weit hergeholt, oder nicht?« Dad nickt. »Natürlich. Miranda war längst in Europa, als es passiert ist. Was gut war. Lizzies Tod hat sie gebrochen. Wenn sie weiterhin in Los Angeles geblieben wäre … hätte sie das nur noch unglücklicher gemacht.«

Nachdenklich lehne ich mich auf dem Sofa zurück. Der Tod eines Kindes ist eine furchtbare Sache. Kinder sollten nie früher als ihre Eltern sterben, aber muss sie deshalb Kaylas Freiheiten so einschränken?

»Also …«, Dad nimmt einen Schluck von seinem Drink. »Wie geht es mit der Suche nach deiner Cinderella voran?«

»Frag besser nicht.« Mit der Hand fahre ich mir einmal durchs Haar. »Viele Mails, aber die richtige fehlt noch.« Dad lehnt sich nach vorne, stellt das Glas auf dem kleinen Beistelltisch ab und verschränkt die Hände. »Ein guter Rat, mein Sohn. Diese Suche ist sehr romantisch, keine Frage. Und ich wünsche dir von Herzen, dass du dein Mädchen findest. Aber häng dich nicht zu sehr daran auf.« Er wirft mir einen eindringlichen Blick zu. »Du hast gerade gesehen, wie die Geister der Vergangenheit deinem Patenonkel hinterherjagen. Wie besessen er von diesem Hirngespinst ist. Konzentriere dich nicht auf das, was vielleicht sein könnte, sondern auf das, was bereits direkt vor deinen Augen ist.«

Mit einem letzten, bedeutsamen Blick steht er auf und verlässt das Zimmer. Seine Worte hingegen bleiben und spulen sich immer und immer wieder in meinem Kopf ab. Vielleicht hat er recht. Womöglich sollte ich das mit Kayla weiter ausbauen. Ich mag sie und sie mag mich auch. Sie ist real und greifbar, während sich bei Lynn die Frage stellt, ob sie noch einmal bereit sein wird, sich mit mir zu treffen oder für immer ein Was-wäre-wenn-Gespinst bleiben wird.

Ich springe auf und überprüfe, ob der Autoschlüssel in meiner Hosentasche ist. Der Plan in meinem Kopf nimmt immer mehr Gestalt an. Ich werde zu Kayla fahren und ich werde sie offiziell um ein Date bitten. Mit ihrem Drachen von Mutter werde ich es schon aufnehmen.

Kapitel 20 – *Kayla*

Mario holt mich bei Jake ab und bringt mich in so beeindruckendem Tempo nach Hause, dass er damit sicherlich einen neuen Weltrekord aufgestellt hat. Wir reden nicht viel, was vollkommen okay ist, immerhin entsteht zwischen uns gerade erst eine Freundschaft und ich bin ihm dankbar, dass er mich überhaupt abholt. Zu einem richtigen Gespräch wäre ich ohnehin nicht in der Lage, denn in meinem Kopf spielen sich jede Menge Szenarien ab, die zuhause gleich auf mich zukommen könnten. Außerdem sind meine Gedanken in hellem Aufruhr. Der Kuss mit Jake war so spontan, dass ich ihn noch immer mit jeder Faser meines Körpers spüren kann. Jake, der eigentlich Jacob ist. Holy moly! Jake und Jacob sind ein und dieselbe Person! Plötzlich macht alles Sinn. Wir haben uns von Anfang an gut verstanden, waren direkt auf derselben Wellenlänge und es gab eine Vertrautheit, die ich nie richtig einordnen konnte. Aber jetzt serviert mir das Schicksal die Antwort auf dem Silbertablett: Wir kennen uns einfach schon so viel länger als zuerst angenommen! Und die andere Frau, die er mir gegenüber erwähnt hat, ist Lynn. Ich. Jetzt, nachdem ich einige Minuten darüber nachdenken konnte, freut mich diese Wendung enorm und ich spüre eine Welle der Erleichterung durch meinen Körper rollen. Eben im Bungalow bin ich von der Situation einfach erschlagen worden. Wenn sein Bett nicht dort gestanden hätte, wäre ich wahrscheinlich einfach umgefallen. Ich habe mich tatsächlich zweimal in dieselbe Person verliebt. Mein Liebesleben ist also gar nicht so kompliziert wie zuerst angenommen.

Aber die Erkenntnis über Mom und das, was sie all die Jahre mit mir gemacht hat, trübt meine Stimmung. Ich muss eine Entscheidung treffen, die den weiteren Verlauf meines Lebens bestimmen wird und die wird ihr ganz und gar nicht gefallen.

Diese ganzen Erkenntnisse und Gefühle fluten meinen Kopf, sodass dieser zu explodieren droht. Wie soll ich das alles nur jemals verarbeiten?

Fortuna scheint mir wohl gesonnen, denn statt meiner Mom sitzt Giulia auf meinem Bett, als ich durch den Schrank in mein Zimmer schlüpfe. Erleichtert wirft sie die Hände in die Luft, während meine Anspannung augenblicklich abfällt. »Dem Himmel sei Dank! Ich bin echt verzweifelt bei dem Versuch, eine neue Ausrede zu finden, falls deine Mom hier gleich aufgekreuzt wäre.«

»Dein Bruder fährt mit Rekordgeschwindigkeit. Da muss man eher Sorge um das eigene Leben haben als darum, pünktlich am Ziel anzukommen.« Sie lacht und lässt sich rücklings aufs Bett fallen. Ich tue es ihr gleich. »Danke für die Rückendeckung.«

»Immer wieder gerne.«

»Was hast du ihr erzählt?«

»Dass du unter der Dusche stehst.« Sie grinst und zeigt auf die Dampfschwaden, die sich ihren Weg aus dem Badezimmer in den Flur suchen.

»Warum bist du eigentlich hier?« Fragend drehe ich den Kopf zur Seite und lache, als sie erklärt, dass sie uns in Francescas Auftrag etwas zu essen vorbeigebracht hat, damit wir uns nicht nur von Lieferdiensten und Tiefkühlpizzen ernähren müssen. Ich lächle. Francescas Fürsorge fühlt sich an wie eine Umarmung, selbst wenn sie nicht mal da ist.

»Und wo warst du?« Giulia zieht das letzte Wort absichtlich in die Länge und sieht mich neugierig an. Sofort prasseln wieder alle Eindrücke der letzten Stunden auf mich ein. Mein Körper beginnt an den Stellen zu kribbeln, an denen Jake mich berührt hat. Ich habe das Gefühl, den Duft seines Parfums wieder in der Nase zu haben und den Druck seiner Lippen auf meinen zu spüren.

»Bei Jake«, seufze ich und kann mir ein verträumtes Grinsen nicht verkneifen.

»Uh, der ist so heiß.« Sie rollt sich auf die Seite und stützt ihr Gesicht in die Handfläche. »Erzähl mir alles«, verlangt sie grinsend und dabei weiß sie noch gar nichts von den neusten Geschehnissen.

Also hole ich das nach. Als ich dann schließlich zu den Plakatentwürfen komme, die überall in seinem Bungalow verstreut waren, setzt sich bei Giulia bereits langsam ein Teil ans andere. »Jake ist nur ein Rufname«, ende ich schließlich. »Eigentlich heißt er Jacob.«

Giulia sieht genauso geplättet aus, wie ich mich gefühlt habe. »Jake ist Jacob«, wiederholt sie ungläubig und ich nicke. »Du bist dir ganz sicher?«

»Zu tausend Prozent.« Sie springt auf und tanzt wild durchs Zimmer.

»Wie abgefahren ist das denn? Was hat er gesagt, als du offenbart hast, dass du diejenige bist, die er die ganze Zeit sucht?« Verlegen spiele ich mit meinem Zopf.

»Nichts.« Abrupt bleibt sie stehen.

»Wie nichts?«

»Ich habe versucht, es ihm zu sagen, aber dann hast du angerufen.«

Fassungslos starrt sie mich an. »Das ist jetzt nicht dein Ernst, Kay, oder?«

»Ich habe sehr deutlich gemacht, dass wir dringend reden müssen.« Ein schwacher Versuch ihr aufgebrachtes Gemüt zu beruhigen. Ich weiß selbst, dass ich all seine Widerworte in den Wind hätte schießen und reinen Tisch machen müssen.

»Ich kann es trotzdem nicht glauben, dass du es nicht sofort aufgelöst hast.«

Ich setze mich in den Schneidersitz und sehe sie an. »Wie hätte ich das deiner Meinung nach tun sollen? Dieses Thema ist zu sensibel, um es zwischen Tür und Angel zu besprechen. Dafür braucht man Zeit und Ruhe.«

Das wiederum sieht sie ein. Seufzend setzt sie sich wieder neben mich aufs Bett. »Du hast ja recht. Sonst wärst du niemals pünktlich hier gewesen. Aber jetzt musst du dich auf seinen Aufruf melden. Er hat ein Recht zu erfahren, wer du bist.«

Einen Moment lang sitzen wir schweigend nebeneinander. Dieser Gedanke ist mir auch schon gekommen. Ich werde mich allerdings nicht über die E-Mail-Adresse melden, sondern ihn via *Versacio* um ein erneutes Treffen bitten. Dann kann er sicher sein, dass ich die Richtige bin, ohne sich durch einen Wust von Mails zu kämpfen. Nervös spiele ich mit meinen Fingern, denn da gibt es noch ein anderes Thema, das mir unter den Nägeln brennt.

»Da ist noch etwas, das ich gern mit mir besprechen würde.« Giulia sieht mich erwartungsvoll an. »Schieß los.«

»Meinst du, ich könnte ein paar Tage bei euch wohnen?« Sofort schnellen ihre Augenbrauen nach oben.

»Bestimmt, aber warum willst du das tun?« Und dann erzähle ich ihr von dem anderen Gespräch mit Jake. Dem, bevor mir klar wurde, wer er ist. Und je mehr ich darüber rede und nachdenke, desto sicherer bin ich mir, dass er recht hat. Mom sperrt mich ein. Da ich es nicht anders kannte, war dieses Leben normal für mich. Aber jetzt, durch Jake, Giulia und Toni, ist mir klar geworden, wie anders mein Leben hätte verlaufen können, wenn ich diese Erkenntnis früher gehabt hätte. Giulia schweigt und hält den Blick fest auf ihre Hände gerichtet.

»Das war schon immer ein großer Streitpunkt zwischen meinen Eltern«, gibt sie schließlich zu und ich schaue sie überrascht an. »Dad ist seit längerem der Ansicht, dass es nicht richtig ist, wie Miranda sich dir gegenüber verhält, aber Mom meinte, dass es uns nicht zusteht, uns in euer Leben einzumischen.«

Ich weiß gar nicht, was ich sagen soll. Niemals hätte ich gedacht, dass unser Leben ein Gesprächsthema am Abendbrottisch anderer Familien ist. »Ich denke, es ist gut, dass ich das jetzt eingesehen habe. Ich werde auf die UCLA gehen und damit ihr klar wird, wie ernst ich es damit meine, ziehe ich für ein paar Tage aus.«

Sie nimmt mich fest in die Arme, was mich beinahe zu Tränen rührt. »Das ist das Mutigste, das du je gemacht hast«, murmelt sie leise an meinem Ohr »Mom und Dad wären die Letzten, die dir ein Dach über dem Kopf verweigern würden.« Ihre Worte wärmen mir das Herz und mir wird zum ersten Mal richtig bewusst, wie schön es ist, Freunde zu haben. Meine Kontakte in Prag, Paris und London haben nie zu solch tiefen Bindungen geführt. Sie waren immer nur oberflächlich.

»Danke.«

»Jederzeit.«

Die Klingel lässt uns aufhorchen. »Erwartet deine Mom jemanden?« Ich schüttle den Kopf. Hier klingelt nie jemand außer dem Paketboten. Wir schleichen zur Tür und bleiben am oberen Treppenabsatz stehen, um alles gut hören zu können.

»Hallo, Miss Hudson. Ich bin Jake. Wir haben uns kürzlich im *Anemone* gesehen.« Mir bleibt fast das Herz stehen. Was zur Hölle macht er denn hier? Fast schon instinktiv will ich die Treppe runterlaufen, um zu ihm zu kommen, doch Giulia hält mich zurück. Warnend schüttelt sie den Kopf, weshalb ich mir auf die Unterlippe beiße und meine Hände ums Treppengeländer klammere. Alles in mir schreit danach zu ihm zu laufen. Eine ungewohnte Sehnsucht breitet sich in mir aus. Die Stellen, an denen er mich berührt hat, fangen wieder an zu kribbeln und wenn Giulia mir nicht ihre Hand auf die Schulter gelegt hätte, wäre ich wahrscheinlich doch nach unten gelaufen. Mein Herz will zu ihm, doch mein Kopf weiß, dass es ein großer Fehler wäre, der zukünftige Treffen für immer verhindern würde.

»Samuels Sohn. Ich erinnere mich.« Mom klingt kühl und distanziert. Vermutlich fragt sie sich ebenfalls, weshalb er einfach so hier auftaucht.

»Sie haben ein gutes Gedächtnis, Ma'am.« Ich kann sein Grinsen vor mir sehen. »Was kann ich für dich tun, Jake?«

»Nun, ich habe mich gefragt, ob ich wohl ihre Tochter Kayla sprechen könnte.« Giulia schnappt nach Luft und fächert sich mit der Hand zusätzlich noch etwas zu. Der traut sich was, formt sie lautlos mit den Lippen, worauf ich lediglich nicken kann. Was möchte er mit seinem Besuch bewirken? Ich habe Angst. Angst vor Moms Reaktion und um ihn.

»Kayla empfängt momentan keinen Besuch.« Moms Stimme ist ruhig und kontrolliert, aber sicherlich brodelt es in ihr.

»Dann werde ich es die Tage einfach erneut versuchen.« Jake lässt sich von ihr nicht einschüchtern. Er klingt so gelassen wie eh und je.

»Das kannst du gern tun, aber mach dir nicht zu viele Hoffnungen. Auf Wiedersehen.« Und damit knallt sie ihm die Tür vor der Nase zu. Mucksmäuschenstill ziehen Giulia und ich uns zurück.

»Der Kerl hat echt Eier.« Die Stimme meiner besten Freundin überschlägt sich beinahe vor Bewunderung, ich hingegen befinde mich immer noch in einer Art Schockzustand. »Nicht mal Toni spricht so locker mit ihr und die sehen sich fast täglich.«

Ich nicke, noch immer verwirrt von dem, was gerade passiert ist. Das war eine beeindruckende Aktion. Leichtsinnig, aber beeindruckend und vollkommen irrational. Noch nie hat er hier geklingelt, um so offensichtlich den Kontakt zu suchen. Ist ihm nach meinem Weggehen vielleicht der Gedanke in den Sinn gekommen, dass ich die Frau bin, mit der er seit Monaten schreibt?

»Jetzt hast du keine andere Wahl mehr als ihm die Wahrheit

zu sagen«, Giulia drückt mir mein Handy in die Hand und sieht mich erwartungsvoll an. Ich drehe es ein paar Mal zwischen meinen Fingern und öffne dann schließlich den Chat mit Jacob.

Cinderella3402: Okay, treffen wir uns. Ohne Masken und Heimlichtuerei.

Angespannt halte ich den Atem an, aber seine Antwort kommt sofort.

ThiefofDawn: Ich denke auch, dass wir dringend sprechen müssen. Wann und wo?
Cinderella3402: Schlag was vor.
ThiefofDawn: Heute, sieben Uhr am Eingang vom Pacific Park?
Cinderella3402: Klingt gut, ich werde da sein.

Die Aufregung schnürt mir beinahe die Luft ab. Ich werde ihn heute Abend wiedersehen und dann machen wir reinen Tisch.

Mein Herz schlägt so schnell, dass mir schwindelig wird. Es sind so viele offene Fragen, über die ich mir Gedanken mache. Wie wird er reagieren, wenn er herausfindet, dass ich hinter Cinderella stecke? Wie komme ich überhaupt unerkannt aus dem Haus, wenn Mom da ist? Was ist, wenn er es sich im letzten Moment doch anders überlegt und nicht kommt? Verzweifelt schnappe ich nach Luft, als die Panik mich zu übermannen droht. Giulia nimmt meine Hand und öffnet gerade den Mund, um etwas zu sagen, als sich meine Zimmertür öffnet. Wir zucken beide zusammen. Mom steht mit verschränkten Armen im Türrahmen und sieht alles andere als begeistert aus.

»Giulia, richte deiner Mutter bitte unseren Dank für das Essen aus. Aber du musst jetzt gehen. Ich habe etwas mit Kayla zu besprechen.«

»Natürlich.« Hastig klaubt sie ihre Sachen zusammen und verlässt das Zimmer. Hinter Moms Rücken formt sie lautlos »Ruf mich an« und bildet mit Daumen und dem kleinen Finger ein Telefon, was sie sich ans Ohr hält. Ich nicke kaum merklich und versuche mich auf meine Atmung zu konzentrieren. Durch die Nase einatmen, durch den Mund wieder ausatmen. Wenn Mom jetzt mit mir sprechen will, brauche ich einen klaren Kopf. Sobald ich das Gefühl habe, wieder ruhiger zu sein, sehe ich Mom an. Sie öffnet den Mund, aber ich komme ihr zuvor. »Können wir vielleicht etwas Essen, während wir reden? Ich bin am Verhungern.«

Mom überlegt, nickt aber schließlich. Erleichtert atme ich aus, weil es mir einen weiteren Moment zum Beruhigen verschafft. Gemeinsam gehen wir die Treppe runter, wärmen etwas von Francescas Auflauf in der Mikrowelle auf und beginnen zu essen. Zuerst sagt sie nichts. Man hört nur das laute Kratzen des Bestecks auf ihrem Teller, das mir eine Gänsehaut bereitet. Sowas tut sie sonst nie und als ich denke, dass sie mich lediglich mit Schweigen straft, höre ich ihre Stimme.

»Eben hat es hier geklingelt.« Sie klingt gefährlich ruhig.

»Habe ich mitbekommen. Ich wusste gar nicht, dass um diese Uhrzeit noch Pakete geliefert werden.« Selbst in meinen Ohren klingt dieses geheuchelte Unwissen falsch.

»Es war kein Paketbote, sondern ein junger Mann.« Ich beobachte, wie sie ihr Besteck beiseitelegt und die Hände so fest ineinander verschränkt, dass ihre Knöchel weiß hervortreten. »Er hat nach dir gefragt.«

»Nach mir?« Meine Stimme klingt höher als beabsichtigt. Jetzt sieht sie mich direkt an. »Es war Jacob Van Wyngaarden. Wir haben ihn und seinen Vater an deinem Geburtstag im *Anemone* getroffen.«

Nervös nestle ich an meiner Serviette herum. »Ich erinnere mich dunkel.«

»Nur dunkel, ja?« Moms Stimme ist scharf wie zerbrochenes Glas. »Du kannst mir also nicht erklären, weshalb er hier einfach auftaucht?«

Ich schüttle den Kopf und schlucke. Mein Hals ist staubtrocken »Vielleicht bin ich ihm im Gedächtnis geblieben, habe Eindruck hinterlassen.«

Sie lacht, aber es ist ein merkwürdiges Lachen. Anders, als ich es sonst von ihr kenne. Fast schon hysterisch. »Du hast nicht bei Männern im Gedächtnis zu bleiben. So habe ich dich nicht erzogen.«

Mir fällt die Kinnlade herunter. »Hörst du dich eigentlich selbst reden?«, frage ich fassungslos.

»So sprichst du nicht mit mir!« Jetzt schreit sie mich an. Diese plötzlichen Einbrüche ihrer Fassade bin ich gewöhnt, aber diesmal überspannt sie den Bogen komplett. Sie kann mich doch nicht dafür verantwortlich machen, dass sich andere Leute an mich erinnern. Und ich werde mich ganz sicher nicht dafür entschuldigen, dass ich nicht so unauffällig bin, wie sie es gerne hätte.

»Das reicht.« Ich stehe auf und verlasse die Küche. Dicht gefolgt von Mom.

»Was hast du vor?« Sie packt mich am Handgelenk und dreht mich wieder zu sich herum. Ihr Griff ist fest und schmerzhaft.

»Ich wollte es nicht so weit kommen lassen, aber ich werde ausziehen.« Mom lässt mich los und lacht schrill. Sie beunruhigt mich. So extrem hat sie sich mir gegenüber noch nie verhalten.

»Du willst ausziehen?«, höhnt sie, »wovon genau willst du das bezahlen? Falls du es vergessen hast, ich verwalte all dein Geld.«

»Nicht alles«, gebe ich zu. Wenn ich diesen Schritt schon mache, dann kann ich auch direkt mit offenen Karten spielen.

»Ich habe ein paar meiner Bilder verkauft. Das Geld reicht, um ein eigenständiges Leben zu führen und sogar für die Collegegebühren.«

Schlagartig verstummt ihr Lachen. »Wie hast du das gemacht?« Ihre Augen verengen sich zu Schlitzen und für einen Moment ist sie tatsächlich sprachlos.

»Ich hatte Hilfe.«

Sie schüttelt den Kopf. »Ich kann nicht fassen, wie undankbar du bist. Ich habe dir dieses Leben ermöglicht und du … du stellst dich einfach gegen mich?«

»Das nennst du Leben?« Jetzt bin ich diejenige, die schreit. Es ist, als hätte sich ein Knoten in meinem Inneren gelöst, damit ich endlich in der Lage bin alles rauszulassen, was sich in den letzten Wochen in mir angestaut hat. »Du hast mich hier eingesperrt! So wie du es auch schon in Prag, Paris und London gemacht hast. Ich war nur zu jung und zu dumm, um es zu verstehen. Das ist kein Leben, das ist krank.«

Ich muss Luft holen. Meine Brust hebt und senkt sich schnell und mein Herz pocht wie wild.

»Du bist krank. Lizzies Tod hat dich kaputt gemacht. Mom, du brauchst dringend Hilfe.« Ich mache einen Schritt auf sie zu, halte jedoch inne als ich die Wut in ihren Augen glitzern sehe.

»Du musst doch selbst merken, dass es so nicht mehr weitergehen kann.« Meine Stimme ist ruhiger geworden. Mit Geschrei werde ich nicht weit kommen. Mom starrt mich einfach nur an. Erbost darüber, dass ich die Frechheit besitze, mich gegen sie aufzulehnen.

»Und damit du verstehst, wie ernst es mir ist, ziehe ich aus.« Ich drehe mich um und gehe nach oben. Ganz ohne Gepäck kann ich nicht verschwinden. Nach acht Treppenstufen höre ich Absätze auf den kalten Marmorstufen.

»Kayla.« Sie fasst mich erneut am Handgelenk, sodass ich

gezwungen bin mich wieder zu ihr umzudrehen. »Verlass mich nicht. Du darfst nicht auch noch verschwinden.«

Plötzlich ist ihr Hilflosigkeit ins Gesicht geschrieben. Trauer. Entsetzen. Angst. Jetzt tut sie mir beinahe leid, aber ich muss standhaft bleiben. Ich muss für meine Wünsche und Freiheiten einstehen. Sanft versuche ich ihren Griff um mein Handgelenk zu lösen, aber sie klammert sich so fest, dass man meinen könnte, ihr Leben hinge davon ab.

»Mom, ich gehe doch nicht für immer. Nur für ein paar Tage, damit du die Lage überdenken kannst und dir professionelle Hilfe suchst.«

Sie schüttelt den Kopf. »Du kannst nicht gehen«, murmelt sie immer wieder und mit jeder Wiederholung klingt sie verbissener.

»Mom.« Inzwischen muss ich meinen Krafteinsatz verdoppeln, um mich zu befreien, aber jetzt packt sie auch noch mein anderes Handgelenk.

»Du darfst nicht gehen. Du gehörst hierher. Zu mir!« Sie klingt verzweifelter, als ich es jemals von ihr gehört habe. »Mom, du tust mir weh!«

Ich verleihe meinen Worten Nachdruck, doch sie hört gar nicht zu. Sie ist in ihrer Angst gefangen und nimmt nichts anderes wahr außer die Tatsache, dass ich im Inbegriff bin zu gehen.

Wir rangeln miteinander. Die Stufen sind glatt und ich habe immer mehr ein Problem damit, mein Gleichgewicht zu halten.

»Marmor muss gesehen werden«, hat Mom immer gesagt und sich vehement gegen Treppenschoner gewehrt. Und das wird mir jetzt zum Verhängnis. Bei dem Versuch mich mit einem heftigen Ruck von ihr zu lösen, rutsche ich weg und stolpere über den Rand der Stufe. Mom sieht mich mit großen Augen an. Sie hält mich nach wie vor fest, aber als ich falle, und sie droht, mitgerissen zu werden, lässt sie einfach los. Ich habe keine Chance mehr, mich abzufangen. Mein Körper trifft hart auf den kalten Marmor und mit jeder weiteren Treppenstufe, die ich nach unten rolle, breitet sich unbeschreiblicher Schmerz in meinem ganzen Körper aus.

Als ich endlich am Ende der Treppe angekommen bin, tanzen Sterne vor meinen Augen. Ich höre keine Hilfeschreie, kein hastiges Fußtippeln, nur das wirre Murmeln meiner Mom, als sie sich neben mich kniet. Ich kann ihre Worte nicht mehr entziffern, dafür tut mein Kopf zu sehr weh. Alles, was ich mitbekomme, bevor es um mich herum dunkel wird, ist das monotone Klacken sich entfernender Absätze.

Kapitel 21 – *Toni*

»Halb sieben, Mann. Langsam Zeit, um Feierabend zu machen.« Riven grinst mich an. Genau dasselbe wollte ich auch gerade vorschlagen. Wir packen unsere Gerätschaften auf die Ladefläche meines Pick Ups und klatschen uns ab. Ich beobachte ihn dabei, wie er einen Hoodie mit dem Logo der Pacific Palisades High anzieht und runzle die Stirn.

»Hey, Mann. Kann ich dich was fragen?« Er hält inne und nickt.

»Warum arbeitest du nebenbei, wenn du anscheinend auf eine der besten Privatschulen hier in L.A. gehst?« Ich deute mit dem Finger auf seinen Pullover. Riven seufzt und lehnt sich gegen seine Motorcross-Maschine.

»Nicht jeder, der dort unterrichtet wird, hat viel Geld, Toni. Ich habe ein Stipendium. Also arbeite ich neben der Schule und dem Footballtraining für deinen Dad, um meine Familie zu unterstützen.« Sofort meldet sich mein schlechtes Gewissen. Ich sollte am besten wissen, dass man nicht in Schubladen denken soll. Er trägt einen Hoodie von der PPH und automatisch bin ich davon ausgegangen, dass er reich ist.

»Sorry. Ich wollte dir nicht zu nahetreten.« Riven winkt ab und grinst, bevor er auf seine Maschine steigt, den Helm aufzieht und mir zuwinkt. Dann startet er und fährt im rasantem Tempo davon. Ich sehe ihm hinterher, bevor ich mich selbst ins Auto setze.

Ich will gerade losfahren, als mein Handy klingelt und ich Giulias Foto auf meinem Display sehe. Mein Herz macht einen kurzen Satz, denn ein Anruf von ihr kommt eher selten vor.

»Hey, Gi. Was gibt's?«

»Bist du noch in Beverly Hills?« Kein Hallo, sie kommt direkt zur Sache und durch den Unterton ihrer Stimme merke ich, dass etwas nicht stimmt. Sie klingt angespannt. Nicht so locker und losgelöst wie sonst.

»Noch, ja. Ich wollte gerade los. Ist alles in Ordnung?«

»Ich bin mir nicht sicher.« Stirnrunzelnd nehme ich das Handy aus der Halterung an der Lüftung und presse es mir ans Ohr. Schweigend höre ich zu, wie sie von Jakes Auftauchen bei Kayla berichtet und davon, dass er in Wirklichkeit ihr geheimer Internetfreund ist. Diese Neuigkeit haut mich komplett um. Ähnlich wie die beiden Mädchen am Nachmittag, wenn ich Giulia richtig verstehe.

»Danach hat Miranda mich regelrecht rausgeworfen und jetzt erreiche ich Kayla nicht.« Langsam kann ich ihre Sorge verstehen. »Das ist jetzt zwei Stunden her! Ich habe dabei kein gutes Gefühl.«

Die Angst in ihrer Stimme ist unüberhörbar und auch in mir regt sich langsam die Sorge, als sie erzählt, dass Kayla ausziehen will, weil sie sich in ihrem eigenen Zuhause wie eine Gefangene fühlt.

»Ich kann ja mal vorbeifahren. Liegt ohnehin auf dem Weg.«

»Ich danke dir. Ruf mich danach an, ja?« Ihre Erleichterung lässt mich beinahe lächeln, doch ich bin innerlich unruhig. »Natürlich. Bis später.«

Wir beenden das Gespräch und ich fahre los. Eigentlich liegt das Anwesen der Hudsons nicht auf meinem Heimweg, aber für Giulias Seelenfrieden und Kaylas Sicherheit nehme ich diesen Umweg gerne in Kauf.

Schon beim Einbiegen in die Straße merke ich, dass etwas nicht stimmt. Fast alle Anwohner stehen vor ihren Häusern und deuten tuschelnd auf das Haus der Hudsons. Bestürzung ist in jedes einzelne Gesicht geschrieben. Schnell lenke ich den Blick nach vorne und schnappe nach Luft. Dichte, fast schwarze Rauchschwaden steigen gen Himmel. Vereinzelt kann ich Flammen sehen, die gefährlich in die Höhe züngeln.

Mit quietschenden Reifen kommt mein Wagen zum Stehen. Ich springe raus und wende mich an einen der umstehenden Nachbarn. »Hat schon jemand die Feuerwehr gerufen?«

Die Anwesenden nicken. Erst jetzt fällt mir auf, dass bereits ein Streifenwagen anwesend ist. Die Polizisten stehen vor dem verschlossenen, hohen Eisentor. »Wir kommen nicht rein«, geben sie per Funk durch. Miranda und ihre blöden Sicherheitsvorkehrungen! Schnell laufe ich dorthin und gebe mich als Angestellter zu erkennen. Mit zittrigen Fingern gebe ich die Tastenkombination ein und die Gitterstäbe fahren quälend langsam auseinander. Sobald der Spalt breit genug ist, zwänge ich mich hindurch. Durch das Fluchen der Polizisten hinter mir vermute ich, dass sie ebenfalls versuchen aufs Grundstück zu kommen. Erst jetzt kann ich das ganze Ausmaß des Feuers sehen.

Es brennt auf der Ostseite. In Gedanken gehe ich den Aufbau des Hauses durch. Es muss in Mirandas Räumlichkeiten ausgebrochen sein. Aktuell scheint es nur im Erdgeschoss zu wüten. Soweit ich erkennen kann, sind die beiden oberen Stockwerke noch unversehrt, aber niemand kann garantieren, dass die Decken lange stabil bleiben.

Auf einmal erregt eine Bewegung meine Aufmerksamkeit und mein Blick zuckt nach rechts. Dort, auf dem perfekt gepflegten Rasen, sitzt Miranda Hudson und wippt vor und zurück. Die Arme hat sie dabei um ihre Knie geschlungen. Sofort laufe ich zu ihr.

»Miss Hudson!« Ich gehe vor ihr in die Hocke, doch sie würdigt mich keines Blickes. Sie starrt nur geradeaus. »Miss Hudson. Wo ist Kayla?«

Die Frau steht komplett neben sich. Sie murmelt irgendetwas vor sich hin, aber es ist zu leise, sodass ich es nicht verstehen kann. Ihr Gesicht ist mit Ruß bedeckt und ich kann Verbrennungen an ihren Händen erkennen. Ihr Atem stinkt nach Alkohol. Whiskey, wenn ich raten müsste. Unter Schock und betrunken! Panisch suche ich mit den Augen den Garten ab, kann aber keine weitere Person entdecken. Ist Kayla vielleicht noch oben in ihrem Zimmer? Hat das Feuer ihr den Fluchtweg abgeschnitten? Aber dann hätte sie sich doch schon längst auf den Balkon gerettet und um Hilfe geschrien. Einer der Polizisten kommt dazu und sagt etwas zu mir, doch ich höre ihm gar nicht richtig zu. Meine Sorge gilt Kayla und langsam wächst meine Wut auf Miranda, weil sie mir keine vernünftige Antwort geben kann.

»Miranda!« Ich umfasse ihre Schultern und zwinge sie, mich anzusehen. Unter normalen Umständen hätte ich mich nie getraut, so mit ihr zu sprechen, aber gerade jetzt zählt jede Sekunde. »Wo ist Kayla?«

»Wer ist Kayla?«, mischt der Polizist sich jetzt erneut ein.

»Ihre Tochter«, entgegne ich knapp. »Sie ist nicht rausgekommen.«

Der Polizist gibt Anweisungen durch sein Funkgerät, während Miranda so aussieht, als würde sie kein Wort von dem verstehen, was ich zu ihr sage. Doch dann schütteln Schluchzer ihren Körper und Tränen laufen in Strömen ihre Wangen hinab. Das bringt mich kurz aus der Fassung. Ich habe nicht gedacht, dass diese Frau fähig wäre zu weinen.

»Miranda«, versuche ich es erneut. »Wo ist Kayla?«

Sie sieht mich an. »Ich habe versucht sie rauszuziehen.« Mein Gott, wie viel hat sie denn getrunken? Sie lallt stark und ich muss mich anstrengen, sie zu verstehen. »Aber ich hab's nicht geschafft.«

Alle meine Alarmglocken schrillen, als ihre Worte zu mir durchdringen. Kayla kann nicht selbst laufen, sie muss verletzt sein.

»Wo ist sie?« Ich schreie meine Chefin an. Meine Nerven liegen blank.

»Eingangshalle«, erwidert Miranda schwach, bevor sich wieder dieser glasige Ausdruck in ihre Augen legt und sie erneut beginnt, sich vor- und zurückzuwiegen.

»Haben Sie das gehört?«, frage ich den Polizisten, der nickt und jetzt noch energischer in sein Funkgerät spricht.

Hoffentlich treibt er die Feuerwehr zur Eile an. In der Ferne kann ich die Sirenen der Einsatzfahrzeuge bereits hören. Aber wie lange werden sie noch brauchen, um hier zu sein? Drei Minuten? Vielleicht fünf? Hat Kayla diese Zeit noch?

»Sie da, mit dem blauen Hemd! Bringen Sie mir eine Rettungsdecke!« Der Angesprochene sprintet los. Zweifelnd sehe ich zum Haus rüber. Wie lange es wohl schon brennt? Ich gehe näher ran und spüre bereits Meter davor die Hitze, die von den Flammen ausgeht. Durch die offene Tür erkenne ich den dunklen Rauch, der im oberen Teil der Eingangshalle hängt. Aber mit jeder weiteren Sekunde, die vergeht, senkt er sich zusehends herab. Wenn die Einsatzkräfte nicht in zwei Minuten hier sind, werde ich selbst einen Rettungsversuch starten.

Glücklicherweise kommt es nicht dazu. Die ersten Feuerwehrleute stürmen zeitgleich mit dem Nachbarn mit der Rettungsdecke in den Garten.

»Hierher!« Ich rufe so laut ich kann. »Da ist noch jemand drin. Eine junge Frau, wahrscheinlich verletzt. In der Eingangshalle.«

Ich bin ganz außer Atem, dabei habe ich mich körperlich gar nicht angestrengt. Die Feuerwehrmänner machen sich fertig zur Personenrettung, während ich mein Handy aus der Hosentasche ziehe. Schwerfällig wähle ich Giulias Nummer, die Augen weiterhin auf das brennende Haus gerichtet. Meine Beine geben unter mir nach und ich sinke auf den Rasen in dem Moment, in dem ein leises Klacken mir verrät, dass Giulia den Anruf angenommen hat.

»Toni?« Ihre Stimme klingt so hoffnungsvoll, dass es mir beinahe das Herz bricht.

»Komm mit deinen Eltern sofort hierher. Es brennt.«

Kapitel 22 – *Jake*

Drei Stunden zuvor

Ich kann es nicht fassen, dass Lynn sich tatsächlich gemeldet hat! Immer noch sichtlich überrascht starre ich auf das Handydisplay, auf dem jetzt ihr »Klingt gut« erscheint.

Heilige Scheiße! In wenigen Stunden werde ich sie tatsächlich wiedersehen!

Ich lege das Smartphone auf den Beifahrersitz und will losfahren, als mein Blick noch einmal zum Haus der Hudsons zuckt und meine Gedanken damit unweigerlich bei Kayla landen. Sofort bekommt meine gute Laune einen Dämpfer und ich lehne seufzend meine Stirn aufs Lenkrad. Jetzt habe ich mich so darüber gefreut, dass Lynn sich gemeldet hat, dass ich Kayla ganz vergessen habe. Dabei war sie doch der Grund, weshalb ich eigentlich hergekommen bin. Wieso muss mein Leben so kompliziert verlaufen, wenn ich endlich jemanden gefunden habe, mit dem ich mir eine richtige Beziehung vorstellen kann? Na ja, genau genommen sind es ja sogar zwei Frauen, die dafür in Frage kämen. Wenn das Treffen mit Lynn heute Abend gut verläuft, wovon ich ausgehe, und sie mich näher kennenlernen will, dann muss ich ernsthaft überlegen, wen oder was ich will. Denn es wäre unfair beiden gegenüber, sie über die jeweils andere im Unklaren zu lassen. Und wenn das aus meinem Mund kommt, muss das schon was heißen. Früher bin ich gerne zweigleisig gefahren und habe den Spaß so lange wie möglich genossen, aber diesmal geht das nicht. Diesmal ist alles anders.

Ich starte den Motor und rufe via Freisprechanlage Wes an.

»Was geht, Mann?«

Er klingt müde, was bedeutet, dass ich ihm bei einem seiner vielen täglichen Schläfchen gestört haben muss. »Sie hat sich gemeldet.«

Sofort ist er hellwach und weiß natürlich direkt, um wen es geht. Da muss ich Lynns Namen nicht mal aussprechen. »Echt? Das ist ja mega!«

Ich verziehe das Gesicht zu einer Grimasse, was er natürlich nicht sehen kann und biege um eine Kurve. »Oder etwa nicht?« Mein Schweigen scheint Wes zu irritieren. »Schon, ja. Aber es ist noch etwas anderes passiert heute. Kannst du vorbeikommen? Ich bin gerade auf dem Weg nach Hause.«

»Bin sofort da!«

Eine Viertelstunde später sitzen Wes und ich mit einem Bier in der Hand im Garten vor meinem Bungalow und erörtern die aktuelle Situation.

»Warte, warte, warte.« Wes hebt abwehrend die Hände, um mich am Weitersprechen zu hindern. »Kayla hat dich einfach so geküsst? Obwohl sie erfahren hat, dass du der Traumprinz bist und eigentlich eine andere Frau suchst?«

Ich nicke hilflos und lasse mich in meinen Stuhl zurücksinken. »Du hättest sie sehen müssen, als sie die ganzen Plakate und Slogans inspiziert hat. Ich konnte beinahe zusehen, wie sich die Puzzleteile in ihrem Kopf zusammengesetzt haben. Sie war weiß wie eine Wand. Ich habe schon befürchtet, dass sie jede Sekunde ohnmächtig wird.« Nachdenklich nimmt Wes einen Schluck Bier. Anhand seines Gesichtsausdrucks erkenne ich, dass er versucht sich einen Reim auf die ganze Situation zu machen. Mir selbst ist das alles nach wie vor ebenso schleierhaft. An ihrer Stelle hätte ich mich angeschrien, geschlagen und wäre dann fluchtartig aus dem Bungalow verschwunden. Aber ein Kuss? Damit habe ich im Leben nicht gerechnet.

»Vielleicht wollte sie dir damit beweisen, dass sie mit deiner geheimnisvollen Cinderella mithalten kann«, mutmaßt Wes, doch ich schüttle daraufhin nur mit dem Kopf. So besitzergreifend schätze ich Kayla nicht ein und so habe ich sie bisher auch noch nicht erlebt.

»Kann es sein, dass Kayla und Lynn ein- und dieselbe Person sind? Ich meine, vielleicht hat sie durch die Plakate gemerkt, dass du der Typ bist, mit dem sie seit Monaten Kontakt hat und war deshalb so sprachlos.« Ich schürze die Lippen, bevor ich einen kräftigen Schluck Bier nehme. Seine Erklärung macht Sinn und würde ihre verquere Reaktion erklären. Aber … das kann ich nicht glauben.

»Du hast sie doch gesehen, Wes. Sie ist dunkelblond. Kaylas Haare sind fast schwarz. Und Lynns Augen strahlen in diesem geheimnisvollen grün. Kayla hat warme, braune Augen.«

Mein bester Freund zuckt mit den Schultern. »Kontaktlinsen und Perücke. Heutzutage ist das alles möglich.«

Ich lache so laut, dass mir das Bier direkt wieder aus der Nase rausläuft. Jetzt geht seine Fantasie aber mit ihm durch! Wenn Kayla Kontaktlinsen getragen hätte, wäre mir das wohl aufgefallen. Außerdem bin ich mir sicher, dass ich sie selbst verkleidet erkennen würde.

»Wann triffst du dich mit Lynn?« Wes holt mich auf den Boden der Tatsachen zurück.

»Um sieben«, entgegne ich und werfe einen Blick auf meine Armbanduhr. Noch eine Stunde. Bald muss ich mich auf den Weg machen, um pünktlich am Treffpunkt zu sein. Nervosität und Vorfreude breiten sich in mir aus. Gemischt mit Angst und dem Hauch eines schlechten Gewissens Kayla gegenüber.

»Hast du dir schon überlegt, was du tust, wenn auch Lynn sich als Traumfrau entpuppt?« Wes spricht die Frage aus, vor der ich mich die ganze Zeit gedrückt habe. Ich habe keine Ahnung, was ich dann tun soll. Seufzend fahre ich mir mit der Hand durchs Haar und schüttle den Kopf. Ich will Kayla unter keinen Umständen verletzen oder im schlimmsten Fall verlieren. Dafür hat sie sich bereits zu tief in meinem Herzen verankert. Wes bemerkt meine Verzweiflung und klopft mir aufmunternd auf die Schulter.

»Jetzt warte das Treffen erstmal ab, bevor du dir darüber deinen hübschen Kopf zerbrichst. Vielleicht harmoniert ihr ohne Masken ja gar nicht miteinander.« Es ist ein schwacher Versuch, die negativen Gedanken aus meinem Kopf zu vertreiben, aber dankbar bin ich ihm trotzdem.

Er verabschiedet sich, nachdem er mir das Versprechen abgenommen hat, dass ich mich später noch bei ihm melden werde. Ich spritze mir ein wenig Wasser ins Gesicht, um meine Gedanken an Ort und Stelle zu bringen, schnappe mir dann Autoschlüssel und Portemonnaie und mache mich auf den Weg zum Santa-Monica-Pier. Es ist die wohl längste Autofahrt meines Lebens, dabei dauert sie lediglich dreißig Minuten.

Ich parke den Wagen und mache mich zu Fuß auf den Weg zum Eingang des Vergnügungsparks. Direkt neben dem Kassenhäuschen steht eine Bank, auf der ich mich niederlasse. Ein Blick auf meine Uhr zeigt, dass ich noch fünfzehn Minuten Zeit habe, bis Lynn hier auftaucht. Also checke ich mein Handy. Keine Nachricht von ihr oder Kayla.

Die Minuten vergehen quälend langsam und immer wieder erwische ich mich dabei, wie ich erfolglos Ausschau nach ihren dunkelblonden Haaren halte.

Familien und Freundesgruppen kommen lachend an mir vorbei, bezahlen und betreten den Park. Und ich? Ich sitze weiterhin auf der Bank und warte auf meine Verabredung. Aber mit jeder Sekunde, die vergeht, nachdem es sieben geschlagen hat, werde ich unruhiger. Lynn hat immer betont, wie wichtig ihr Pünktlichkeit wäre, weshalb es mir Sorgen bereitet, dass sie sich selbst nicht daranhält. Immer wieder schaue ich auf mein Handy, doch es bleibt stumm.

Aus Sekunden werden Minuten. Aus Minuten werden Stunden. Und aus Stunden wird eine halbe Ewigkeit. Leute, die gekommen sind, als ich bereits auf der Bank saß, gehen wieder und werfen mir mitleidige Blicke zu. Selbst die Kassiererin hat mich wissen lassen, dass sie nicht davon ausgeht, dass meine Verabredung noch kommen wird. Aber ich bleibe eisern.

Vielleicht ist ihr etwas dazwischengekommen und sie hat ihr Handy vergessen, weshalb sie keine Möglichkeit hat, mich zu benachrichtigen.

Um neun Uhr gehen alle Lichter aus und die Tore des Pacific Park werden geschlossen. Spätestens jetzt, nachdem alle Besucher weg sind und auch die Schausteller den Heimweg antreten, muss ich mir eingestehen, dass sie nicht kommen wird. Lynn hat mich versetzt und ich war ihr nicht mal eine Entschuldigung wert.

Auf dem Weg zu meinem Auto texte ich Wes, dass sie nicht aufgetaucht ist. Seine Antwort kommt noch in derselben Minute. Da hat jemand regelrecht am Telefon auf eine Nachricht von mir gewartet.

Wes: Wie uncool. Soll ich mit 'nem Sixpack Bier vorbeikommen? Wir trinken so lange, bis du nicht mehr weißt, wie sie heißt.

Ich lächle kurz. Diese Loyalität bin ich von Wes gewohnt. Stünde er an meiner Stelle, würde ich genau das Gleiche tun. Trotzdem sage ich ihm ab. Momentan ist mir weder nach Gesellschaft noch Alkohol.

Der Rückweg vergeht deutlich schneller als der Hinweg, aber ich bin mit meinen Gedanken nicht wirklich da. Unter Umständen habe ich sogar zwei rote Ampeln überfahren. Ein Wunder, dass ich heil zuhause ankomme. Mit gedrückter Stimmung betrete ich das Haupthaus. In der Küche hole ich mir eine Flasche Wasser und vernehme Stimmen aus dem angrenzenden Wohnzimmer, weshalb meine Füße mich dorthin tragen.

Meine ganze Familie ist da, sogar Justin. Ich ziehe die Augenbrauen zusammen. Jolina sieht aus, als hätte sie geweint, und auch um Justins Augen zeichnen sich rote Ränder ab. »Was ist los?«

Dad lenkt seinen Blick in meine Richtung. Auch er sieht ziemlich mitgenommen aus.

»Vielleicht setzt du dich lieber, Jake.«

»Ich bleibe stehen, danke.« Ich lehne mich gegen den Türrahmen. Mom sitzt neben Dad und sieht am fertigsten von allen aus.

»Jake, ich habe beschlossen, die Therapie zu beenden.« Ihre Lippen bewegen sich weiter, aber kein Wort kommt mehr bei mir an.

Kann ein Tag noch beschissener werden? Diese lebenseinschneidende Entscheidung kann ich jetzt nicht auch noch verarbeiten. Nicht heute. Also mache ich auf dem Absatz kehrt und fliehe.

Um mich herum ist alles still. Ich nehme nichts mehr wahr, bin wie gelähmt aufgrund der Ereignisse, die heute alle auf mich eingeprasselt sind. Das ist einfach zu viel. Im Bungalow angekommen, lasse ich mich rücklings aufs Bett fallen und starre eine ganze Zeit lang an die Decke.

Vielleicht wäre Wes Gesellschaft doch gar nicht so schlecht gewesen. Ich nehme das Handy in die Hand und spiele mit dem Gedanken, ihn anzurufen. Doch irgendwie lande ich auf einem anderen Chat. Auf dem von der Frau, die ich jetzt am liebsten um mich hätte.

Jake: Kayla, bist du noch wach? Ich brauche dich.

Ich behalte das Telefon in den Händen, in der Hoffnung, dass ihre Antwort schnell erfolgt. Aber auch diesmal werde ich enttäuscht, denn mein Handy bleibt stumm.

Kapitel 23 – *Kayla*

Ich habe das Gefühl, in einer Art Trance zu sein. Vielleicht ist es aber auch nur ein sehr, sehr tiefer Schlaf. Ähnlich wie bei Dornröschen, nur dass ich mich an keiner Nadel gestochen habe. Meine Nadel waren scharfkantige Treppenstufen.

Um mich herum ist alles dunkel. Zwischendurch tauchen verschwommene Bilder vor meinem inneren Auge auf, von denen ich nicht weiß, ob sie der Wirklichkeit entsprechen oder einfach nur Konstrukte meines kaputten Verstandes sind.

Rote, flackernde Lichter. Gesichter, die ich nicht zuordnen kann. Masken und einzelne Heels, die irgendwo herumliegen. Sie stehen in keinem Zusammenhang miteinander. Manchmal höre ich auch Stimmen. Sie sind gedämpft, als würde ich hinter einer dicken Glaswand stehen, durch die Laute nur geringfügig durchdringen. Deshalb kann ich die Stimmen auch nicht zuordnen. Einmal ist es ein verwirrtes, stetig anhaltendes Murmeln. Ein anderes Mal ein hysterisches Lachen, das mir in den Ohren wehtut, oder eine besorgte, leise Stimme, die sich nach zuhause anhört. Jede Stimme klingt vertraut, aber mir will nicht einfallen, zu wem sie gehören könnten. Egal, wie sehr ich mich auch darauf konzentriere.

In der ersten Zeit wache ich zwischendurch sogar auf. Es sind nur kurze Momente, die sich wie ein Traum anfühlen. Ich erinnere mich nur bedingt daran. Meine Wahrnehmung ist durch einen schweren Nebel verunreinigt. Alles, was ich weiß, ist, dass der rote Knopf in meiner Hand mir die Schmerzen nimmt. Er lässt sie erst verblassen und dann ganz verschwinden, damit ich wieder entspannt einschlafen kann.

Irgendwann wache ich gar nicht mehr auf, was in mir die Sorge weckt, gestorben zu sein. Mir bleiben nur die Dunkelheit und die wirren Träume, die mich hin und wieder verfolgen. Ist es das, was einem nach dem Tod erwartet? Ein dunkles Nichts? Das erscheint mir zu trostlos, weshalb ich diese Theorie schnell wieder verwerfe. Außerdem: Können Tote sich überhaupt über Dinge sorgen? Oder Angst vor den Bildern haben, die sie heimsuchen?

Eines Tages wache ich schließlich auf, ohne das Bedürfnis zu haben, direkt wieder einschlafen zu wollen. Wie viel Zeit bisher vergangen ist? Es können Minuten, Stunden, Tage oder sogar Wochen gewesen sein. Die Schmerzen sind nicht mehr so stark wie zuvor. Ich spüre ein Pochen im Kopf, ein starkes Ziehen in meiner Rippengegend und fühle mich bewegungseingeschränkt.

Ich blinzle ein paar Mal, um mich zu orientieren. Das hier ist definitiv nicht mein Zimmer. Die Wände sind zu gelb.

Eine einladende Farbe, aber nicht mein Geschmack. Neben meinem Bett stehen mehrere Monitore, die jede Sekunde ein nervtötendes Piepsen abgeben. Stirnrunzelnd stelle ich fest, dass von meinem Körper mehrere Schläuche abgehen. Ich beginne zu zittern, als ich sehe, dass in meinem rechten Arm und in meinem Hals Nadeln stecken, die Flüssigkeiten in mich hineinpumpen. Langsam erkennt mein Verstand, dass ich mich in einem Krankenhaus befinde.

Mein Blick gleitet weiter durch den Raum. Von meinem Bett aus kann ich vier weitere Personen erkennen. Alle tragen blaue Schutzkittel, die sie von Kopf bis Fuß bedecken und sogar einen Mundschutz. Einen Moment lang starre ich sie an, doch dann kann ich ihre Augenpartien zuordnen. Es handelt sich um Familie Marino. Francesca und Enzo unterhalten sich leise miteinander. Giulia sitzt auf einem sehr unbequem aussehenden Stuhl am Fenster und dreht gedankenverloren ihr Telefon in den Händen. Selbst Mario lehnt auf der anderen Seite des Zimmers an der Wand. Nur Mom sehe ich nirgends.

»Hey.« Ich erschrecke mich selbst vor meiner Stimme. Sie ist nicht mehr als ein heiseres Krächzen, aber es reicht, um die Aufmerksamkeit aller im Raum zu wecken.

»Wasser, bitte.« Verdammt, warum ist meine Kehle so trocken? Jetzt kommt Leben in die Runde. Mario wird rausgeschickt, um einen Arzt zu holen. Giulia und Francesca stürzen fast zeitgleich ans Bett und Enzo bleibt abwartend auf seinem bisherigen Platz sehen. Aber die Erleichterung in seinem Blick ist unverkennbar. Vorsichtig schiebt Giulia mir einen Strohhalm zwischen die Lippen und bedeutet mir zu trinken, mahnt aber, dass ich es nicht übertreiben soll. Das kühle Wasser ist eine Wohltat für meinen geschundenen Hals. Am liebsten hätte ich gleich den ganzen Becher geleert, aber bereits nach wenigen Schlucken nimmt Giulia ihn mir wieder weg.

»Wo ist …«, ich räuspere mich kurz und zucke zusammen. Das tut beinahe so weh wie das Sprechen selbst. »Wo ist Mom?«

Die drei wechseln einen schnellen Blick. »Das erzählen wir dir nachher, Liebes.« Francesca streicht mir eine Strähne aus dem Gesicht. Ich kann mir nicht helfen, aber es riecht verbrannt. »Wie fühlst du dich?«

Ich will mit den Schultern zucken, halte jedoch sofort inne, als ein stechender Schmerz meinen Körper durchzuckt. »Ging mir schon besser.«

Ich hatte gehofft, dass meine Stimmbänder durch jedes Wort, das ich spreche, geschmeidiger werden, aber das Gegenteil ist der Fall. Es tut nur noch mehr weh. Als nächstes kommen drei weitere vermummte Leute in den Raum und schicken alle raus, bis auf Francesca. Sie überprüfen die Monitore und Schläuche. Leuchten mir in die Augen, fragen, wie ich meine Schmerzen auf einer Skala von eins bis zehn bewerten würde und verschwinden dann genauso schnell, wie sie gekommen sind. Es wäre übrigens eine vier gewesen.

Nur ein junger Mann bleibt zurück. Vorsichtig lässt er sich

am Fußende meines Bettes nieder und zieht den Mundschutz runter, damit ich sein Gesicht und sein freundliches Lächeln sehen kann.

»Kayla, wie schön, dass du wieder wach bist. Ich bin Dr. Saxton, dein behandelnder Arzt.« Er ist höchstens Mitte 30 und sieht eigentlich zu gut aus, um Arzt zu sein, aber okay ... nehme ich mal so hin. »Kannst du mir sagen, was das Letzte ist, an das du dich erinnerst?«

Ich schürze die Lippen und denke angestrengt nach. Alles ist verschwommen, sodass ich kein klares Bild zustande kriege.

»Ich glaube, ich habe mich mit meiner Mom gestritten«, sage ich schließlich langsam. »Es war ein heftiger Streit.« Ich räuspere mich kurz, damit die Stimme weiter funktioniert. »Und ... ich glaube, ich bin die Treppe runtergefallen?«

Dr. Saxton nickt und sieht zufrieden aus. »Das war sehr gut. Erinnerst du dich an noch etwas?« Ich versuche mein sonst so gut funktionierendes Gedächtnis in Gang zu bringen, aber es kommt nichts. Seufzend schüttle ich den Kopf. Dr. Saxton und Francesca wechseln einen kurzen Blick.

»Das mit dem Treppensturz stimmt. Du hast ein Schädel-Hirn-Trauma ersten Grades, deshalb ist dein Gedächtnis auch leicht beeinträchtigt. Außerdem hast du dir mehrere Rippen gebrochen und Einiges geprellt.«

Ich sehe zwischen den beiden hin und her. »Aber da ist noch mehr.«

Dr. Saxton lächelt. »Du bist sehr aufmerksam.« Dann wird er wieder ernst. »Kayla, es gab ein Feuer bei dir zuhause.« Sofort steigt Panik in mir auf, was sich in dem hektischen Piepsen der Monitore widerspiegelt. Ist Mom deshalb nicht hier? Wurde sie dabei vielleicht schwer verletzt? »Wo ist Mom? Geht es ihr gut?«

Francesca legt mir beruhigend die Hand aufs Knie. »Es geht ihr den Umständen entsprechend gut, ja. Wir werden später ausführlich darüber reden, okay?«

Ich nicke und schaue wieder zu Dr. Saxton. »Kayla …«, er scheint nach den richtigen Worten zu suchen. »Erst die Feuerwehrmänner konnten dich aus dem Haus holen. Deine Mom hat es zwar versucht, aber nicht geschafft.«

Ich runzle die Stirn. Was versucht er mir da zu sagen?

»Zwölf Prozent deiner Haut sind dabei verbrannt. Wir mussten sie teilweise chirurgisch entfernen und transplantieren.« Entsetzen breitet sich in mir aus. Mein Blick gleitet über meine linke Körperhälfte. Der Arm ist von der Schulter bis zum Ellenbogen in einen Verband gewickelt, ebenso wie mein komplettes linkes Bein und Teile des Rechten. »Es ist nur eine vorläufige Transplantation. Dein Körper wird die Haut in etwa drei Wochen abstoßen. Dann werden wir dich erneut operieren und fügen ein autogenes Hauttransplantat ein. Von deiner gesunden Haut.«

Ich verstehe nur die Hälfte von dem, was er da sagt. Mein Kopf ist voll von anderen Gedanken, die jetzt schon lautstark *hässlich* schreien. Ich wurde fürs Leben gezeichnet. Tränen laufen meine Wangen hinab.

»Kayla …« Dr. Saxton versucht meine Aufmerksamkeit wieder auf sich zu ziehen, aber mit einem einfachen Kopfschütteln bedeute ich ihm, nicht weiterzusprechen. »Ich will einen Spiegel.«

Francesca schürzt die Lippen und auch Dr. Saxton versucht mich zu überreden, damit noch etwas zu warten. Ich müsse jetzt viele Dinge verarbeiten und solle mir nicht alles auf einmal zumuten. »Einen Spiegel, jetzt.«

Vielleicht ist es der drohende Unterton in meiner Stimme, vielleicht der feste Ausdruck in meinen Augen oder die Tatsache, dass Dr. Saxton in mir eine Kämpferin sieht. Auf jeden Fall steht er auf und reicht mir einen Handspiegel. Nach einem tiefen Atemzug hebe ich ihn hoch und keuche erschrocken auf. Mein Gesicht ist soweit unversehrt. Keine Brandwunden oder anderweitige Verletzungen. Aber meine Wimpern sind weg, ebenso wie meine Augenbrauen. Und bei genauerem Hinsehen bemerke ich, dass auch mein langes, dunkles Haar teilweise angesengt wurde. Jetzt wird mir auch klar, woher der verbrannte Geruch kommt.

»Ich weißt, es ist schwer zu verstehen, aber du hattest wirklich großes Glück, Kayla.« Glück? Der Typ versteht nicht, was das bedeutet! »Durch den Sturz lagst du in einer günstigen Position. Vielleicht hat auch deine Mom noch dazu beigetragen, aber der Großteil deines Körpers war dem Feuer nicht ausgesetzt.«

Das heitert mich nicht gerade auf. Allein der Gedanke, dass ich bewusstlos in einem brennenden Haus lag und hätte sterben können, lässt Übelkeit in mir aufsteigen. Und noch bevor ich es verhindern kann, erbreche ich mich direkt auf den Fußboden neben mir. Sofort eilt Francesca an meine Seite und hält mir die Haare zurück.

Überraschend schnell kommt eine Schwester, um alles aufzuwischen und nachdem ich meinen Mund mit etwas Wasser ausspülen konnte, lasse ich mich erschöpft wieder in die Kissen sinken. Dr. Saxton erklärt mir derweil, dass sich die Haut an meinem Rumpf von allein regenerieren wird, da es sich dort um Verbrennungen ersten Grades handelt. Meine beiden Füße, den linken Unterschenkel und den linken Arm hat es am schlimmsten getroffen, weil sie dem Feuer am nächsten waren. Man spreche hier von schwerwiegenden Verbrennungen zweiten Grades, nach deren Heilung ich mit Narbenbildung rechnen muss. Er redet von Physiotherapie und Reha, aber eigentlich höre ich ihm schon gar nicht mehr zu. Es ist alles zu viel. Am liebsten würde ich wieder einschlafen und vergessen, was ich gerade erfahren habe.

»Wie lange war ich weg?« Ganz unhöflich unterbreche ich Dr. Saxton, der damit allerdings kein Problem zu haben scheint.

»Richtig weg warst du nie«, entgegnet er, woraufhin ich erleichtert aufatme. »Durch das Feuer hast du eine leichte Rauchgasinhalation erlitten. Das konnten wir mit Sauerstoffgabe therapieren. Durch den Sturz allerdings hat sich ein sogenannter Hämatothorax gebildet, du hattest also Blut im Brustkorb. Dafür mussten wir einen Schnitt zwischen deinen Rippen machen, um dein Überleben zu garantieren. Sonst wärst du innerlich verblutet.«

Um mein Überleben zu garantieren! Ein Schauer läuft meinen Rücken hinab und lässt mich frösteln. Dann muss es wirklich schlecht um mich gestanden haben. »Im Mund- und Rachenraum haben wir leichte Verbrennungen erkennen können. Das weist darauf hin, dass du nicht die ganze Zeit bewusstlos gewesen bist, sondern versucht haben musst, dich nach draußen zu retten. Das Einatmen des Rauches hat dich dann aber wieder ausgeknockt.«

Es gefällt mir, dass er versucht, mir alles so verständlich wie möglich zu machen, aber auf einmal übermannt mich erneut die Müdigkeit.

»Lassen Sie uns später weiterreden«, nuschle ich und schließe die Augen. »Mir ist das jetzt einfach zu viel.«

Aus später wird der darauffolgende Tag. Ich war fest entschlossen, mehr über Moms Aufenthaltsort rauszufinden und über das, was passiert ist, aber als die Krankenschwester kam, um meine Verbände zu wechseln, rückte alles in den Hintergrund.

Meine Füße und das Bein sehen schlimm aus. Ich spüre keinerlei Schmerzen und das macht mir am meisten Angst. Jetzt werden mir Dr. Saxtons Worte erst richtig bewusst. Er meinte zwar, dass meine Nerven nicht beschädigt wurden, aber wenn ich mir die Verbrennungen so anschaue, dann weiß ich nicht, ob ich mich jemals trauen werde, wieder einen Fuß auf festen Boden zu setzen. Der Arm sieht tatsächlich gar nicht so schlimm aus, aber meinen Handrücken hat es ganz schön erwischt. Auch hier werden Narben zurückbleiben. Kurze Hosen und T-Shirts sind dann wohl Geschichte. Oder ich muss einen Kurs zur Stärkung des Selbstvertrauens besuchen, damit mir die Blicke der anderen einfach egal sind.

Giulia und Toni besuchen mich am Nachmittag, doch ich habe keine große Lust, mich zu unterhalten. Zu tief sitzt der Schock über den Anblick meiner Wunden. Nach einer Stunde geben sie den Versuch, mich auf andere Gedanken zu bringen, auf und verabschieden sich wieder. Natürlich mit dem Versprechen, am nächsten Tag wiederzukommen. Ich glaube nicht, dass sie mich aus meinem depressiven Loch werden herausholen können, aber ich bin ihnen dankbar für den Versuch.

Allerdings taucht am nächsten Vormittag erst einmal Francesca auf, in Begleitung von einer Frau und einem Mann, die verdächtig nach Polizei aussehen. Ich lege das Buch beiseite, das Giulia mir mitgebracht hat, und sehe Francesca fragend an. Sie setzt sich zu mir ans Bett und nimmt meine gesunde Hand, sodass mich der leise Verdacht beschleicht, dass ich gleich erfahren werde, was mit Mom ist. Die Anwesenheit der Polizisten bereitet mir dabei die größte Sorge.

»Kayla, das sind Detective Brown und Sawyer.« Sie nicken mir zu und ziehen sich Stühle heran, damit wir auf Augenhöhe sprechen können.

»Kayla, du hast dich sicherlich schon gefragt, wo deine Mom ist.« Die Frau, die ich aufgrund ihres Namenschildes als Detective Sawyer ausmache, sieht mich an. Ich nicke und füge gedanklich ein »Mehrmals« hinzu. »Erstmal kann ich dir sagen, dass es ihr gut geht. Sie wurde bei dem Brand nicht verletzt.«

Erleichtert atme ich aus. Trotzdem lässt mich das Gefühl nicht los, dass gleich noch etwas folgt, das meine Welt aus den Angeln heben wird.

»Aber, wo ist sie dann?« Wenn sie nicht selbst verletzt ist, wird sie wohl kaum im Krankenhaus sein und unser Haus ist unbewohnbar, wenn ich Toni richtig verstanden habe. Dann bleibt eigentlich nur noch ein Hotel. Aber wie kann sie seelenruhig den Zimmerservice eines solchen Etablissement genießen, wenn ich schwer verletzt um mein Leben kämpfe?

Trägt sie mir unseren Streit noch so sehr nach, dass sie mich nicht einmal besuchen kommt? Das passt doch alles nicht zusammen. Detective Sawyer räuspert sich kurz und wechselt einen schnellen Blick mit ihrem Partner.

»Sie ist im Gefängnis, Kayla.« Ich starre sie an und versuche die Worte zu verarbeiten. Ich muss mich verhört haben.

»Warum sollte sie da sein? Wegen des Feuers? Das war doch ein Unfall, oder nicht?« Jetzt ist es Detective Brown, der mich ansieht. Sein Blick ist um Einiges wärmer als der seiner Kollegin und seine Stimme ist auch deutlich einfühlsamer. »Das Feuer ist im Schlafzimmer deiner Mutter ausgebrochen. Wohl durch eine umgekippte Kerze. Daraufhin hat ein Sofa Feuer gefangen. Die Flammen haben sich immer weiter ausgebreitet, denn durch die Ornamente an euren Wänden hatten sie einen exzellenten Brandbeschleuniger. Die waren nämlich nicht so hochwertig gearbeitet wie vielleicht von deiner Mom angenommen. Es war nur Styropor und das brennt wie Zunder.«

»Eine Kerze?« Ich klinge etwas ratlos. Mom ist nicht der Typ für Dekoration und Kerzen. Nur meine Zimmer schlagen aus der Art.

»In dem Raum war eine Art … wie soll ich sagen? Altar aufgebaut. Mit Fotos von einem kleinen, blonden Mädchen.« O Gott.

»Lizzie«, sage ich beinahe tonlos und schüttle fassungslos den Kopf. Das Moms Trauer in einem Altar für ihre verstorbene Tochter gipfelt, hätte ich nie gedacht.

»Gut, dann ist Mom eben eine Kerze umgefallen, die den

Brand ausgelöst hat.« Ich stocke einen Moment. Irgendwas passt hier nicht. »Wieso hat sie den Brand nicht einfach gelöscht?«, murmle ich leise. Er hätte sich doch niemals so ausbreiten müssen.

»Das konnte sie nicht, Kayla.« Detective Sawyer sieht mich direkt an. »Weil sie betrunken war.«

Ich seufze. Das Mom ein Alkoholproblem hat, ist mir bewusst. Auch in diesem Punkt hätte sie keine Hilfe von außen akzeptiert. Ebenso wenig wie bei der Trauerbewältigung.

»Aber das sind doch alles keine Gründe, sie ins Gefängnis zu stecken!«

»Entführung schon.« Ich sehe Detective Sawyer an, als hätte sie sich gerade in eine blaue Kuh mit Flügeln verwandelt.

Ihr Partner wirft ihr einen kurzen, bösen Blick zu. Er hatte sich den Verlauf dieses Gesprächs wohl etwas anders vorgestellt. Einfühlsamer vielleicht.

»Wie bitte?« Meine Stimme trieft vor Unglauben.

»Kayla, Miranda Hudson ist nicht deine leibliche Mutter.« Francescas Griff um meine Hand wird stärker. Ich hatte fast vergessen, dass sie auch noch hier ist, weil ich so auf die Detectives fokussiert gewesen bin.

»Was reden Sie da für einen Bullshit? Natürlich ist sie meine Mom.«

»Kayla, hör dir an, was die beiden zu sagen haben.« Francesca sieht mich eindringlich an. Also schließe ich den Mund wieder und warte auf weitere Erklärungen, aber schon jetzt beschleicht mich der leise Verdacht, dass sie womöglich doch die Wahrheit sagen könnten.

»Als du ins Krankenhaus eingeliefert wurdest, musste man deine Blutgruppe bestimmen, um auf alle Eventualitäten vorbereitet zu sein.« Detective Sawyer macht eine kurze Pause. »Deine Proben wurden analysiert und ins System eingegeben und dabei ist eine Meldung aufgetaucht. Du wurdest am

03.04.2002 hier in diesem Krankenhaus geboren und am 10.04.2002 als vermisst gemeldet.«

»Das kann nicht sein. Ich wurde in Prag geboren. So steht es auf der Geburtsurkunde.« Oder zumindest hat Mom es mir so erzählt. Gestresst massiere ich mir die Schläfen und versuche ruhig zu atmen, aber all diese Informationen und Unterstellungen bringen meinen Kopf beinahe zum Explodieren.

»Nein, wurdest du nicht. Alle offiziellen Dokumente wurden gefälscht. Du musst verstehen, dass du nicht Kayla Lynn Hudson bist …«, Detective Sawyer sieht mich eindringlich an, »… sondern Micaela Kingston.«

Kapitel 24 – *Kayla*

Mein ganzes Leben ist eine Lüge und plötzlich weiß ich nicht mehr, was mich als Person ausmacht.

Das Gespräch mit den Detectives ist jetzt zwei Tage her und ich habe es noch immer nicht verarbeitet. Vielleicht werde ich das auch nie. Ich stelle alles in Frage, was Mom jemals zu mir gesagt hat. Nein, nicht Mom. Miranda. Sie mag sich als meine Mutter betitelt und gefühlt haben, aber Fakt ist, dass sie es nicht ist. Irgendwo hier in Los Angeles trauert eine Frau noch immer um den Verlust ihrer Tochter und glaubt, dass sie sie niemals wiedersehen wird.

Immerhin sind inzwischen 19 Jahre vergangen. 19 Jahre! Da gibt man doch irgendwann die Hoffnung auf ein Wiedersehen auf, oder nicht? Jedes Wort wird auf die Goldwaage gelegt. Was davon war wahr? Was falsch? Ich weiß einfach nicht mehr, was ich noch glauben soll.

Andererseits werden mir jetzt einige Handlungen klar, die ich zuvor nie nachvollziehen konnte. Wenn ich als Kind krank war, sind wir nicht zum Arzt oder in ein Krankenhaus gefahren. Nein, es kam immer ein befreundeter Doktor nach Hause, der höchstwahrscheinlich sogar in die Entführung eingeweiht war. Es muss so gewesen sein, denn in jedem Krankenhaus wäre diese Straftat durch einen einzigen Bluttest aufgeflogen. In den seltenen Fällen, in denen wir mal gemeinsam das Haus verlassen haben, musste ich Kontaktlinsen tragen. Jetzt macht das auch Sinn: Meine leuchtend grünen Augen fallen deutlich mehr auf als ein schlichtes Braun. Online- oder Privatunterricht, fast keine Freunde, kein Privatleben, eingesperrt in einem großen, luxuriösen Haus, um nicht erkannt zu werden oder aufzufallen. Das war nicht zu meinem Schutz oder aus Angst, dass mir etwas passieren könnte. Das war purer Eigennutz.

Detective Sawyer hat am Ende unseres Gesprächs gesagt, dass mein Dad nach wie vor in Los Angeles lebt. Er ist also zum Greifen nah und doch so fern. Wieso Miranda mit dem Umzug hierher das Risiko eingegangen ist, aufzufliegen, begreife ich nicht. Die Wahrscheinlichkeit, erwischt zu werden, ist in dieser Stadt doch viel größer als überall sonst auf der Welt.

»Das ist wirklich eine abgefahrene Geschichte.« Mario lehnt sich fassungslos auf seinem Stuhl zurück. Er besucht mich heute gemeinsam mit Giulia und Toni. Und obwohl meine Laune sich im Vergleich zu ihrem letzten Besuch nicht wirklich gebessert hat, bin ich doch froh, dass sie hier sind. Allein mit meinen Gedanken zu sein, ist momentan keine Option. »Wir sollten direkt die Filmrechte sichern.«

Giulia wirft ihm ein Kissen an den Kopf. »Das machen wir ganz sicher nicht. Für Kayla ist das traumatisch!«

Ich werfe ihr einen dankbaren Blick zu, während Mario eine Entschuldigung murmelt und das Kissen auf seinem Schoß drapiert.

»Kaum zu fassen, dass ich für eine Entführerin gearbeitet habe.« Toni schüttelt fassungslos den Kopf.

»Wir sind bei ihr ein und aus gegangen.« Giulia klingt ähnlich bestürzt.

»Ich habe mit ihr gewohnt«, rufe ich ihnen trocken in Erinnerung, was beide direkt verstummen lässt. Für einen kurzen Moment breitet sich Schweigen aus. Wie soll man auch die richtigen Worte für eine so Situation finden?

»Wo willst du denn wohnen, wenn das alles vorbei ist?« Giulia sieht mich an, doch ich zucke nur vorsichtig mit den Schultern. Tut zwar immer noch weh, klappt aber schon deutlich besser als vor ein paar Tagen.

»Erstmal bleibe ich weiterhin hier. Es steht noch eine OP an. Danach geht's in die Reha und dann … kann ich vielleicht erstmal bei euch wohnen, Gi?«

»Ganz bestimmt«, erwidert Giulia. »Mom und Dad übernehmen sicherlich auch die Vormundschaft für dich.«

Sie sprüht vor Begeisterung und so gerne ich auf den Zug dieses Gedankenexperiments aufgesprungen wäre, macht Mario alles mit einem Kopfschütteln zunichte. »Hast du da nicht etwas vergessen? Sie hat Eltern, die seit Jahren darauf warten, ihr Kind zurückzubekommen. Denen wird die Vormundschaft zugesprochen.«

»Aber sie kennt diese Menschen doch gar nicht!« Meine beste Freundin klingt entrüstet, was mich zum Lachen bringt.

»Weißt du irgendwas über deinen Dad?« Toni sieht mich fragend an, doch zu seiner Enttäuschung wackle ich nur vage mit dem Kopf, was ein schmerzhaftes Pochen auslöst.

»Er heißt Dave Kingston.« Bei dem Namen regen sich Erinnerungen in mir, aber ich kann sie nicht abrufen. Mein Gedächtnis hat bei dem Sturz einen richtigen Dämpfer bekommen.

»Dave Kingston, hm?« Mario zückt sein Handy. »Dann gucken wir doch mal, was Google über ihn weiß.«

Er tippt auf dem Display herum und mit jeder neuen Seite, die er öffnet, werden seine Augen größer. »Alter, Kay!« Ich ziehe eine meiner nicht mehr vorhandenen Augenbraue nach oben. Es ist merkwürdig meinen Spitznamen aus seinem Mund zu hören.

»Du bist 'ne Milliardärstochter!«

»Wie bitte?« Er steht auf, schubst Giulia vom Bett und setzt sich neben mich. Aufgeregt zeigt er mir einen Artikel der GQ.

»Er ist ziemlich erfolgreich an der Börse. Hat vor 30 Jahren in Microsoft investiert und damit das große Geld gemacht. Als 2009 die Bitcoins auf den Markt kamen, hat er das auch als Kapitalanlage gesehen und ist jetzt ein noch wohlhabenderer Mann als vorher! Scheint ein gutes Händchen für Aktien zu haben, dein Dad. Vielleicht hole ich mir da mal den einen oder anderen Tipp.« Mario freut sich wie ein kleines Kind an Weihnachten. »Du hast ausgesorgt fürs Leben.«

»Gibt es irgendwo ein Bild von ihm?« Neugierig lugt Giulia über die Schulter ihres Bruders. Der vergrößert das Bild des Artikels und diesmal bin ich diejenige, die große Augen macht.

»Den kenne ich!« Sofort sehen mich alle an. »Er war bei Jake zuhause an dem Tag bevor es … naja ihr wisst schon. Er ist sein Patenonkel.«

Plötzlich fällt mir alles wieder ein, als hätte mein Hirn nur einen Schubs in die richtige Richtung gebraucht. Jake hat erzählt, dass seine Tochter entführt wurde. Er war mit Miranda verheiratet und hat durch einen Moment der Unachtsamkeit Lizzie nicht retten können. Hat Miranda mich deshalb entführt? Aus Rache, weil er ihr Leben zerstört hat? Ihr unabsichtlich den Menschen genommen hat, der ihr am wichtigsten war?

Nachdenklich betrachte ich das Foto. So ähnlich sehe ich ihm gar nicht.

»Als ich ihn bei Jake getroffen habe, meinte er, dass ich aussehe wie seine verstorbene Frau. Steht da irgendwas über seine Familie?« Mario schaltet seinen Spürnasenmodus wieder an und tippt wie wild auf dem Display.

»Vor 18 Jahren ist sie gestorben. Selbstmord.« Er hält inne und wirft mir einen mitleidigen Blick zu. Diese Frau war dann wohl meine leibliche Mutter. Und sie ist zerbrochen an dem Verlust ihrer Tochter. Dadurch wurde mir die Chance genommen, sie kennenzulernen und allein der Gedanke ist schwer zu akzeptieren. Ein dumpfes Gefühl breitet sich in mir aus und es tut mehr weh als gedacht. Meine Gedanken wandern zu Miranda. Eigentlich sind die beiden Frauen sich nicht unähnlich. Beide haben einen wichtigen Menschen verloren, nur haben sie unterschiedliche Wege gewählt, um damit umzugehen.

»Aber inzwischen ist er wieder neu verheiratet und hat zwei Stieftöchter.« Es wird wieder still zwischen uns. Die ganze Situation ist so sensibel, dass niemand richtig zu wissen scheint, wie er damit umgehen soll. Ich hänge meinen Gedanken nach. Zwei Stiefschwestern …, wenn er wirklich Kontakt zu mir aufnehmen sollte und ich nach meinen ganzen Behandlungen zu ihm ziehen will, wird das eine ganz neue Erfahrung für mich. Mit einer richtigen Familie kenne ich mich nämlich nicht aus.

Ein Klopfen durchbricht die drückende Stimmung. »Herein.« Ich richte mich ein Stück auf, soweit das aus eigener Kraft möglich ist. Die Tür geht auf und überraschenderweise steht ein sehr nervöser Dave Kingston vor uns. Dass er jetzt so schnell hier auftaucht, hätte ich nicht gedacht. In der Hand hält er einen Strauß gelber Nelken.

»Die bringt man seiner sterbenden Oma mit«, raunt Toni mir zu, woraufhin ich ihm einen Schlag gegen die Brust verpasse.

»Hallo.« Er lächelt mich vorsichtig an, was ich ebenso zurückhaltend erwidere.

»Hallo. Komm doch rein.« Unsicher blickt er zwischen uns hin und her. Giulia ist die Erste, die auf den Stimmungsumschwung im Zimmer reagiert.

»Jungs, wir gehen. Kayla, ich rufe dich später an.« Bestimmt schiebt sie Mario und Toni aus dem Zimmer, die dagegen lautstark protestieren. Natürlich wollen sie wissen, was als nächstes passiert. Aber das kann ich ihnen später auch am Telefon erzählen. Die Tür fällt ins Schloss und ich bin zum ersten Mal allein mit meinem richtigen Dad.

»Ich wusste nicht, welche Blumen du magst, deshalb habe ich diese mitgebracht. Die Verkäuferin meinte, sie eignen sich gut für Krankenhausbesuche.« Ich lächle leicht, als er den Strauß am Fußende meines Bettes ablegt und sich einen Stuhl heranzieht.

»Du kannst dir nicht vorstellen, wie erleichtert ich war, als die Polizei angerufen hat.« Er verschränkt die Hände ineinander und sieht mich an. Seine braunen Augen strahlen und ich kann die Freude darin sehen. Sie wirken ganz anders als letztens, als ich ihn bei Jake getroffen habe. Da haben sie zwar auch freundlich und aufgeschlossen gewirkt, aber eine gewisse Trauer war ihnen anzusehen. Die ist jetzt gänzlich verschwunden. »Natürlich habe ich die Hoffnung auf ein Wiedersehen nie aufgegeben, aber an manchen Tagen ...«

Ich nicke. »Es muss schwer gewesen sein, all die Jahre mit der Ungewissheit zu leben.«

»Du hast keine Ahnung.« Er sieht mich an und ich rutsche nervös im Bett herum. Das Treffen läuft deutlich besser, als ich erwartet habe, aber befremdlich ist es dennoch.

»Normalerweise sehe ich besser aus«, murmle ich und verziehe den Mund ein wenig. »Und gesünder, soviel steht fest.«

Er lacht, doch es erreicht seine Augen nicht. »Wie ... also ... wie geht es dir denn?«

Ich beiße mir auf die Unterlippe. »Meine Prellungen und der Kopf tun am meisten weh. Manchmal habe ich das Gefühl, er würde gleich zerspringen. Von den Verbrennungen merke ich nicht viel. Der Arm kribbelt und juckt manchmal, aber Schmerzen habe ich keine. Und das Bein ...« Ich halte einen Moment inne und wir blicke beide auf die akribisch angelegten Verbände, welche die hässlichen Wunden dort verdecken. »Es sind keine Nerven betroffen, aber ich muss trotzdem noch einmal operiert werden. Die Transplantate sind nur vorläufig. Es wird ein langer und harter Genesungsprozess.«

»Wenn du das willst, musst du das nicht allein durchstehen.« Er räuspert sich und auf einmal kann ich den Schmerz in seinen Augen sehen. Auch ein wenig Hoffnung, aber ersteres überwiegt. Er hat neunzehn Jahre auf diesen Moment gewartet und jetzt sitzt er am Krankenbett seiner totgeglaubten Tochter, die von einem normalen und sorgenfreien Leben momentan weit entfernt ist. Ich murmele ein Danke, bevor wir wieder schweigen.

»Du hast dir das Wiedersehen bestimmt anders vorgestellt.«

Sofort schüttelt er den Kopf.

»Ich bin froh, dich überhaupt zu sehen. Die Umstände sind mir egal. Es tut mir nur leid für dich, dass du das alles mitmachen musstest.« Die Andeutung eines Lächelns huscht über meine Lippen. In den letzten Tagen gab es nicht viel, was mich positiv gestimmt oder zu einem Lächeln verleitet hat.

»Micaela, was deine Wohnsituation angeht …« Ich hebe die Hand, um ihn am Sprechen zu hindern. »Kayla, bitte. Ich habe 19 Jahre mit diesem Namen gelebt und von einem Moment auf den anderen wurde mir alles genommen, was ich kannte. Bitte lass mir wenigstens dieses Stück Normalität.«

Er seufzt, nickt aber. Ich halte ihn für einen intelligenten Mann, der versteht, wie unwohl ich mich jetzt auch noch mit einem fremden Namen fühlen würde.

»Dann … Kayla. Ich habe mir Gedanken über deine Wohnsituation gemacht. Ich weiß, dass es noch recht früh ist, aber wenn das alles vorbei ist, würde ich mich freuen, wenn du bei mir wohnen würdest.«

Ich sehe ihn geplättet an. Wusste ich, dass dieses Angebot irgendwann kommt? Ja, definitiv. Habe ich damit gerechnet, dass es so schnell sein wird? Nein, auf keinen Fall.

»Was sagt denn deine Familie dazu?« Unsicher knete ich meine Hände. Ich kann mir kaum vorstellen, dass sie begeistert davon sein werden, wenn ein fremdes neunzehnjähriges Mädchen plötzlich auftaucht und bei ihnen einzieht. Doch Dave wischt meine Bedenken mit einer lockeren Handbewegung beiseite.

»Sie haben kein Problem damit. Immerhin bist du meine Tochter. Du gehörst jetzt zur Familie und wir haben 19 verlorene Jahre nachzuholen.« Ich räuspere mich und atme tief durch. Bei ihm klingt das alles so einfach. Aber ich fürchte, dass er einige entscheidende Punkte vergessen hat.

»Ich möchte dir nur nochmal ins Gedächtnis rufen, dass ich gehandicapt sein werde.« Mit einem leichten Kopfnicken deute ich auf mein Bein. »Ich werde wahrscheinlich erstmal wieder lernen müssen, wie man läuft. Auch wenn keine Nerven betroffen sind, kann ich mir momentan nicht vorstellen, einen Fuß vor den anderen zu setzen.«

Sein Blick zuckt ebenfalls erneut in die angedeutete Richtung. »Ich würde dir die besten Physiotherapeuten besorgen, die ich finden kann. Zusammen bekommen wir das hin. Ganz sicher.«

Er klingt so zuversichtlich, dass es mir schmerzlich das Herz zusammenzieht. Denn mir fehlt dieses positive Denken komplett. Meine ständige Sorge ist, dass alle bemerken, dass mit meinem Bein etwas nicht stimmt. Egal wie gut Dr. Saxton die neue Haut auch transplantieren mag, man wird es immer sehen. Mit jedem Blick in den Spiegel werde ich daran erinnert, dass mein Leben eine Lüge war. Und ich weiß nicht, wie ich damit fertig werden soll.

Dave hat inzwischen wieder zu sprechen begonnen, weshalb ich mich zwinge, meinem negativen Gedankenstrudel zu entkommen und ihm wieder zuzuhören. »… ich kann mir vorstellen, dass das Zusammenleben mit Miranda nicht leicht war.«

»Hast du mit ihr gesprochen?«

Er schüttelt den Kopf. »Das werde ich auch nicht tun. Sie kann mit meinen Anwälten reden.«

Seine Stimme ist hart, sein Blick eisig. Da wird mir plötzlich klar, dass er diese Frau hassen muss für das, was sie ihm angetan hat. Was sie seiner Frau angetan hat.

Und Miranda muss Dave ebenso verabscheut und gehasst haben für das, was mit Lizzie passiert ist. Große Liebe hin oder her. Ansonsten hätte sie doch niemals so drastische Maßnahmen ergriffen, um sein Leben zu zerstören. Oder wollte sie mit mir einfach nur die Lücke füllen, die Lizzie hinterlassen hat?

»Vielleicht bringe ich die Mädchen demnächst mal mit, damit ihr euch kennenlernen könnt. Ash und Jill sind etwa in deinem Alter. Ihr werdet euch bestimmt verstehen.« Zweifelnd lege ich die Stirn in Falten. Auf noch mehr Leute, die mich in diesem Krankenhausbett sehen, kann ich verzichten. Außerdem kann ich mir vorstellen, dass die beiden über eine neue Schwester nicht gerade begeistert sind. Immerhin dringe ich in ihr gewohntes Leben ein, mache ihnen den Vater streitig und womöglich sogar das Erbe. Kein Mädchen in unserem Alter akzeptiert sowas einfach.

»Es muss ja nicht heute oder morgen sein«, fügt Dave schnell hinzu, als er meinen Blick bemerkt. »Wir machen das, wenn es dir besser geht.«

Ich nicke. Damit bin ich einverstanden. Vielleicht während der Reha, wenn ich mich nicht mehr so hilflos und nutzlos fühle und ans Bett gefesselt bin.

»Weiß Jake hiervon?« Mit der Hand deute ich auf die Verbände und die Vielzahl blauer Flecken auf meiner früher so makellosen Haut. Das ist eine weitere Sache, die mir schwer auf dem Herzen liegt.

Zu meiner Erleichterung schüttelt Dave den Kopf. »Nein, ich war bisher noch nicht wieder dort.«

»Das soll bitte auch so bleiben.« Dave sieht mich verwirrt an.

»Du kannst ihm natürlich erzählen, dass du deine Tochter gefunden hast und dass ich es bin. Aber bitte lass den Verletzungsteil aus.«

Ich schlucke. »Ich … ich will nicht, dass er mich so sieht.«

»Verstehe.« Er lächelt mich an. »Vermutlich hat er sowieso genug damit zu tun, seine 1000 E-Mails bezüglich Cinderella zu lesen.«

Er lacht und ich werde leichenblass. O fuck. Daran habe ich überhaupt nicht mehr gedacht und auch nicht an das Treffen mit ihm, das wir am Tag des Brandes ausgemacht haben. Hektisch sehe ich mich nach meinem Handy um, kann es aber nirgends entdecken. Darum werde ich mich später kümmern.

Erschöpft reibe ich mir mit der Hand einmal übers Gesicht. Lange Besuche strengen mich immer an, besonders wenn sie mich emotional so mitnehmen wie dieser hier.

»Ich lasse dich dann mal wieder allein.« Dave drückt leicht meine Schulter. »Aber ich komme wieder, versprochen.«

Er wendet sich zur Tür. »Es sind übrigens weiße Rosen.«

Mit der Hand am Türgriff hält er inne und sieht mich nochmal an. »Weiße Rosen?«, fragt er irritiert.

»Das sind meine Lieblingsblumen.« Langsam geht ihm ein Licht auf. Er nickt und zwinkert mir kurz zu. »Dann weiß ich fürs nächste Mal Bescheid.«

Er lächelt noch einmal, öffnet die Tür und verschwindet. Ich sehe ihm nach, noch lange nachdem die Tür bereits ins Schloss gefallen ist. Ohne mich zu weit aus dem Fenster lehnen zu wollen, aber das könnte der Beginn einer gesunden, familiären Beziehung werden.

Kapitel 25 – *Jake*

Es ist jetzt eine Woche vergangen, seit ich bei Kayla vor der Tür stand und mit ihrer Mom gesprochen habe. Eine Woche, seit ich das letzte Mal mit ihr gesprochen habe. Seit wir uns geküsst haben. Eine Woche, seit ich das Ausmaß der Katastrophe am nächsten Tag gesehen habe.

Mein ursprünglicher Plan war, von da an jeden Tag vor ihrer Tür zu stehen, so lange bis ihre Mom gar keine andere Möglichkeit gehabt hätte, als mich reinzulassen. Aber diese Frau ist kälter als Eis und härter als Stahl. Allerdings habe auch ich einen langen Atem und gebe nicht so leicht auf.

Den darauffolgenden Tag wollte ich meinen kleinen Besuch mit meiner Laufrunde verbinden, doch als ich in Kaylas Straße bog, wurde ich direkt von mehreren Polizeiautos und einem Feuerwehrauto überrascht. Alle parkend vor dem Haus der Hudsons. Oder dem, was davon übriggeblieben ist. Das Erdgeschoss unbewohnbar, die beiden oberen Stockwerke einsturzgefährdet wegen Instabilität. Das hat mir die Haushälterin der Nachbarn erzählt. Ob die Eigentümer zuhause waren, wisse sie nicht. Sie habe nur gehört, dass der Gärtner völlig überstürzt aufs Grundstück gerannt sei, als er das Ausmaß des Brandes gesehen hat.

So schnell mich meine Beine trugen, bin ich dann zurück nach Hause, habe mein Handy geschnappt und Kayla eine Nachricht nach der anderen geschickt. Sie sind bis heute alle ungelesen. Die Sorge um sie zerfrisst mich beinahe. Bei jedem Vibrieren meines Handys oder jedem Ton, der eine neue Nachricht ankündigt, überschlage ich mich fast, um sie zu öffnen. Immer in der Hoffnung, dass sie von Kayla sein könnte. Aber jedes Mal werde ich aufs Neue enttäuscht.

Natürlich kann es sein, dass ihr Handy im Haus war und es

durch das Feuer zerstört wurde. Also hätte sie keine Möglichkeit mich zu erreichen. Meine Nummer wird sie wohl kaum auswendig können und auf Social Media habe ich sie nicht gefunden. An diesem Gedanken halte ich mich fest. Ich klammere mich förmlich daran, um nicht zu verzweifeln. Sie war nicht zuhause, ihr Telefon aber schon. Es ist besser als die Vorstellung, dass sie verletzt oder im schlimmsten Fall sogar tot sein könnte.

Um mich abzulenken hat Wes mit mir jede einzelne E-Mail durchgeschaut, die in unserem gemeinsamen Postfach eingegangen ist. Es waren eine Menge hübscher Frauen dabei, aber keine Lynn. Wieso auch? Sie hat sich über *Versacio* mit mir verabredet und ist dann nicht am vereinbarten Treffpunkt aufgetaucht. Wieso sollte sie sich jetzt per E-Mail für ihr Fernbleiben entschuldigen? Ich wüsste nicht mal, ob ich für dieses Gespräch momentan die Nerven aufbringen könnte. Mein Kopf ist vollkommen ausgefüllt von Kayla. Da bleibt kein Platz für Gedanken an jemand anderen. Und Lynn hat mich durch ihr Versetzen so maßlos enttäuscht, dass ich überhaupt keine Lust habe, noch mehr Zeit in sie zu investieren. Ich dachte, zwischen uns gäbe es eine besondere Verbindung. Aber offensichtlich habe ich mich in ihr getäuscht.

Diese ganze Aktion war von Anfang an kompletter Unfug. Es ist ganz genauso wie Dad sagt: Warum jage ich einem Hirngespinst hinterher, wenn sich der Schlüssel zu meinem Glück direkt vor mir befindet?

Darüber denke ich auch heute wieder nach. Es ist ein ruhiger Nachmittag. Dad ist früher von der Arbeit gekommen und sitzt gemeinsam mit Jolina, Mom und mir im Wohnzimmer. Ich freue mich, dass Mom auch dabei ist. Die Zeit, die sie noch mit uns verbringen kann, ist kostbar und ich will sie vollkommen auskosten. Inzwischen habe ich auch verstanden, weshalb sie die Therapie beendet hat. Es hat keinen Sinn mehr gemacht. Der

Krebs sei zu aggressiv und zu weit fortgeschritten. Keine Chemo der Welt könne ihr noch helfen. Ihr Arzt habe Metastasen in der Lunge festgestellt, die ihr an manchen Tagen große Probleme bereiten. Dann liegt sie überwiegend im Bett, benötigt Sauerstoff und kann die ganze Situation nur mit Morphin ertragen, das wir ihr spritzen. So wie der Arzt es uns gezeigt hat. Das eine oder andere Mal habe ich bereits gedacht, dass sie jeden Moment sterben könnte, aber durch die letzten zwei Monate hat sie sich ein bisschen Zeit erkaufen können und sie ist eine Kämpferin. Länger als fünf Monate geben ihr die Ärzte allerdings nicht mehr. Das ist ein zusätzlicher Punkt, der mich momentan sehr belastet. Am liebsten würde ich mich mit Kayla in dem kleinen, geheimen Garten einigeln und für einen Moment vergessen, welche Probleme in der realen Welt auf mich warten.

Doch die Ruhe wird unterbrochen. Die Tür wird geöffnet und Onkel Dave kommt herein. Schnell werfe ich einen Blick in Dads Richtung, der genauso überrascht aussieht wie ich. Soweit ich weiß, haben die beiden seit ihrem heftigen Streit nicht mehr miteinander gesprochen.

Er lässt sich auf einen freien Sessel fallen und sieht uns nacheinander an. Bei meinem Dad verharrt sein Blick schließlich. »Man hat sie gefunden.«

Es ist ein einfacher Satz, aber mit so viel Gewicht, dass er die Stimmung im Raum komplett verändert. Dad reißt die Augen auf, öffnet den Mund und schließt ihn gleich darauf wieder, weil ihm die Worte zu fehlen scheinen. Mom schnappt überrascht nach Luft. Ich setze mich aufrecht hin und spitze die Ohren, während Jolina einfach nur verwirrt dreinblickt.

»Wer hat wen gefunden?« Sie blickt zwischen uns allen abwechselnd hin und her.

»Die Polizei. Micaela.« Onkel Dave klingt gelassener, als ich gedacht hätte, aber ich kann die Aufregung in seiner Stimme hören.

»Das ist unglaublich.« Moms Stimme ist nicht mehr als ein Flüstern.

Jolina stupst mich an. »Wer ist Micaela?«, wispert sie.

»Seine Tochter«, entgegne ich ebenso leise.

»Ich dachte, die ist tot.«

Genervt verdrehe ich die Augen. »Die andere.« Damit ist das Gespräch für mich beendet und ich wende mich wieder Dave zu.

»Sie lebt hier in Los Angeles«, erzählt er grade, was die Bestürzung meiner Eltern noch größer werden lässt. Und auch ich bin sprachlos. Dad steht auf und schenkt ihnen beiden einen Scotch ein, bevor er Dave eines der Gläser reicht und sich wieder setzt. »Bei Miranda Hudson.«

Ich brauche einen Moment, um zu verstehen, was er da gerade gesagt hat. Wenn seine Tochter Micaela bei Miranda lebt, dann bedeutet das ja … Heilige Scheiße!

»Kayla ist deine Tochter?« Mir klappt die Kinnlade herunter. Auch Dad entgleisen die Gesichtszüge für einen kurzen Moment, als ihm klar wird, dass sein bester Freund recht hatte. Onkel Dave lag die ganzen Jahre mit seiner Vermutung, wer hinter der Entführung seiner Tochter liegt, richtig.

»Aber wie?« Dad ist sichtlich geschockt. »Sie war doch nachweislich in Europa.«

Dave zuckt mit den Schultern. »Ich weiß es nicht. Sie wurde bereits verhaftet und ist im Gefängnis. Aber bisher hat sie noch kein Wort gesagt.«

Miranda ist im Knast? »Was ist mit Kayla? Geht es ihr gut?« Dave sieht mich einen Moment lang an. Er öffnet den Mund, schließt ihn dann aber wieder. Und nach kurzem Zögern nickt er schließlich. »Es geht ihr den Umständen entsprechend gut. Sie muss eine Menge verarbeiten.«

Ja, das ist mir klar. »Kann ich sie besuchen? Sie antwortet nicht auf meine Nachrichten.«

Jolina wirft mir einen vielsagenden Blick zu und murmelt etwas darüber, wie verzweifelt ich klingen würde. Daraufhin haue ich ihr den Ellenbogen in die Seite, was sie sofort verstummen lässt. Jetzt reibt sie sich mit finsterem Blick die Rippen, hält aber immerhin die Klappe. Dave allerdings schüttelt zu meinem großen Bedauern den Kopf. »Sie … ähm … also … sie hat sich erstmal eine Auszeit genommen, weißt du? Um mit allem klarzukommen.«

Eine Auszeit, aha. So nervös wie Dave wirkt, steckt da sicherlich noch mehr dahinter. Er war schon immer ein schlechter Lügner und die Art, wie er meinem Blick ausweicht, zeigt, dass ich recht habe. Trotzdem bin ich erleichtert, dass sie noch am Leben ist. Diese Ungewissheit der letzten Tage hat sehr an meinen Nerven gezerrt. »Dann richte ihr aus, dass ich um eine Nachricht bitte, okay?«

Er nickt und ich lasse mich wieder ins Sofapolster sinken. Die Erwachsenen nehmen das Gespräch über Miranda wieder auf. Meine Gedanken schweifen allerdings direkt wieder zu Kayla. Es geht ihr gut, das ist die Hauptsache. Ich werde schon noch rausfinden, wo sie sich aufhält, um ihr dann einen Überraschungsbesuch abzustatten. Sie mag gerade viel zu verarbeiten haben, aber ich kann mir kaum vorstellen, dass sie sich über meine Gesellschaft nicht freuen würde. Ich muss nur einen günstigen Moment abpassen und Dave ein bisschen in die Mangel nehmen, dann werde ich schon erfahren, was ich wissen möchte. Gut, vielleicht sollte ich sie dann nicht direkt überfallen, sondern ihr ein bisschen Zeit geben. Immerhin kann ich gut verstehen, wie es sich anfühlt, wenn einem der Boden unter den Füßen weggerissen wird, aber ich möchte für sie da sein. Sie wissen lassen, dass sie in dieser schweren Zeit nicht allein ist, und das kann ich eben nur, wenn ich weiß, wo ich sie erreichen kann.

Seufzend lehne ich mich auf dem Sofa zurück und lege den

Kopf in den Nacken. Die letzten Tage ohne Kayla waren schlimm. Vor allem, weil ich nicht wusste, wie es ihr nach dem Brand ergangen ist. Diese Ungewissheit und die Sorge um sie, hat mich in meiner Entscheidung, für wen mein Herz mehr schlägt, nur bestärkt. Ich hätte mich nicht zu sehr auf Lynn fixieren sollen. Meine wahre Traumfrau war in Wirklichkeit zum Greifen nah und ich habe es zu spät bemerkt, weil ich mich so auf eine Frau aus dem Internet konzentriert habe, für die unsere ganze Beziehung anscheinend keine Bedeutung hatte.

Jetzt wende ich all meine Energie für Kayla auf und hoffe auf eine weitere Chance, um ihr zu sagen, wie viel sie mir bedeutet.

Fortsetzung folgt.

Danksagung

Es ist Sonntagmittag und mir ist siedend heiß eingefallen, dass *Tonight it's Us* jetzt in den Buchsatz geht und ich eventuell mal damit beginnen sollte, die Danksagung zu schreiben, wenn sie es ins Buch schaffen soll. Also, los geht's!

Wen ruft man an, wenn es brennt? Richtig, die Feuerwehr.

Wen rufe ich an, wenn ich über ein Thema schreiben will, von dem ich absolut keine Ahnung habe, es aber mit Feuer zu tun hat? Einen Feuerwehrmann, korrekt. Lieber Sascha, ich danke dir vielmals, dass du dir die Zeit genommen und mir erklärt hast, mit welchen Verletzungen man nach so einem Brand rechnen muss, den Kayla erlebt hat, und wie sich ein Feuer ausbreitet. Jetzt weiß ich, was passieren würde, wenn ich das Sofa in meinem Wohnzimmer in Brand stecken würde. (:

Eine gute Geschichte ist wichtig, aber das sind die Menschen, die mir als Autorin zuarbeiten, auch. Mein größter Dank gilt dem Bookspot Verlag. Danke, dass ihr Kaylas und Jakes Geschichte ein Zuhause gegeben habt.

Geduld ist nicht meine größte Stärke, deshalb habe ich immer bewundert, liebe Yvonne, wie geduldig du meine Fragen beantwortet hast, die ich gestellt habe. Und das waren nicht wenige …

Danke Melanie, dass du dieses Buch noch so viel besser gemacht hast!

Wie auch schon bei *A Gift of Fate* bin ich meinen Eltern sehr dankbar, dass sie mich auf diesem Weg so bedingungslos unterstützen und mit Begeisterung die Ersten sind, die meine Bücher lesen.

Ebenso wie du, Annika. Es freut mich immer, dass du meine Ideen schon gut findest, wenn ich sie dir als Rohfassung vor dem Beginn eines Films im Kino präsentiere.

Diesmal habe ich auch eine neue Testleserin mit ins Boot geholt. Danke, liebe Sofia, dass du dich bereit erklärt hast, die Reise von Kayla und Jake zu begleiten. Wenn ihr Zeit und Lust habt, schaut gerne auf ihrem Instagram-Profil vorbei (@sofias-bookdiary), das lohnt sich!

Als letztes möchte ich Alina danken, die sich immer Zeit nimmt, um mir bei den Fotos zu helfen, die ich für Instagram brauche, und natürlich jedem einzelnen Leser, der sich dazu entschlossen hat, in Kaylas und Jakes Leben einzutauchen und ihrer Geschichte zu folgen. Ohne euch wäre das alles gar nicht möglich.

Ich drücke jeden von euch.
Eure Marina

PS: Sorry, für den Cliffhänger. Wir sehen uns bald wieder.

Content Notes

(Achtung: Spoiler)

In diesem Buch werden folgende Themen erwähnt:
Tod eines Geschwisterteils,
tödliche Krankheit eines Elternteils,
Ertrinken,
Suizid.

Außerdem spielen folgende Themen eine Rolle:
Alkoholmissbrauch,
Feuer,
Verbrennungen,
Freiheitsberaubung.

Lest dieses Buch nur, wenn ihr dazu momentan emotional in der Lage seid. Falls ihr bei einem dieser (oder anderer) Themen eine negative Reaktion bemerkt, sprecht mit jemandem darüber.